もう年はとれない

ダニエル・フリードマン

思いかえせば，戦友の臨終になど立ちあわなければよかったのだ。どうせ葬式でたっぷり会えるのだから。捕虜収容所でユダヤ人のわたしに親切とはいえなかったナチスの将校が生きているかもしれない――そう告白されたところで，あちこちガタがきている87歳の元殺人課刑事になにができるというのだ。だがその将校が金の延べ棒を山ほど持っていたことが知られて周囲が騒がしくなり，ついにわたしも，孫に助けられながら，宿敵と黄金を追うことに……。武器は357マグナムと痛烈な皮肉。最高に格好いいヒーローを生みだした，鮮烈なデビュー作！

登場人物

バルーク（バック）・シャッツ……元メンフィス署殺人課刑事
ローズ・シャッツ……バックの妻
ウィリアム（ビリー）・
　テカムセ・シャッツ……テキーラというあだなのバックの孫
ブライアン・シャッツ……バックの息子。故人
フラン・シャッツ……ブライアンの妻
ジム・ウォレス……バックの戦友
エミリー・フィーリー……ジムの娘
ノリス・フィーリー……エミリーの夫
ローレンス（ラリー）・カインド……牧師
フェリシア・カインド……ローレンスの妻
ランドール・ジェニングズ……刑事
アンドレ・プライス……巡査

アヴラム・シルヴァー……サイモン・ウィーゼンタール・センターの元調査官
イズカク・スタインブラット……イスラエルの離散民省の職員
T・アデルフォード・ブラット……シルヴァー・ガルチ・サルーン&カジノの集金部長
ハインリヒ・ジーグラー……ナチ親衛隊《SS》の将校

もう年はとれない

ダニエル・フリードマン
野 口 百 合 子 訳

創元推理文庫

DON'T EVER GET OLD

by

Daniel Friedman

もう年はとれない

父、ロバート・M・フリードマンに捧げる

謝辞

的確なアドバイスを与え、本書の守護者として不屈の忍耐力を発揮してくれたエージェント、ヴィクトリア・スカーニックにお礼を申し上げる。彼女の助けがなかったら、この小説はもっと長く、もっと退屈となり、本として日の目を見ることはなかっただろう。

編集者マーシア・マークランドと編集助手カット・ブルゾゾウスキの情熱と献身に感謝を捧げる。二人はわたしのまぬけな質問を大目に見てくれた上、身にあまるほめ言葉をかけてくれた。そして出版を現実に、もしくは電子空間の現実にしてくれた。

スーザン&スキップ・ローゼン大妻、ローゼン家のスティーヴンとベスとデイヴィッドとリンジーとマーティン、ジェニー・ランドー、シーラ・バークホルツ、スコット&レイチェル・バークホルツ夫妻、キャロル・バーソン、デイヴィッド・フリードマン、クレア&ポール・パターマン夫妻、パターマン家のレイチェルとアンドリューとマシュー、わたしを支え、励ましてくれてありがとう。医学用語にかんする無知を多少なりとも正してくれたドクター・スティーヴ・バークホルツには、とくに感謝する。

祖父母バディ&マーガレット・フリードマン、サム&ゴールディー・バーソン夫妻、大叔母ローズ・バーソンに感謝する。あなたたちの物語と体験が、主人公バック・シャッツと彼の境遇を形づくる上で力になってくれた。一人一人がわたしのインスピレーションの生みの親であり、またそれ以上に大きな存在だった。本書を誇りに思ってもらえたらうれしい。

わたしという兄弟をがまんして、最初の読者になってくれたジョナサン・フリードマンにもお礼を言いたい。

そして、わが母エレイン・フリードマンに感謝を。なにもかもありがとう。

1

思いかえせば、妻の言葉に負けてジム・ウォレスの臨終に立ちあうため街なかまでのそのそ出かけていかず、家でトーク番組を見ていればよかったのだ。

ジムとは軍隊時代からの知りあいだが、友人とは思っていない。だから、番組の途中で、病院から電話があって集中治療部《ICU》にいるウォレスがわたしに会いたがっているそうだとローズに聞かされても、葬式のときにたっぷり会えるからいいと答えた。

「行ってあげなくちゃ、バック。死にかけている人の最後の願いなのに知らんぷりはできないでしょう」

「おれがなにを知らんぷりできるか聞いて驚くなよ、ダーリン。なにしろ筋金入りの礼儀知らずなんだ」

だが、形ばかりの反論をしたあとでわたしは降参した。ローズと争ってもむだというものだ。結婚して六十年以上、彼女には弱みをすべて握られている。

　ジムがいるのはダウンタウンの地域医療センターで、自分で運転していくには遠すぎた。なにがどこにあってどうつながっているのかを思い出すのが年々困難になってきて、世界という円は自宅を中心にだんだんと縮みつつある。しかし、そのいいわけは通用しなかった。会ったこともないのに、ウォレスの娘のエミリーが家に迎えにきてくれることになったのだ。

「ありがとうございます、ミスター・シャッツ」うちの私道からバックで車を出しながら、エミリーは言った。「パパがあなたを呼んでいるのを不思議に思われるでしょうけど、終わりが近づいて薬漬けになっているせいなんです。抗生剤とか、痛みどめとか、強心剤とか。いまは頭の中が昔に戻っているみたいなの」
　五十二、三だろう。あごの下がたるみはじめている。ジャージーの上下を着て化粧はしておらず、何日も寝ていないような顔をしている。
「いつもちゃんと会話ができるわけじゃないんです。ときどき、わたしを見てもだれだかわからないみたいで」彼女はすすり泣きをこらえた。

　じつにすばらしい朝になりそうだ。わたしは同情と受けとられることを願って一声うなり、煙草に火をつけようとした。

　エミリーの顔が少しけわしくなった。「さしつかえなければ、車で吸わないでもらえます？」

さしつかえるが、黙っていた。

病院へ見舞いにいくのは頭痛の種だ。中に入れば煙草は吸えないし、医者どもが帰らせてくれないのではないかといささか心配になる。齢《よわい》八十七歳にしていまだにラッキーストライクを十個単位で買っているから、だれもがわたしはいつ倒れてもおかしくないと思っている。

ジム・ウォレスは高齢者用ICUにいた。浄化された空気と深刻な顔つきの連中であふれた、白い廊下。ここを清潔そのものに保《たも》とうとするスタッフの努力にもかかわらず、小便と死の臭いがぷんぷんしていた。エミリーがわたしをジムの病室に入れると、背後でガラスのドアがカチリという静かな音をたてて閉まった。エミリーの太りすぎの夫ノリス・フィーリーがプラスティックの椅子にすわって、ベッドの上の壁にあるテレビでゲームショーを見ていた。好きなトーク番組に替えてくれと頼もうかと思ったが、長居するつもりだと思われたくなかった。

「どうも、ミスター・シャッツ」画面から目を離さずに彼は言った。「おやじさんからお噂はかねがね」さしだされた手をわたしは握った。彼の指はむっちりとして汗ばみ、節《ふし》の毛は頭よりも多かった。手入れのいい爪には透明なマニキュアが塗られていて、毛深いできそこないのソーセージに小さなピンクのラインストーンがくっついているみたいに目立つ。

ベッドから弱々しい声がした。「バック？　バック・シャッツか？」ウォレスは点滴と心電図モニターと透析装置らしいものにつながれていた。鼻には管がさしこまれていた。肌の色は黄ばみ、白目は茶色っぽく濁っている。呼吸は浅く苦しげで、病気の臭いがした。ひどいざまだった。

「元気そうだな、ジミー」わたしは言った。「そのうち治るよ」

彼はゴホゴホと咳をした。「いいや、バック。この世での日々ももう長くはない」弱々しく手を振ってみせたが、劇的な効果はあまりなかった。

「残念だ」こう言ったのは、ジムがわたしをわずらわさないで死ぬだけの親切心を持ちあわせなかったのが残念だ、という意味だ。

「まったく、どうしてこんなに老いぼれたんだろう?」

「老いが来るとわかっていたら、脇によけたんだがな」

なるほどというように、彼はうなずいた。「来てくれてほんとうにありがたいよ」

ジムをろくでなしだと考えている人間と最後のひとときを過ごすことが、なぜそんなに大切なのかわからなかった。見慣れた顔にほっとするのかもしれない。

彼は震える指をエミリーとノリスに突きつけた。

「ちょっとはずしてくれ。バックと二人だけで昔の戦争の話をしたい」

「パパ、戦争は六十年以上前に終わったのよ」エミリーは垂れた鼻水で上唇をぬらしていた。

「なにがいつとか言うな」ジムの目は一瞬焦点を失い、彼は何度かけんめいにまばたきして正気をとりもどした。「話さなきゃならない、バックに話さなきゃならないんだ。出ていけ」

「パパ、お願いだから」エミリーは声を震わせた。

「おれは失礼するほうがよさそうだ」わたしは期待をこめて言った。ところが、ジムはこちらの手首を驚くほどの力で握っていて、放そうとしなかった。

「いや、バックは帰らない」ジムは娘のほうに指を突きだしてあえいだ。「二人だけにしろ」

ノリスが守るようにエミリーの肩に腕をまわし、そっと病室から連れだした。彼らが出ていくとスライドドアがカチリと閉まり、わたしは瀕死の男と二人だけでとり残された。黄ばんだ手から腕をはずそうとしたが、しっかりとつかまれたままだった。

「ジム、少し混乱しているのはわかるが、戦争はずっと昔のことだ」わたしは言った。

彼はわずかに身を起こし、それだけで全身を震わせた。落ちくぼんで濁った目が眼窩《がんか》の底で大きくなり、ゆるんだ下あごが苦悩に悶えた。「やつを見た」のどで痰がごろごろいった。

「ジーグラーを見た」

その名前を聞いて、はらわたが締めつけられた。ハインリヒ・ジーグラーはナチ親衛隊《SS》の将校で、わが部隊が南仏で分断されて撃破されたあと、一九四四年に入れられた捕虜収容所の責任者だった。

「ジーグラーは死んだんだ、ジム」わたしは言った。「ベルリンが陥落したときソ連軍に射殺された」

「あんたがユダヤ人だとわかったとき、やつは親切とはいえなかったな、バック」

無意識に、わたしは背中の盛りあがった傷跡を自由なほうの手でさすった。「確かに親切とはいえなかった。しかし、彼は死んでいる」間違いないという確信があった。戦後、ジーグラーを探しにいったのだ。

「たぶん死んでいる。たぶんいまごろは。だが、おれはやつを見たんだ。許してくれ」

ジムはまだこちらの手首を握っていた。彼の言ったことのせいか、彼から漂ってくる臭いのせいか、わたしは吐き気を催してきた。

「どういう意味だ?」

「一九四六年に、おれは憲兵として東西ドイツのあいだの検問所にいた。そうしたら、やつがメルセデスベンツで乗りつけたんだ」

「まさか」のどにかたまりがこみあげてきた。「ありえない」

じっと壁を見つめるジムの耳に、わたしの言葉は届いていないようだった。「別の名前の身分証明書を持っていた、でも見たらすぐにわかった。神よ、助けたまえ。おれはやつを行かせた」

「なぜだ?」口の中が渇いていた。どっさり呑まされているいまいましい薬の副作用だ。わたしはごくりとつばを呑んだ。「どうしてそんなことをした、ジム?」

「金《きん》だ。やつは金の延べ棒をたくさん持っていた、映画で見るようなやつを。覚えている、車の後ろ側はその重みで下がっていた。おれに一本くれたんだ、だから見逃した」

「くそったれ」

「カネがなかった。子どものころから。家を買いたかったんだ。結婚して子どもをつくりたかった」

わたしは無言だった。腕をもぎはなそうとしたが、彼はつかんだまま放さなかった。ベッドの横にある機械のビープ音が大きくなった。

「許してくれ、バック。おれは行く、もうすぐ。死ぬのがこわい。裁かれるのがこわい。悪いことをしたせいで地獄へ行くのが恐ろしい。この重荷を抱えてはいけない。もういいと言ってくれ」

わたしはさらに強く腕を引いた。ここから出なければ。ぐあいが悪くなりそうだ。「おまえを許す？　ジーグラーがどれほど極悪非道な人間か、知っているだろう。おれたちの部隊になにをしたか見たはずだ。おれになにをしたか見たはずだ、違うか。人は誠実さがすべてだ。おまえはそれを売りわたしたんだ、ジム」

ぐいと手を引いて万力のような締めつけから逃《のが》れようとしたが、彼はどうしても放さず、必死のまなざしでわたしを見つめた。自由になるのはあきらめ、逆にジムに顔を近づけた。

「地獄があるなら、おまえら二人一緒に落ちろ」

ジムは気に入らなかったようだ。全身がけいれんし、背中がそりかえり、心電図モニターが音高く鳴り響いた。医者二人と看護婦一人が駆けこんできて、開いたドアから廊下にいるエミリーが涙で顔をぐしゃぐしゃにしているのが見えた。

「心停止！」医者の一人が叫んだ。「救急カートを持ってこい」

もう一人の医者がわたしを指さした。「ここから連れだせ」

「喜んで帰るよ、先生、彼が放してくれれば」ジムの手はまだわたしの手首をつかんでいた。

だが、医者たちはすでにジムの胸をたたき、呼吸バッグで口に空気を送りこんでいた。看護婦がそばに来て、わたしの腕から固まった指をはがした。彼女がわたしを邪魔にならないように下がらせると、医者は電気ショック用のパドルを患者の胸にあてた。ジムの体が跳ねた。パドルを持った医者は看護婦を見た。

「どうだ？」

「だめです」

心電図モニターはあいかわらず鳴り響いている。

「もう一度やろう」医者は除細動器のボルト数を上げた。

「いきます」ジムの体がまた跳ねたが、モニターの画面の線は平らになっていた。

もう一人の医者は空気を送りつづけていた。わたしは手首をこすった。ジムにつかまれていた箇所が紫のあざになりかけている。二年前、脳梗塞などを起こさないように、かかりつけの医者が血液を固まりにくくする抗凝血剤を処方した。そいつのせいで、わたしの皮膚は熟れすぎたモモみたいにあざだらけになるのだ。

ラッキーストライクの箱を出し、持ち歩いているダンヒルの銀のライターをつけようとしたが、両手が激しく震えて着火しなかった。

「ここで煙草は吸えませんよ」看護婦が言った。

「見たところ、彼はたいしていやがっていない」わたしはジムのほうを示した。

「ええ。ですが、酸素タンクがいやがるので」彼女はわたしを廊下に押しだした。後ろでスライド式のガラスドアがカチリと閉まった。

ノリスは、気の抜けたむくんだ顔をして壁に寄りかかっていた。エミリーは泣きながらあたりを行ったり来たりしていた。

わたしは彼女の腕に触れた。

「ここにいても彼にしてやれることはもうない。だが、おれは帰りの足がいるんだ」

2

わたしを家の前で降ろしたとき、エミリー・ウォレス・フィーリーはだれかに抱きしめてもらったほうがよさそうに見えた。父親がたったいま死んだのは気の毒だが、わたしはこの女に触れるつもりは毛頭なかった。目は真っ赤で、まだ鼻水を垂らしている。風邪をうつされたら不快だし、命にもかかわる。どんな病気でも、いま出てきたばかりの場所へわたしを送りかえすことになりかねないのだ。

せいいっぱいねんごろなお悔やみの言葉を述べるあいだも、できるだけエミリーから離れているようにした。車から降りられて心からほっとしたし、病院の嘘くさい雰囲気から逃《のが》れられてうれしかった。

三月はじめのメンフィスの午前中は、まだひんやりとして風がある。あと二、三週間は最高気温も二十五度以下に留まっているが、やがてテネシー州の夏が始まってむし暑くなる。七月には、新聞をとりに道へ出ていくわたしのTシャツに汗が滲《にじ》んでいるはずだ。

玄関に続く私道を足を引きずりながら上っていたとき、芝生がきれいな緑になりはじめ、花壇の多年生植物の球根が肥沃な南部の黒土から若芽をのぞかせているのに気づいて、かなりむかついた。この前見たのは二月だったと思うが、前庭は茶色だった。そっちのほうがしっくりくる。

草刈り機を押せたころは、自分で芝生の手入れをしていた。そうすることで、外でローズと一緒の時間を過ごせた。彼女は花壇の世話をしていた。うちの前庭はブロックでいちばん美しく、わたしたちはたいへん自慢に思っていた。ところが、九八年にわたしが心臓のバイパス手術を受けて以来、グアテマラの難民にカネを払ってそういうことをまかせるようになった。働き者のまめな男で、仲間たちもいい仕事をする。わたしは彼のど根性が大嫌いで、芝生に対して深い恨みを持った。グアテマラ人がとってかわったというのに、無関心な芝生は春が来るとちゃんと緑になるのだ。

かつては、刈ったり、縁をととのえたり、肥料をやったり、穴を開けて空気を入れたりしながら、芝生にやさしくささやいたり話しかけたりしたものだ。エミリーが車をバックさせて私道から出ていくと、わたしはドアのロックに鍵をさしこんで「恩知らずめが」とつぶやいた。

キッチンへ行って熱い湯で手を洗い、オレンジジュースと煙草で総合ビタミン剤を流しこんだ。ローズは朝食のあとかたづけをしていた。

「ジムはどうだった?」彼女は尋ねた。

「死んだよ」わたしがジュースのグラスを渡すと、彼女はまたそれをいっぱいにしてくれた。

「テレビはなにをやっているかな」

ソファのクッションにもたれていつもの心地よい体勢になったとき、電話が鳴った。ローズはシンクで水を出していたので、わたしが出た。

「やあ、じいちゃん」

孫のビリーだ。

「なんだ、バカルディか」ビリーはニューヨークに住んでいて、ニューヨーク大学のロースクールに通っている。たいそう名の知れた、法外にカネのかかる学校だ。

「テキーラだってば。ぼくのあだなはテキーラだよ」

ビリーのフルネームはウィリアム・テカムセ・シャッツだ。南北戦争の偉大な将軍、ウィリアム・テカムセ・シャーマンにちなんで名づけられた。わが一族は将軍をとても尊敬している。曾祖父のハーシェル・シャッツは、ユダヤ人虐殺で家族を殺され村を焼かれたあと、一八六三年にリトアニアからアメリカに来た。船から下りるやいなや、北軍の徴募担当者がハーシェルに書類を渡し、彼はシャーマン将軍とともに南部へ赴いてジョージア州を焼きはらった。それ以来、シャッツ家の男は一人残らず、ユダヤ人がたいまつを振りかざす側の国に生まれるのがいかにすばらしいか、早いうちに学ぶことになった。

死んだ息子のブライアンは、偉人から名前をもらうのは跡とりにふさわしいと考えたが、ビリーは遠くの大学へ行って男子学生社交クラブに入り、そこで〝テカムセ〟は〝テキーラ〟になった。というわけで、それからというものテキーラ・シャッツと呼ばれている。みんな、彼のことが誇らしくて胸が張り裂けそうだ。

「どうしてそんなあだなになった?」わたしは聞いた。

「あなたが自分のことをバックって言うのと同じよ」ローズが隣の部屋から叫んだ。

「うるさいな。だれもきみには聞いていない」わたしはどなりかえした。

「で、元気にやってる?」ビリーは尋ねた。彼はいつもわたしたちの健康状態を聞く。いらだたしいが、それを言えば孫のすることはだいたいがいらだたしい。

「まだ生きている」安心させてやった。「忙しい朝だったよ。ばあさんに言われて昔の戦友のジム・ウォレスを見舞いに病院へ行ってきた。おれの目の前で死んだよ」

「それは残念だったね」

「残念がらなくていい。彼にはうんざりしていたんだ。ジムとは六十年以上のつきあいで、まだトルーマンが大統領だったころに彼のおもしろいネタは尽きていた。それに、結局は卑怯者だったんだ。少なくともおれには、彼の死を悼む義理はない」

「そんなに怒るなんて、その人はなにをしたの？」テキーラは尋ねた。

わたしは長々と煙草の煙を吸いこんだ。「なぜ知りたい？」

「ぼくのじいちゃんだからだよ。愛してるんだ」

「おいおい」

彼はいつもそう言う。なぜなら、自分の父親に一度もそう言わなかったからだ。訪ねてきて帰るときにはかならず、世間的にはいい年の大人の男でありながら、わたしの顔にキスする。そして、キスするたび次に来るときにはわたしが生きていないかもしれないと考えているのがわかっているから、ますます気色が悪い。一方でこちらも、孫について同じことを考えている。若い者もほかの人間と同じくはかない存在なのに、賢くないから気づいていないのだ。

「祖父母を愛してなにが悪いのかわからないよ」

わたしはため息をついて声をひそめた。「ウォレスは、捕虜だったおれをぶちのめしたナチが、生きてドイツから脱出したと言ったんだ。車のトランクに金の延べ棒を詰めこんで。ウォレスは賄賂《わいろ》をもらって見逃した」

「そいつは頭にきただろうね」

「ばあさんにこのことは言うな。おろおろするだけだ」

「黙ってるって」彼は請けあった。あやすような口調はかんべんしてもらいたいものだ。

「だけど、なぜいまになってウォレスはナチのことを話したんだろう？」

「罪の赦しでもほしかったんだろうよ。それから、おれがそのナチを探してかたをつけるのを期待したんだと思う」

「じいちゃんがそうするって、どうして思ったのかな？」

「おそらく、三十年間殺人課の刑事だったからだ。それは覚えているな？」

彼は少し長すぎる間を置いてから答えた。「うん、もちろんだよ」

ウォレスのような昔からの知りあいの大半は、まだわたしを警官だと思っている。だが、わたしが退職したとき、孫はまだ生まれてもいなかった。だから、テキーラはこっちをただの年寄りだと思っているのだろう。

「で、どうするつもり？」

わたしはちょっと考えた。「しばらくＦＯＸニュースを見て、そのあとはトイレにすわってクロスワードパズルをやる」

「だけど、ナチのことはどうするの？」

「なにもするつもりはない。なにもしない選択肢があるなら、つねにそれを選ぶべきだ」

「ナチに奪われた尊厳をとりもどさないで、後悔しない？」

ばかにするように、わたしは咳をしてみせた。後悔など、おめでたいやつらのすることだ。世の中は消耗しきった人間でいっぱいだ。公園のベンチにすわってうつろな目で宙をにらんでいる者、老人ホームのロビーの安楽椅子にへたりこんでいる者。だれもかれもがぐだぐだと考えている。とりかえしのつかないあやまち、逃したチャンス、しくじった好機について。移り気な女との破れた恋、へそ曲がりの相手とのつぶれた商談について。

そういうみじめな連中の一人でないことに、わたしは誇りを持っている。どうしようもないからではなく、おもしろいから気むずかしく暮らしている。これまで会ったうちで最高の女と結婚し、警察ではぬきんでた成績を上げ、刑事の年金つきで退職した。理想をいえば、息子が死ぬのは見たくなかったが、年をとるということは、永遠であるべきものよりも長生きするということだ。

ハインリヒ・ジーグラーが生きているかもしれないとわかっても、復讐の炎が身のうちに燃えあがりはしなかった。戦争はずっと前に終わったし、熱い炎をかきたてるには相当のエネルギーがいる。

「彼がなにを奪ったにしろ、もうどうでもいい」わたしは言った。

「だれもが尊厳というものなしで生きることを学ばなくちゃならないんだ。それに、復讐したところで、おれやジーグラーのような老いぼれにはたいして意味がない。わずらわしい浮き世とおさらばするときは、どんな形であれみじめだし、どうせすぐにやってくる」

わたしは間を置いた。また口の中が渇いたのだ。煙草の火を消してごくごくとジュースを飲んだ。高齢者用ICUとそのあとに行く場所、その現実に立ち向かうのは決して楽ではない。薬漬けになって小便にまみれた世のウォレスたちに、自分も仲間入りするかもしれないと認めるのは楽ではない。

「ジーグラーがまだ生きているとしても、彼が直面している悲しみにおれがつけくわえられる苦しみはあまりないさ」

「それはそうかもね」テキーラは言った。しかし、口ぶりから孫が納得していないのが感じられた。口調は固く、白い指に電話コードを巻きつけている姿が目に浮かんだ。そのあと、昨今の電話にはもうコードがついていないのを思い出した。

「誤解するな、彼を罰するのはいい気分かもしれない。だが、ソファにすわっているのも同じくらいいい気分だ。そしてソファは家の居間にあるが、ジーグラーは生きているとしても別の大陸にいるかもしれない。外国でもラッキーストライクを売っているかどうかわからないじゃないか」

声に出しては言えなかったが、たとえやる気になったとしても制約が山ほどあるのだ。獲物もまた弱っているにしろ、人狩りという冒険に自分のコンディションが適しているとは思えない。

この二、三年でわたしの一歩はさらに歩幅が挟く、さらにしんどくなった。ユダヤ人コミュニティセンターのジムでウォーキングマシンに乗っているときのペースは、どんどん落ちている。のろのろの時速一マイル半がいいところで、まわりの連中はわたしがまだここまで動けることに驚いている。

皮膚はかさついて薄くなり、さわると紙のようだ。腕をドアノブで強くこすったりひざをベッドサイドテーブルにぶつけたりすれば、皮膚が破れて薄い血をカーペットに垂らすことになる。二度ほど血が止まらず、ローズはわたしを救急受付へ連れていくはめになった。しかも、視力が弱っているからものにはしょっちゅうぶつかる。遠くを見るのにめがねが必要で、読むのにまた別のめがねがいる。かすむ視界はちょっとした恩恵なのだろう。腕についたあざやしみをはっきり見なくてすむし、衰えて落ちくぼんだ顔をバスルームの鏡で目にするショックをやわらげてくれる。

「その金の延べ棒は、かなり魅力的なお宝だね」テキーラは言った。

「まさか、失われたナチの金塊を本気で探す気か？　一九四六年に持っていたとしても、いまごろはすっかり使い果たしているよ」

「相手は逃亡者なんだよ。数百万ドル分の金《きん》をキャッシュに換えたり派手にカネを使ったりすれば、よけいな注意を引く。注目されないようにしてただろうから、お宝全部を使いきってるはずがないよ。それにたぶんもう死んでる。金はどこかに隠されてて、ぼくたちが見つけだすのを待ってるんだ」

「そいつはすごい。おれはマセラッティを買ってスーパーまで時速三十マイルで飛ばせるな。そして高級レストランへ入ってさんざん待たされたあげく、どのみち味もよくわからない料理に高いカネを払えるわけだ」

「じいちゃんがウォレスに怒ってるのは、ジーグラーを行かせちゃったからでしょう。せめて見つけようともしないなら、じいちゃんだって友だちと同じでジーグラーを見逃したことになるよ」

これにには一瞬考えた。ちびすけはいいところを突いている。

「一九四六年にドイツで目撃されたのが最後の男を見つける方法など、思いつかない。どうしろっていうんだ？　警察へ行ってだれかナチを見ていませんかと聞くのか？」

「ああ。それがいい」テキーラは言った。「近ごろじゃ、地方警察と連邦捜査機関はデータ化された膨大な情報を共有してるんだ。それに外国の組織だって参加してるよ。ジーグラーがなにか警察沙汰に絡んでいれば、法執行機関のデータベースに引っかかってるはずだ」

退職したとき署にコンピューターはなく、わたしはああいったものの使いかたを学んだことがない。

「ほんとうにそう思うのか？」

「いや。だけど、なにもしないのも長すぎると退屈だと思うんだ。行って聞いてみてもいいんじゃないのかな。そうすれば、少なくともジーグラーをただ放ってはおかなかったって言えるよ」

「よし、わかった。どのみち、ＦＯＸニュース・サンデーが始まるまではひまだからな」

忘れたくないこと

歴史家はポーランドのヘルムノ収容所を比較的小規模な絶滅施設だと考えている。そこで死んだユダヤ人は十五万人にすぎないからだ。わたしは一九四六年にそこを訪れたが、たいしたものは残っていなかった。収容所を閉鎖したとき、ナチは犠牲者を選別していた館を焼きはらい、死体を焼却していた炉を爆破した。もしかしたら恥じていたのかもしれない。

燃える人肉の不快な臭気がまだヘルムノの跡に漂っていたと言えば、話としては興味深いだろう。だが、ナチが閉鎖してから二年が過ぎており、そこがとくべつな場所だと示すものも臭いもなかった。ところどころ草がはえた、ただの泥んこの原っぱだった。

ヘルムという村があり、そこはとんまなユダヤ人たちが変てこな災難にあうイディッシュ民話で知られている。ヘルムノ収容所がそこにあったなら話としては興味深いだろうが、そこにはなかった。ちゃんと調べたのだ。ヘルムノはポーランド中央部のウーチの近くにあり、ヘルムは東部のどこかにある。だが、ヘルムノのユダヤ人たちも賢かったはずはない。SSが彼らをトラックに詰めこんで一酸化炭素をまぜた排気ガスで殺すのを許したのだから。

一九四一年末から一九四二年中ごろまで、それがハインリヒ・ジーグラーの仕事だった。その後、熱意と能率のよさを買われて昇進したのだ。収容所の跡で、悔恨と自己嫌悪に打ちのめされて、わたしのような人間がかたをつけにくるのを待っている彼を見つけていたなら、話としては興味深いだろう。だが、ヘルムノにはなにもなかった。正直に言えば、意味のない旅だった。

ただしばらくのあいだ、ポーランドのよごれた場所にあるからっぽの野原に立っていただけだった。煙草を一本吸った。何度か悪態をついた。それからオートバイに乗り、酔っぱらえる店を探しに町へ戻った。

わたしはハインリヒ・ジーグラーを殺そうとし、そのために五週間も昏睡状態に陥った。あとになって、多くの罪のないユダヤ人に彼がなにをしたかを知ったとき、殺しそこねたことの重大さは耐えがたかった。その落とし前をつける必要があった。

回復に向かう苦しい数ヵ月が過ぎたあとでも、そして戦争が終わったあとでも、この両手はジーグラーの首を求めていた。わたしの肩のへこみと背中の細長い傷跡へのつぐないを、彼はしなければならない。そして、ヘルムノへのつぐないをしなければならない。だからわたしは拳銃を脇に差し、狩猟用ナイフをブーツに忍ばせて、やつを追ってヨーロッパを横断した。

ドイツ人はきわめて秩序のある民族で、ナチもきわめてきちょうめんに記録をつけていた。ベルリンで、わたしはジーグラーが配属されたポストのすべてについて記録を見つけた。ポーランドでの身の毛のよだつ仕事についての、日付と数がきちんと並べられた報告書。彼とわたしが会ったフランスの捕虜収容所からの軍需品請求書類。彼をベルリンに呼び戻す命令書。ソ連の機関銃で彼がずたずたにされたあと、ドイツ軍が母親に送った手紙のコピー。

ジーグラーの死の状況を知ったところで慰めにはならなかった。彼はわたしに無力感を味わわせ、その無力感は一種の汚辱だった。彼はわたしの一部を奪った。それをとりかえさなければならない。だが、どうにもならない力によって、わたしは機会を逸した。自分でどうにかできることを確かめたかったのに、これほど大規模で問答無用の殺戮を前にしては、自分が自分の運命の支配者だと思うのはむずかしかった。ジーグフーは死んだと知っても、事態は悪くなっただけだった。

しばらくのあいだは、それを信じまいとしてとにかく追跡を続けた。ジーグラーがいた場所へ行き、彼について尋ねてまわった。ときには、きびしく問いつめた。だが、話の内容はつねに一致し、つねに記録を裏づけた。だから、とうとうわたしは抵抗をやめ、彼がやったことの証人となるためにポーランドのヘルムノへ行った。しかし、そこには見るべきものはなにもなかった。

こうして、わたしの戦争は終わった。無だけが広がる野原で吸った一本の煙草とともに。

3

刑事司法センターにある市警本部はダウンタウンのかなり遠方にあり、ふだん気楽に出かける範囲から相当はずれているのだが、ポプラ・アヴェニューをまっすぐなので車で行くことにした。

メンフィスでは犯罪は成長産業で、刑事司法センターは毎日人々の逮捕で忙しい。それは、退職した三十五年前と変わらない。とはいえ、変化も多々ある。廊下を警官に引きまわされているヤク中や暴漢は当時よりはるかに若く、はるかに大柄で下品に見える。昔より刺青が多く、メキシコ人の割合が増えている。警官たちもまた当時よりずいぶん若く見え、黒人が多くなっている。

変化によっていくぶん落ち着かない気分になったものの、わたしは進歩の力をあてにしていた。自分の捜査技術は一九七三年における最高水準にあるが、ナチの逃亡者を見つけるためにコンピューターをどう使うのかは見当がつかない。

データベースでジーグラーを見つけられるというテキーラの考えは、はたして正しいのだろうか。毎週テレビの警察ものであいうしろものが驚くべき重要な情報を吐きだしているのを見るが、いつもご都合主義に思えた。コマーシャルを含めた五十分間で警察に殺人犯を見つけだささせるための、仕掛けのようなものだ。警察の仕事があんなにかんたんになっているわけがない。もしそうなら、犯罪者はみんな商売あがったりだろう。

わたしは警官部屋にあったベンチに腰を下ろした。隣には、ニキビの跡を隠そうとして顔と首にどこかの部族の刺青をしたものの失敗に終わったティーンエイジャーが、手錠をかけられてすわっていた。ラッキーストライクを三本吸いおわったところで、やっと若い巡査がなぜそこにいるのかと聞いてきた。二十五、六歳の白人だが、すでに太りすぎて禿げかけていた。わたしが退職したときには若僧だったからまだいるはずの知りあい五、六人の名前を挙げて、面会したいと告げた。ところが、全員死ぬか退職していた。そこで、殺人課のだれかをよこしてくれと頼んだ。

「連絡して、手すきの者がいるかどうか聞いてみますよ」若い巡査は言った。「どういうご用件ですか?」

「ああ、警察のコンピューターである情報を探すのを手伝ってもらえないかと思ってね。古い手配写真でも見つかるかもしれない。おれは以前警官だったんだ」

彼は受話器を手にとった。「お名前は?」

「退職したバルーク・シャッツ刑事だ」

「バルーク?」

「ああ。ユダヤ系だ」

彼は目を細くしてこちらを見た。「ちょっと待って、バック・シャッツじゃないでしょうね?」

「そう呼ばれている」

若い巡査の横柄なしかめつらが満面の笑みに変わった。「こいつはおったまげた、あんたは伝説だよ。まだ生きていたなんて信じられない」

わたしは天を仰いだ。「自分でも信じられない日は多い」

若者は、部屋の奥にあるコーヒーマシンをいじっていた黒人の警官に呼びかけた。「おい、アンドレ。ここにいるくそじじいはどちらさんだと思う?」

「おまえの新しいボーイフレンドだろ?」アンドレは受付の巡査より少し背が高く体つきも引きしまっており、髪は短く刈って歯並びもきれいだった。

「バック・シャッツだぜ」

「あほぬかせ、この嘘こきウンコ野郎」

「嘘なもんか。くそったれ」

なにもかも変わってはいなかった。警官たちのしゃべりかたは以前とほとんど同じだった。銃を持った人間に対しては、だれも言葉に気をつけろと言わないのだ。

二人は殺人課のだれかを呼んでくれた。待っているあいだ、彼らは若い警官がいつも聞いてくる質問をした。

そう、ほかの連中がすわりこんで尻をかいているあいだに、おれが連続殺人犯を追いつめてこの手でしょっぴいてきた話はほんとうだ。いや、犯人の両足を折ったというのは違う。拳銃の柄《つか》で鼻を砕いただけだ。

いや、ダーティ・ハリーの役作りのためにクリント・イーストウッドが一日じゅうついてきたというのは違う。だが、監督したユダヤ人のドン・シーゲルが電話してきて、いくつか質問をした。

ああ、腹黒い市議がよこした悪党三人を蜂の巣にしてやった話はほんとうだ。いや、やつらは白人だった。腹黒い市議の全員、それに彼らの手下の殺し屋のほとんどが白人だった時代のことだ。

　はっきりさせておくが、一九五七年から一九六二年までのあいだ、おれがメンフィスのクズどもの死因第一位だったというのはほんとうじゃない。昔そういう噂があって、気分のいい話だった。だが、だれかが一度ちゃんと数えてみたら、四位タイにすぎなかった。一位から三位は、ほかのクズども、ヤクの過剰摂取、ほかの警官たちで、同率四位は車の事故だ。

「すげえな、バック。あんたはまったく情け容赦のないタマだったわけだ」

「まあな」

　二人と雑談していると、殺人課の刑事がエレベーターから降りてきた。

「くそ」わたしに近づきながら、彼は言った。「ほんとうにバック・シャッツかよ。ガキどもの悪ふざけかと思った」

　彼はランドール・ジェニングズと名乗り、わたしたちは握手した。中背、四十代、白人。こめかみのあたりが白くなりかけた黒い髪。しわだらけのスーツ。シャツのえりには黄色い汗じみ。口ひげ。

「いやね、あんたに会うことがあったらなんと言おうかと前から考えていたんだ」

「聞こうじゃないか」

「敵がごまんといたやつが、どうしてこんなに長生きしていられるんだ?」

　わたしは微笑して、ランドール・ジェニングズにお気に入りの戦争体験を話してきかせた。

ノルマンディー上陸の前に、アイゼンハワー将軍がわれわれの武運を祈りにきた。わたしは近くにいて彼と握手し、生きてまた妻と会うためにはどうしたらいいと思うかと尋ねた。わたしを見た彼の目には本物の悲しみがあった。なぜなら、われわれの多くが明日からの二日間を生きのびられないとわかっていたからだ。そして、彼が口にした答えを、わたしは生涯忘れることはない。

「兵士よ」彼はわたしの肩をぎゅっとつかんだ。「しがみつくものがなくなったときには、きみの銃をしっかりと握っておけ」

いい忠告に思えたので、わたしは従った。

「それだけ?」ジェニングズは失望したようだった。「それがあんたの秘訣?」

「それだけだ」わたしは答えた。「だが、長生きするにあたって、自分を殺しにきた相手にうむを言わせないものがあるのは強みだ」

彼は考えるようにあごの無精ひげをこすった。「ここじゃ語り草になっているんだが、退職したときバック・シャッツはヘラー警部のデスクに銃をたたきつけて、こいつをその太ったケツに突っこみやがれと言ったそうだね」

わたしはくすりと笑った。「マックス・ヘラーにはおれのバッジを突っこみやがれと言ったんだ。その銃は官給品じゃなくて、私物だった。だからしっかりと握っておいた」

ジェニングズは笑った。「それで、きょうはなんの用事でここへ?」

「昔知っていた男を探しているんだ。死んだと思っていたが、最近そうじゃないらしいと聞いた。コンピューターで見つけられるかどうか、やってみてくれないか」

彼は片方の眉を吊りあげた。「そいつはだれかを殺したのか？」

「いや、知るかぎりでは殺していない。少なくとも最近は」

「名前は？」

「そこが問題でね。別名で暮らしていると思うが、なんという名かわからない。偽造だが上出来の身分証明を持っていたはずだ」

「じゃ、名なしの男を探してほしいっていうのか？」

「ああ。コンピューターで。テレビで見たが、ここじゃあらゆるデータベースや人工衛星やDNAにアクセスできるんだろう。捜査が行きづまるとかならず、テレビの警官たちはありえないような手がかりをインターネットで見つけている。ここに来れば、報告書か顔写真を探しだせるんじゃないかと思ったんだ。交通違反程度のものでも、おれの手持ちの情報よりは新しいことがわかるはずだ」

「なるほど。なにができるか見てみよう」

われわれはエレベーターで殺人課のオフィスへ行った。ジェニングズは自分のブースへわたしを案内して、コンピューターの前にすわった。わたしはデスクの反対側の椅子に腰を下ろした。

「グーグルだ」ジェニングズは説明した。「世界でいちばんすごいデータベースだよ。なんでも調べられる」

「FOXニュースでよくそれのことを聞く」わたしは言った。「〝グーグル〟が喉ぼとけに一発入れられたときの音でしかなかったころを知っているよ」

ジェニングズはグーグルに〈名なしの男《man with no name》〉と打ちこんで、じっと画面を見ていたが、やがて顔を輝かせた。なにを見つけたのかと、わたしは身をのりだした。

「オーケイ、あんたのお目当てはこの男だそうだ。かんたんには見つからないな」

彼は画面をこちらに向けた。

わたしが見たのは『続　夕陽のガンマン』で隠された金貨を探す本名不詳の男《man with no name》、クリント・イーストウッドだった。

「あんたたち、友だちかなんかかい？」ジェニングズは聞いた。そして笑った。

「なんかのほうだ」わたしは答え、煙草に火をつけた。

不愉快な数瞬、わたしたちはにらみあった。やがてジェニングズは言った。

「教えてやろう」彼のたるんだ顔つきが嘲笑《ちょうしょう》に変わった。「若い連中は話に聞くバック・シャッツを敬《うやま》っているかもしれないが、おれはあんたのだぼらなんぞお見通しだ。おれはこの街の通りで荒れて育ったんだ。マックス・ヘラーがいなかったらどうなっていたかわからない」

「おやおや」わたしはこめかみをさすった。「なんてことだ《フォー・クライスッ・セイク》」下にいた若い警官たちは結局悪ふざけをしていたのだ。わたしをわざとヘラーの秘蔵っ子に押しつけた。こちらはジェニングズに不親切な印象さえ受けていなかった。彼の声にこめられた悪意に、なぜもっと早く気づかなかったのだろう。かつては容易にだまされない人間だったのに。

「キリストの名を口にするんじゃない、このユダ公が」ジェニングズはわたしに指を突きつけた。「おれは教会に通っている。マックスがちゃんとやれと教えてくれたことの一つだ。彼は父親にいちばん近い存在だった」

こんどはこちらが笑う番だった。「それは気の毒にな、坊や」

「なんだと」彼は立ちあがってデスクに身をのりだした。攻撃の合図だ。このときになって、わたしは部屋にはほかにだれもいないことに気づいた。「おれを気の毒がるとはお笑いだ。あんたのまぬけづらこそ、お気の毒さまだ」

わたしはなにも言わなかった。十五年間、マックス・ヘラーとわたしはすぐそばにすわっていながら、彼がようやく昇進するまでほとんど口をきかなかった。わたしは彼を出世第一主義のおべっか使いと考え、彼はわたしを手に負えない不良刑事《デカ》と考えていた。

映画なら、われわれはなにかの事情でしぶしぶパートナーを組み、やがてたがいに敬意を抱くようになっただろう。現実はそんな楽しいものではなかった。双方でずっと激しい敵意をたぎらせていたが、大きな爆発にはいたらなかった。やがてわたしは退職し、彼のことはほぼ忘れていた。

「四十年間マックスはけんめいに働き、立派で周到な仕事をして殺人犯を逮捕し、事件を解決した。一方あんたは、けしからん私物の銃を手にパワーアップした私物の車を乗りまわし、容疑者を撃ち殺してはなばなしく紙面を飾っていたんだ」

こんどは、わたしが立ちあがって彼に指を突きつける番だ。「ヘラーがきみになんと話したかは知らない。おれは合衆国南東部でピカ一の警官だった。ここの警察はありとあらゆる勲章をおれの胸につけて、種切れになったときには新しいのをこしらえた」

「ああ、知っているさ」ジェニングズは言った。「とくに勇敢な行為に与えられるシャッツ・メダルをくれるとおれは言われたが、そんなきたならしいものはいらないと突きかえしたんだ」

初耳だ。この男のことは聞いたこともすらない。これほど情報にうとくなっていたとは思わなかった。

「だが、あんたがくだらないおもちゃの勲章を集めているあいだも、ヘラーはまじめに捜査を続けていたんだ。彼があんたの二倍の殺人事件を解決したのは知っているか?」

わたしはうなり声を上げた。そのことをヘラーは一、二度口にしていたかもしれない。彼はいつも、簡単明瞭な事件に毛糸玉を追うネコのように飛びついていた。自分の検挙率を上げるためだ。わたしはいつも好きにさせていた。

「部長候補からはずされたとき、あの強い男があそこまで打ちのめされたのを初めて見た」ジェニングズは意地の悪い冷たい目をわたしに向けた。「自分の警察人生は終わったと悟ったんだ。六ヵ月後、彼は死んだよ」

「ヘラーの出世を邪魔したことは一度もない」

「その必要はなかった。あんたはこの部署の悪いところ、法執行機関の悪いところを全部体現している。マックスはおれに言っていた、この街の警官でいるのはクソの川をケツまでどっぷりつかって渡るようなものだと。そして、あんたはそうなった原因の一つだと」

わたしはため息をついた。「では、おれのためにコンピューターで調べてくれる気はないわけだ」

「おれのオフィスから出ていけ」ランドール・ジェニングズは言った。

「会えてうれしかったよ、刑事さん」わたしは言った。

こうして、メンフィス警察はわたしのナチ追跡をこれっぽっちも手伝ってくれないことがわかった。

テレビで見た忘れたくないこと

「最近の映画の主役は、でぶでたるんだ滑稽な男が多すぎるようだが」テレビの司会者が言った。「どうしてだと思われます？」

「それは、男らしさというものの概念が文化的に大きく変わってきたことの副作用でしょう」ゲストが言った。アシのようにひょろりとした男だ。頬ひげ、めがね。ユダヤ系の名前。球根のような頭部の下に流れるテロップによると、ニューヨーク大学の映画学科の教授らしい。孫の大学だ。なるほど。

　動きまわるのがだんだんとおっくうになってきたので、最善の行動方針はできるだけソファを離れないことだとわたしは決めていた。だからテレビはよく見る。ニュースとトーク番組が好きだ。退屈になったらさっさと打ち切れる会話を、だれかとしているようなものだ。

「くわしく説明していただけますか、教授」司会者がうながした。

「伝統的なアメリカの男らしさの典型は、いわゆる〝タフガイ〟と形容されるタイプです。体を動かして働き、家族を守り、奴隷を鞭打ち、先住民を根絶やしにする。つまり、タフガイのしそうなことをするわけです。二十世紀の映画では、西部劇にこういうタイプが具現化されていた。『真昼の決闘』のゲイリー・クーパーをはじめとしてね。その後、西部劇のヒーローの都会版が現れました、スーパーコップとか現代の処刑人とか」

「ふうむ、なにが変わったんでしょうか？」

「男に対する社会の期待が変わったんですね。もっとも力のある人間は日がなコンピューターの端末に向かっているという事実を、目にする機会が増えているわけですよ。それに、アメリカの刑務所に二百万人が収容されている現状では、タフガイがたたきのめせる悪党はあまり通りに残っていませんしね」

わたしはソファ・クッションのあいだに手を入れてリモコンを探しはじめた。これまで、FOXニュースでたくさんの真のタフガイ・ヒーローを見てきた。最近では、そのあまりにも多くが国旗におおわれた棺に入って帰国する。

「しかし、わたしたちの共通認識の中に、タフガイは間違いなくまだ残っていますよ」司会者が言った。「観客は新しい硬派のジェイムズ・ボンド映画に詰めかけているし、『バットマン』は五百万ドルの興行収入をたたき出している」

「いいですか」教授は苦笑した。「ぼくも『ジュラシック・パーク』は大好きですよ。でもだからといって、恐竜がいまだに重要だということにならない」

わたしはチャンネルを替えた。

4

ウォレスが死んで二日後、わたしはローズが寝室をごそごそと歩く音で目がさめた。

「おはよう、バック」わたしが身動きするのを見て、彼女は声をかけた。「きょうの気分はどう?」

枕から頭を持ちあげた。七時二十分。丸一日なにもすることがないというのに、こんなに寝坊してしまった。「まだ生きている」わたしは答えた。

「スーツを出しておいたわ」

「スーツなんか着ない。なんでスーツがいるんだ?」

「ウォレスのお葬式よ」

「ああ、おれは行かないよ。彼にはもう会った」

ローズは首を振って小さく笑った。わたしの片意地な言動はおなじみだ。「お見舞いにいったからって、敬意を表しにいかなくていいことにはならないわ」

「ああ、だけど彼はおれがいるときに死んだんだ。だから、先にじゅうぶんな敬意を表しておいた、あとで行かなくてすむように」起きあがってわきの下をかいた。

「一緒に行くのよ、バック。ベッドから出てスーツを着なさい」

「まったく、おれを早死にさせるつもりか」

だが、わたしは着替えた。彼女にはわたしが行くとわかっていた。いつも葬式には行くのだ。でも、自分で運転していく点は譲らなかった。

葬式の前に追悼礼拝があるので、コリアーズヴィルにあるジムの教会へ向かった。新しくできた大きな教会の一つで、何枚もの巨大な反射ガラスと真っ白な化粧漆喰《しっくい》の壁でできている。フードコートまであって、まるでショッピングモールだ。

広い中央礼拝堂には映画館のような椅子が二千人分あり、日曜日には信徒の巨大集団が詰めかけるので、教会は非番の保安官助手たちを雇って駐車場の整理をさせている。だが、わたしたちが追悼礼拝に到着したときには内陣はほぼからっぽだった。棺をかつげる若い参列者がいなかったので、ジムは生垣の手入れとサッカー場の芝刈りに来ていたメキシコ人数人に運ばれてきた。ジムは長生きしたから愛する者たちの多くに先立たれているし、それ以外の者はみんな彼のことを忘れていた。

ジムの棺は荒削りでちゃちに見え、少し強く揺すったら腕が飛びだしそうだった。小さな花輪が二つ供えられていたが、花の数は少なく精彩がなかった。だれかがコピーサービスの店で引きのばしてきた故人の昔の写真が、棺の横に置かれていた。安手の厚紙に白黒で印刷されている。ハインリヒ・ジーグラーからどんな財宝を受けとったにしろ、死んだときジムには罪悪感以外なにも残っていなかったのはあきらかだ。恐ろしい罪が彼をみじめなまま逝かせた。

病院で衰弱しているジムを見たときには許せなかったが、がらんとした教会で安物の棺桶を見ると哀れになった。わたしたち夫婦は正面へ歩いていって彼の横に立った。「チャラにするか」ジムに聞こえるかのように、棺にささやきかけた。ローズがわたしの腕をつかんでいた手に力をこめた。

エミリーとノリスは一列目の席にすわっていた。すぐそばだったので、二人を避けるわけにはいかなかった。エミリーは喪服を着て泣いていた。ノリスはピンクのシャツを着て青いネクタイを締めていた。まるで復活祭の卵のように見えた。参列するにあたって、彼は突きでた腹をベルトのないズボンに押しこみ、まばらな髪をてかてか光る丸い頭にむりやりなでつけていた。マニキュアも塗りなおしていた。知りあったばかりだというのにローズはエミリーを抱きしめたので、わたしはしかたなくノリスと握手した。

「あなたはジムにとてもよくしてくれた。そしてご親切にきょうも来てくれて」ノリスは言った。

「ああ、そうだな」

「エミリーと話したんだが、今週あなたとローズにうちへ夕食に来ていただきたいんだ」

「いや、お気持ちはうれしいがむりだろう」この男の指が触れたものを食べなくてはならないと思うだけで、胃がおかしくなる。

ノリスは舌の先で上唇をなめた。「ああ、なるほど。バックは大忙しというわけだ。ゲームが進行中だから」

「なんの話かな」

目を細めたノリス・フィーリーの視線を避けるために、わたしはほかの参列者に目をやった。ジムの親戚と思われる、ぽかんと口を開けた男が二人。車ですぐの近所に住んでいて、もっとましな用事を思いつけないぼんくらたちだろう。一人は女房と落ち着きのない子どもを連れていた。

ほかに老人が二、三人いるが、別々の席にすわって遺族にもだれにも話しかけようとしない。ジムの友人か、教区民かもしれない。あるいは新聞で訃報を読んで、ただ飯が食えると期待して来ただけかもしれない。

ローズとわたしはほかの人々から離れた後方に席をとり、わたしは煙草に火をつけた。ライターをつけてから三十秒もたたないうちに、近づいてきた男に消すように言われた。

「失礼。申し訳ありませんが、教会は禁煙です」

三十代なかばか。さっぱりと剃ったひげ。短く刈ってきちんと分けた薄茶色の髪。青いボタンダウンのドレスシャツ、カーキのパンツ。ノーネクタイ。えくぼがあり、話しながらわたしの肩に親しげに手を置いた。

わたしは彼をにらみつけた。「あっちへ行け、うるさいやつだな。葬式に出ているのがわからないのか?」

「あなたはバック・シャッツでしょう」彼の手はまだ肩から離れなかった。「エミリーがあなたのことを話していた。わたしはドクター・ローレンス・カインドです」

「ああ」わたしは鼻を鳴らした。「医者《ドクター》か。あんたたちは大いにジムの力になってくれたよ」

彼は微笑した。「わたしの博士号《ドクター》は神学ですよ。肉体ではなく魂の世話をしている。はんとうに、ジムの力になれていたことを、そして臨終にあたって彼が安らかだったことを願います」

ジムが死んだときのことを話しかけたが、カインドはなにか探りを入れているという妙な勘が働いた。わたしはもう一度じっと彼を見た。もしかしたら、ジムはナチと金塊についてこの男に懺悔していたのかもしれない。ここは南部バプテスト教会だ。南部バプテストは懺悔するだろうか？　いや、しないと思う。するのはカトリック教徒とペンテコステ派だけだ。あるいは、聖公会もするかもしれない。異教徒は種類が多すぎてとても覚えきれない。

ともかく、懺悔をする教派ではなかったとしても、ジムがこの牧師に良心のとがめを打ち明けていた可能性はある。ノリスのおかしな態度にも意味があるとしたら、わが戦友は臨終に際しちゃんと秘密を守らなかったわけだ。

そして、カインドはどことなく妙だった。微笑すると顔が全開になる感じで、ピンク色の歯茎、唇、小さな曲がった歯のあいだでちろちろする舌という、つばでぬれた部分がやたらと目立つ。だが、牧師は利口そうに見えた。少なくとも自分では利口だと思っているようだ。だから、わたしはまぬけなふりをした。

「ここはあなたの教会？」

「ここの人々の魂のお世話をしています」カインドはにっこりして、その爬虫類のような顔が神の無限の愛に輝いた。背筋が冷たくなったが、血行が悪いだけかもしれない。

「だったら灰皿がどこにあるかおわかりだろう」

カインドは眉をひそめた。「バック、ここは禁煙なんです。ことを面倒にする気じゃありませんよね」

「遠慮なく他人に面倒をかけられるのは、年をとる三つの楽しみのうちの一つだ」わたしは言った。「あとの二つは煙草を吸うことと、自分が相手をどう思うか本人に言ってやることだ。三つのうち少なくとも二つができない場所へは、ぜったいに行かない」

「ちょうどよかった、そうおっしゃっていただけて」カインドは言った。「エミリーはこんどのことがとてもこたえていて、きょうは話ができる状態じゃないんです。でも、ジムと親しかった人がひとことあいさつをしてくれたらと思いましてね。エミリーたちはあなたが彼のことを、もしかしたらほかのだれよりもよく知っていたんじゃないかと考えている。きょうの礼拝中に、立って友人について思うところをみんなに伝えていただけたら、たいへんありがたいんだが」

「それはあまり親切とは言えない行為だな、彼はもう死んじまっているんだし」

「バックは喜んでお話ししますわ、カインド博士」ローズが横から言った。

カインドはわたしを見た。「では、お願いできますか?」

わたしはため息をついた。「しかたがない」

「よかった」彼はわたしの肩から手を離して、礼拝堂の正面へ戻っていった。

「かんじんの灰皿を忘れないといいが」わたしはローズに言った。

「お行儀よくして」彼女は命じた。

カインドは棺の横のステージに上がって、マイクをつかんだ。ふだんはもっと大勢の聴衆を相手にしているのだろう。

「おはようございます、キリストの幸いなる子どもたちであるみなさん」彼は呼びかけた。「ここでお会いするのは喜びだが、もっと楽しい折りであったならと思います」

彼はわたしに煙草を消せとは言わなかったので、よしとしよう。立ちあがって即興の追悼演説をしなくてすむなら、もっとよかったのだが。

「こうした集会の意味、それは、集えば地域社会に影響を与えられるということです」

わたしは周囲を見まわした。参列者は、カインドを含めて十四人にまでふくれあがっていた。

「しかし、こちらのように大勢の人々を受けもつ場合の欠点として、お一人お一人とじっくり知りあう機会がなかなか持てないということがあります。ジム・ウォレスとはその機会を逸してきました。そして、彼はもう世を去ってしまった。深い後悔の念を覚えます。ジムのご家族の話では、彼はちょっとしたことに大きな喜びを見出す穏やかな人間でした。たとえば、夏の暑い日に飲む冷えたビールや、朝食に食べるカリカリに焼けたベーコンといったものに。そして神は、日々の恵みに喜びを見出す人々をもっとも愛されるのです」

「ベーコンを食うやつを神は愛するそうだ」わたしはローズにささやいた。「どうしてだれもユダヤ人に言ってくれなかった？」（ユダヤ教では豚肉を忌避する）

「そういった楽しみのすべてに、ジムはふさわしい人間でした。地域社会で長年精を出して働き、物質的に豊かではなかったが、家族の愛情、教会そしてミッドサウス地域全体にいる友人たちの愛情に恵まれていました」

　全部で十四人の愛情に。

「その友人たちの一人でユダヤ教徒のバック・シャッツは、六十年以上前からジムと親しくしてきました。二人はともに第二次大戦に出征し、今週ジムが最期のときを迎えるにあたってバックは枕辺《まくらべ》を訪れて慰めました。このような生涯にわたる友情は、主イエス・キリストがわたしたちに与えられる最上のお恵みなのです。きっと、ミスター・バック・シャッツは話したいことがおありでしょう」

　わたしはうめきながら立ちあがって、ステージへ歩いていった。カインドがマイクを手渡した。

「ありがとう、カインド博士、すばらしい説教だった。ジムをよく知らなかったとおっしゃったが、あなたはあの男の本質を述べられたと思う。とくに、ビールとベーコンについて言われたくだり。あれを話のトップに持ってくるとは並たいていのことではない」

「あなたの思いだけを伝えていただければ、バック」カインドは口をはさんだ。

彼の忠告を受け入れるべきかどうか考えたが、思いのままを伝えるのはこの場ではいささかまずかろう。

「ジムは長生きして、老人として死んだ。それはたいしたことだと思う」わたしは、自分がまだ煙草を手にしていることに気づいた。

「えー、教会内は禁煙だとカインド博士に言われたが、わたしはあっちへ行けと答えた」カインドはくすくす笑ってみせたが、不快感は隠せなかった。ジムの会葬者たちの前で騒ぎを起こすつもりはないが、牧師に少し冷や汗をかかせてやるのはいい気分だった。

「葬式ではかならず煙草を吸う。というのは、自分が棺に横たわる日が来たときに、もう一本吸うひまがなかったことを悔やみたくないからだ。じつのところ、その点では大いに遅れをとりもどさなくてはならない」

わたしは咳をした。

「一九七四年に一度禁煙した。このまま吸っていたら、十中八九死ぬだろうと思ったからだ。わたしは節目の二〇〇〇年が来るのを見たかった。孫たちが大きくなるのを見たかった。いまはもうそれらを見たが、結果としては失望した。きれいな空気を吸って三十年をむだにしたわけだ。だから、息子が死んだとき、店に行ってラッキーストライクを一カートン買った」

間を置いた。

「それがジムとなんの関係があるのかわからないが、えー、この年になると、思考の流れをたどるのがときに容易ではない。ジムとわたしは一緒に戦地に赴いた。ナチの捕虜収容所でも一緒だった。あれは生涯で最悪の経験だった。あそこで死にかけたんだ。大嫌いなやつらでも、まずナチの収容所へ行かせたいとは思わないが、ジムはあそこにいてよかったんだ」

「つまり、その試練のあいだ彼があなたを支えてくれたからですね」カインドが言った。

「ああ、そうそう」わたしは言った。「あれだ、夏の暑い日の冷えたビールのようなちょっとした喜びを愛する、その性格でね」

「まさにおっしゃるとおりだ」カインドは言った。

「当然ながら、ナチの収容所にビールはなかった」

カインドは眉をひそめた。「ええ、なかったでしょう」

「カリカリのベーコンもなかった」

「なかったでしょうね」

「要するに、ジム・ウォレスは友だちだった。彼がいなくなって寂しくなるだろう」

「ありがとうございました、バック」カインドの口ぶりは、こちらの身にあまる温かさに満ちていた。ここまで愛想のいい人間には、かならず裏があるはずだ。

終わったことにほっとして、わたしはステージを下りた。だが、席に戻るとローズの機嫌はよくなかった。

5

通常、葬式の行列には警察のエスコートがつくので、わたしは墓地まで赤信号におかまいなく運転することに慣れている。だが、ジムの会葬者は少なすぎた。がっかりだった。墓地で、われわれは無言で立って棺が地中に下ろされるのを見守った。灰色の雨の朝で、少なくとも天気だけはこの場にふさわしかった。

わたしとローズが墓地の門へ戻っていく途中で、ノリス・フィーリーが追いついてきた。逃げられればよかったのだが、そんなに早く足は動かない。

「きょうはお話ししていただけてよかった」彼は言った。しかし、目を半分閉じた剣呑《けんのん》な様子からすると、ちっともよくなかったと思っているにちがいない。

「ジムとは長いつきあいだ」相手の表情を無視してわたしは答えた。「あらためて、お悔やみを言わせてもらう」

「エミリーは父親が死んだことでまだかなりまいっている」

「おいたわしいこと」ローズが言った。「わたしたちになにかできることがあるかしら？」

「彼女のために、ジムの権利をちゃんと守ってやりたいと思っているんだ」

「たいへんけっこうなことだ」わたしは言った。「失礼するよ、きみは忙しくなるだろうから」

「それもあってあなたと話したいんだ。エミリーは例の金《きん》の分け前にあずかる資格がある」

「なんの話かわからないね、ノリス」

「ああ、わたしにクソみたいな嘘をつこうったってだめだよ。財宝のことは全部知っているんだから」

「おい、妻の前で下品な言葉を使うな。それに、おれは金なんか持っていない。きみはユダヤ人についてあやまった考えを抱いているようだ」

「ジムが秘密を話した相手はあなただけじゃない。それに、あなたがジーグラーを探す気になったのも知っている。彼を追跡するなら、こっちにも一枚かませてもらいたい」

警官になってすぐさま覚えることの一つは、映画の登場人物みたいなしゃべりかたをする連中は役立たずか、それよりもっと始末が悪いということだ。「ジーグラーの金がほしいなら、ジーグラーと話をしたほうがいい」

「どうやって彼を見つけたらいいのかわからないんだ」ノリス・フィーリーはつばを飛ばしながら言った。

「だったら、それは自分で解決するんだな」わたしは言った。「どんな様子か知らせてくれ」

ジーグラーを探すという難題にどう挑むのか、お手並拝見だ。

「ジーグラーが生きていると知ったら、あなたは地獄の門まで彼を追っていくだろうとジムは言っていた」

ジム・ウォレスにはそこまでわたしを買いかぶる理由はなかったはずだが、他人を寄せつけず放っておいてもらうために最大限の努力をしているにもかかわらず、どうもわたしはまわりに好かれるらしい。きっと、いかつい好男子の外見と陽気な魅力のせいだろう。だが、警察署で大コケしたあとでは、メッキがはがれたというものだ。

「最期のころ、ジムは頭が混乱していた。気づいているかどうか知らないが、おれはうんと年寄りなんだ。そう言ったときジムの記憶にあったおれと、いまのおれとは違う。事実、こうして雨の中に立って話しているのさえ、命にかかわるかもしれない。わかるかね？　鼻風邪をひいても致命的なんだよ。このおれにいったいなにをしてほしいんだ？」

「ジムがあなたにしてほしいと思っていたこと、つまりわたしたち二人にしてほしいと思っていたことだ」

「ジムになにか借りがあるとは思えないね」すでに、ジム・ウォレスのせいで貴重なニュース解説やコメントをたくさん見逃している。それに、ノリスがわたしの払った犠牲の大きさを理解していないのも癪《しゃく》にさわった。

「そうか、こっちはあるんだ」ノリスは言った。「わたしは若いときにおやじを亡くしているんで、エミリーと一緒になって以来、ジムが人生で大切な役割を果たしてくれた。これは……なんというか……ジムの遺産だと思う。それなのに、わたしを締めだそうとしているようじゃないか。あなたと、あのずる賢いちびの牧師は」

「カインド博士とはきょう会ったばかりだし、彼のことはあまり好きになれない」

ノリスは、毛だらけのソーセージのような指を丸々とした小さなこぶしに握りこんだ。「嘘をつくな」彼の声はかん高く緊張していて、きつく張りすぎた弦のようだった。「たちまち友だちになったじゃないか。父親が死んで一時間もたたないうちに妻は親切にもあなたを家まで送っていったのに、ろくに礼も言われなかった。夕食にうちへ招待しても断わられた。ところが会ってから五分もしないうちに、口先のうまいラリー・カインド牧師はあなたを古くからの友だちみたいに抱きしめていた。きっと、やつはすでにわたしの取り分を横取りしようとたくらんでいるんだ。そしてあなたは、やつの好きにさせるつもりみたいじゃないか」

「そもそもカインドが財宝のことを知っていると、どうして思うんだ?」

「ジムが死ぬ少し前にやつは病院へ来て、二人だけでしゃべっていた。おそらくジムは例の話をしたんだ、いかにも牧師が大いに興味を持ちそうな話だよ。カインドはいつだって、忙しいスケジュールの合間をぬって死にかけている人間を訪問する。贈与をかすめとるのがえらくうまくなっているって話だ」

ノリスの言うことに興味があるふりをしても意味がない。教会の利害などくそくらえだ。

「そうか。カインドが財宝をほしがっているというなら、おれの助けなしでやることになる。金があるのかどうかおれは知らないし、あるとしてもどうやって見つけるのかさっぱりわからない」

「偉大な刑事が宝探しに加わらないのか？」

「ノリス、おれは殺人課にいたが、三十五年前に退職した。殺人事件を解決するよりも有色人種に消火ホースの水をかけるのに忙しかった警察の、平凡な刑事だったんだ。殺人課の刑事は、しゃかりきにがんばろうとしなければたいした仕事じゃない。死んだ娘を見つけたら、恋人をつかまえた。事件がそれより複雑だったら、たいていは逮捕までこぎつけられなかった。人狩りの方法はまったくわからない、なにしろ六十年以上前に地球のほぼ反対側で目撃されたという事実しか、手がかりがないんだからな」

ノリスは無言だったが、しまいには純粋な悲しみに見える表情になった。あるいは、腹にガスがたまっただけかもしれない。見分けるのはむずかしい。

「いいか、ノリス、ジムは宝の地図を渡してくれたわけじゃない。手がかりはもう消えかかっている。まったく残っていないかもしれない」

彼は小さなうめき声を発した。「どれだけの価値があるにしろ、カネだけの問題じゃないんだ」彼は言った。「おやじさんが好きだった。いなくなって寂しいんだよ」

釈明する必要を感じたことじたい、ノリスにとってはほぼカネだけの問題だという意味だが、どのみち察しはついていた。しかし、少なくとも嘘をつくだけの上品さは彼も持ちあわせていたわけだ。

わたしは煙草に火をつけた。「金の話は忘れて女房の面倒を見てやれ」

彼はうつむいて条件つき降伏ととれる言葉をつぶやき、エミリーの泣き声がするほうへ歩き去った。だが、あの男は石頭で強欲だから、分別と品位に訴えても、そう長くは引きさがっていないにちがいない。

6

墓地の駐車場を出てすぐ、ローズがわたしに向けた顔つきを見て、きつい小言が待っているのを悟った。

「バック、さっきあの人が話していたのはなに?」

「さあな」わたしは手で振りはらうしぐさをした。「たぶん、頭がおかしいんだろう。心配するな」

彼女はこわい目でこちらをにらんだままだ。車内には、フロントガラスをこするワイパーのリズミカルな音だけが響いていた。

「バック、平凡な刑事でいるのはたいしたことじゃないなんて言うのを、わたしが信じると思う？」

「それは百パーセントほんとうだ。問題は、がんばらないでいるこつを、ついにおれが呑みこめなかったことだ」

ローズは顔をしかめた。「いったいなにに巻きこまれているの？」

ローズに嘘をついてもしかたがない。彼女とは長いつきあいで、わたしのことを知られすぎている。

「巻きこまれてなんかいないさ。死ぬ前にジム・ウォレスが、ナチのハインリヒ・ジークラーがドイツから逃げだしたと言ったんだ。ちょいと追跡してみたいと思ってね、やつの金塊が手に入るかもしれないだろう」

ローズは車の窓の内側を指の節《ふし》でたたいた。いらだっているときの癖だ。「ナチは金塊なんか持っていないわ、バック。あなたのは夢物語よ」

正論だ。声に出して言うたびに、ナチの金塊探しというのはばかげて聞こえる。だが、自分の中ではまっとうに思える。やるべきことのように感じられる。

「それで、どうするつもり？」ローズは聞いた。「その男をつかまえる気なの、これだけの年月がたっていて、だれもつかまえていないのに？」

「ああ。とりたててほかにやることもない」

「幽霊を追いかけて、ヨーロッパや南米やエジプトに出かけるなんてだめよ。あなたが薬をちゃんと呑んでいるかどうか、確かめられないじゃない」

「さてね。メンフィスの外につながるような手がかりすら見つからないんじゃないかな。痕跡はもう途絶えている」

「でも、なにも見つけなくても、ナチとその財宝を探しはじめたら危険な連中と出くわすことになるわ」

わたしは笑った。「たとえば？　ノリス・フィーリーか？」

「バック、あなたはいつだって危険な連中の機嫌をそこねるのよ」

「そうだな、おれは人生を楽しくしておきたいんだ。それにとにかく、危険な連中を扱うのはいつだってお手のものだった」

「いまは昔ほどじゃないんじゃないの」

それはわたしも考えていた。「死んでなによりもすばらしいのはね、スイートハート、葬式に行くのもこれっきりだってことだよ」

彼女はおもしろいとは思わなかったらしい。「バック、自分に聞いてごらんなさい。なにかを追いかけているのか、それともなにかから逃げているのか、どっちだろうって」

答えは浮かばなかった。

ローズとわたしは六年前に息子を亡くした。五十二歳で、彼は逝ってしまった。わたしたちはまだ生きている。その現実を引きずって歩くことに疲れ果てている。かつて、わたしは強い男だった。動かざること岩山のごとしだった。しかし、長い年月がたてば花崗岩も雨風にむしばまれる。いかに自分がタフだと思っていても、長く生きていればしまいにはやわになる。

雨は車の屋根をたたきつづけ、そのあとわたしたちは無言で家まで帰った。

忘れたくないこと

ハインリヒ・ジーグラーはバイエルンの田舎の小さな村で育った。アルプスのふもとの丘陵地帯が見える、わらぶき屋根と石の壁でできたコテージで。心惹かれる場所なのだろうが、戦後訪れたとき、わたしはそんな気分ではなかった。

ドアが木枠の中でがたつくほど強くノックすると、中年の女が顔を出した。軍服とアメリカの記章を見て女は眉をひそめ、それから悲しげな泣き声を上げて飛びかかってくると、細い両腕を振りまわし、小さなこぶしでわたしの胸をたたきはじめた。わたしは彼女の手首をつかんで背中にまわし、地面に押し倒した。

女は歯をむき出して野良猫のようにうなった。

「英語は?」わたしは聞いた。

「遅かったよ」彼女は言った。「いない。みんな死んだ」

「ハインリヒ・ジーグラーは?」

女がおいおい泣きだしたので、わたしは家の中を探すことにした。中は暗かった。シンクにはよごれた皿がたまり、ゴキブリが台所の床をすばやく這いまわっていた。寝室のサイドテーブルの上に配達された手紙が四通あり、グレタ・ジーグラーに三人の息子グスタフ、アルベルト、ハインリヒ、そして夫カールの死を告げていた。

手紙を持って、ジーグラーの母親がまだ地面で泣いている外に出た。

「彼はどこに埋葬された?」手紙にあるハインリヒの名前を指さして尋ねた。さらに二度どなるようにして聞くと、彼女は遠くの丘の向こうにかろうじて見える教会の塔を示した。わたしは手紙を捨て、それを踏みつけて自分のオートバイへ戻った。

彼女は愛する者たちすべてを失っていたが、わたしはドイツ人のだれにも同情心を持ちあわせていなかった。わたしに言わせれば、どんな苦しみであろうと、彼ら全員にとって当然の報いだった。

教会の墓地は新しくできた墓でいっぱいで、ジーグラー三兄弟は父親とともにそこに埋められていた。わたしはハインリヒの墓標をしばらくのあいだ眺めた。没年月日は手紙と一致しており、手紙はベルリンで見た記録と一致していた。わたしは煙草を一本ふかし、吸いおわると墓石の上でもみ消して黒いよごれを残した。

長年大勢の人間に嘘をつかれてきたので、相手がうっかりぼろを出したときにはたいてい気づく。グレタ・ジーグラーが偽りのしるしを見せていた記憶はない。彼女はほんとうに息子が死んだと思っていた。ハインリヒが自分のまやかしをこっそり知らせたとは考えられない。彼は母親を悲しみの底に突き落としたまま逃げだした。もしかしたら、顔を合わせられなかったのかもしれない。自分が見たり手を下したりしたことのあとでは、家に帰れなかったのかもしれない。あるいは、母親のことなどどうでもよかったのかもしれない。

7

翌朝ビリーが電話してきて、わたしよりずっとましな探偵であることを証明した。電話が鳴ったとき、わたしはカップの中のオートミールをかきまわしており、まだぬるいとローズに文句を言っていた。

「どんなぐあい、じいちゃん?」

「まだ生きている」

「反誹謗同盟（ユダヤ人に対する誹謗中傷を監視する非政府組織）のボランティアをしている知りあいの女の子に、ナチのことを話したんだ」

「ほう、それで？」

「ジーグラーを目撃したのは友だちのジム・ウォレスだけじゃないはずだから、逃亡戦犯を追跡してる人たちならもっと情報を持ってるかもしれない。ぼくたち、そう思ったんだ。彼女、サイモン・ウィーゼンタール・センターっていう組織に聞いてみるべきだってさ。反ユダヤ主義と闘ったり、人権を擁護したりしてるんだけど、前はおもにナチを追跡してたんだ」

「聞いたことがある」

「だろう。だから、電話してみたんだ。そうしたら、そいつについておもしろい情報をいっぱい教えてくれたよ」

「話してくれ」わたしの気持ちは興味といらだちの半々だった。

「ジーグラーが最初にナチ・ハンターの注意を引いたのは、一九六九年にイスラエルの情報機関モサドが彼の生存情報をつかんだときだ。彼らがつかまえた別の逃亡者が、ジーグラーが偽造の身分証を手に入れるのを手伝ったと告白したんだって。この逃亡者が伝えた別名を手がかりに、イスラエルはジーグラーがアメリカ合衆国に来たのを突きとめた」

「じゃ、彼はここにいるのか？」リンゴを一口かじった。八十七歳でどうして自分の歯が全部そろっているのかと、かかりつけの歯医者が尋ねたことがある。わたしは答えた。秘訣は、だれかがこっちの口を殴りつけようとしたときにかならずよけることだと。

「おそらくこの国にいるよ」テキーラは言った。「一九八二年に、イスラエル政府内のだれかが、ジーグラーについての情報をウィーゼンタール・センターにもらしたんだ。たぶん、使ってる名前と住所を。アヴラム・シルヴァーという調査官がこの件を調べはじめた。ジーグラーを戦争犯罪容疑で裁くかイスラエルに引き渡すかするように、シルヴァーは何度も連邦当局に訴えたんだけど、検事たちは告訴しようとしなかった。一九九〇年に、シルヴァーはウィーゼンタール・センターをやめてイスラエルへ移住した」

「で、ジーグラーの居場所を教えてくれたのか？」

「いや。そこは悪いニュースなんだ。センターからファイルがいくつも消えてたんだよ。イスラエルへ行くときに、シルヴァーが土産を持ってったのかもね。でも、いいニュースとして、シルヴァーを見つければ彼がさっとジーグラーの居所を教えてくれるよ」

「どうやってシルヴァーを見つける？」

「ああ、かんたんさ。名前と以前の住所と勤め先がわかってるんだ。それだけ情報があれば、グーグルを使ってすぐに見つかる」

「あれか、くそ」わたしは言った。「いまのはみんな、あのばかげたグーグルごっこに誘いこむための罠だったのか？　あいにくだな、ワイルドターキー、そのジョークはもう聞いた。クリント・イーストウッドだろう。わかっている。ハ、ハ、ハ」

「じいちゃん、いったいなんの話？」

「グーグルはもう見せてもらった。なにがそんなにおもしろいのかわからない」

「なにもおもしろくなんかないよ。検索エンジンなんだから」

「それはどういう意味だ」

「ぼくがもう調べたって意味だよ。アヴラム・シルヴァーのいまの住所と電話番号。それで一緒に彼の話を聞こうと思ってさ」

「なに？　ほんとうか？」もし聞かれたら、かなり感心したとテキーラに言ってやらなくてはならない。聞かれなくてなによりだ。

「ああ。イスラエルにかけるのに国際電話コーリングカードを買ったんだ。いま彼にかけて、電話会議をすればいい」

「そうか」テキーラの言ったことはよくわからなかった。「うむ、そういうことなら、まあ、やってみてもいい」

エルサレムとの時差は八時間だから、向こうはいま午後四時半ごろだ。だが、アヴラム・シルヴァーは自宅にいた。われわれがなぜ電話したかを説明すると、彼は興奮した口調になった。

「かかわらないほうがいいですよ。時間のむだだ。そちらではだれも、昔のナチになんか興味がない」

「ぼくたちはあるんです」テキーラは言った。「彼につぐないをさせたい。あなたはファイルを持っていったんですか？」

「もちろん持ってきた。わたし以外のだれも、興味がないんだから」

テキーラは若すぎて、だまされかかっていても気づかない。「ミスター・シルヴァー、興味があるからぼくたちは電話してるんです」彼はくいさがった。

「やめたほうがいい」シルヴァーは言った。「だれもとりあおうとしないんだ」

「それでも、お持ちの資料のコピーを送るかファックスしていただけるとありがたいんですが」

「アメリカは犯罪に対してどうにも腰が重い点がある。ほんとうだ。同じユダヤ人として警告しておくが、間違いなく時間をむだにすることになりますよ」

少しずつ、われわれは彼から話を引きだした。シルヴァーによれば、ウィーゼンタール・センターはジーグラーを逮捕させようとする彼の努力をバックアップしてくれなかったし、連邦政府は事件にしたがらなかった。連邦検事局は、シルヴァーが用意した分厚いファイルにある証拠では、さらなる行動を正当化するには不十分だと主張した。

「そのファイルのコピーを見せていただけませんか？」テキーラは頼んだ。

「とりあってくれる人はだれも見つかりませんよ」

テキーラはため息をついた。

シルヴァーは苦労話を続けた。何年間も電話しては伝言を残し、何通も手紙を送ったあげく、アメリカ合衆国に潜む戦争犯罪人に対してアクションを起こすことに自分以外のだれも乗り気でないことにいらだって、みずからセントルイスへ行ってＦＢＩも無視できない証拠を手に入れようとした。

「セントルイス？」わたしは話の途中でさえぎった。「ジーグラーはセントルイスに住んでいるのか？」

「ええ」シルヴァーは答えた。「彼には願ったりかなったりの場所ですよ。アメリカのどこよりも、あそこではユダヤ人が憎まれているらしい」

証拠を見つけるためのシルヴァーの賢明な方法はこうだった。ジーグラーの家に侵入して警報装置に引っかかり、逮捕されたのだ。ジーグラーが血に飢えた戦争犯罪人だというあらゆる証拠を無視したのと同じ連中が、いそいそとシルヴァーを強盗の罪で告発した。

「反ユダヤ主義者め」ドンドンという音が聞こえた。たぶん、シルヴァーがこぶしでなにかをたたいているのだろう。「十五年間も偏狭な当局と闘ってきたわたしを、あの嫌ユダヤどもは刑務所に入れようとしたんだ」

もちろん、賢明な彼はそんなはめにはならなかった。保釈金を出してすぐさま逃げ、民族の永遠の故郷へ帰る権利を行使した。

「ユダヤ人が迫害から逃《のが》れられる聖域が世界に一つだけでも残っているのは、神のお恵みですよ」

なんというまぬけだ。「神はあきらかにそういうケースを想定していたんだな」わたしは言った。

「いまはイスラエル政府でちゃんとした仕事についています。偏狭な考えがはびこっていないユダヤの国では、わたしのような才能はそれなりに認められるんだ」

「どんな才能かな？」わたしは聞いた。「イスラエル政府でどんな仕事をしている？」

回線の向こうは沈黙した。わたしはラッキーストライクに火をつけた。

「ぼくたち、ジーグラーのファイルをどうしても見たいんです」

「時間のむだですよ」

またそこに戻るわけか。聞きあきた。

「ああ、くだらない話はもうやめろ、二人とも」わたしは語気荒く言った。

二人は黙った。わたしはリンゴをまた一口かじり、嚙む音が聞こえるように受話器を顔の前に持ってきた。

「リースリング、いっぱしの弁護士になるつもりなら、情報を渡したくないと思っている相手にどう話すかを勉強しろ」

「ぼくの名前はテキーラだってば。それに、彼が情報を渡したくないわけがある？　ぼくたちはみんな同じものをほしがってるんじゃないか」

「もちろん同じものをほしがっている」わたしは言った。「そして、このあほうはおれたちがファイルを見たら自分がそれを盗めなくなると思っているんだ」

「あなたが言っているのは、ジーグラーが盗みだしたというナチの財宝のことですね」シルヴァーが言った。

わたしは皮肉っぽい咳ばらいをした。「やれやれ、ようやくその話が出てほっとしたよ。のんべんだらりとマスをかいているのも嫌いじゃないがね」

「そのことは出したくなかったんだよ。だって、こっちの手の内を明かさないでやるんだと思ってたから。彼がそのことを知ってるかどうかわからなかったし」テキーラは弁解した。大の男が蹴飛ばされた犬みたいにクンクン泣きごとを言うとは、じつにみっともない。テキーラの声はカミソリの刃が無精ひげにこすれるようで、この瞬間わたしは孫がちょっと憎たらしくなった。

「ばか言うんじゃない。カネってものは秘密でもなんでもない。だれでもいつでも知っていることだ。このうすのろは、少なくともハインリヒ・ジーグラーについて知ったときから金塊についても知っている」

「どういうこと？」テキーラは尋ねた。

「ウィーゼンタール・センターにいたとき、彼は一度もジーグラーに対してアクションを起こそうとはしていない。じっさいは、やめたときに組織のオフィスからファイルをこっそり失敬したにちがいない。おれたちに渡したくないその情報を、組織のほかの者がいじらないようにするためだ。十中八九、彼は自分が金塊を探せるように捜査を握りつぶしていた。ジーグラーの家に侵入したのはなぜだと思う？」

「証拠を探していたんだ」シルヴァーは言った。誇らしげでふてぶてしくて糞まみれで、ぷんぷん臭うほどだ。

「あんたは家に押し入って、略奪した金《きん》を盗めると考えたんだ。逃亡者であるジーグラーは警察を呼べないと踏んだんだろう」わたしは煙草を一服した。「だが、逮捕された。その才能とやらにもかかわらず、あんたは聞いたこともないくらい最低の泥棒だからな」

「ちょっと、それは聞き捨てならない。この件でわたしを悪者にはできないぞ。こっちは残虐行為の犯人を追いつめたのに、その苦労の報いとして自分が犯罪者のように扱われたんだ。冗談じゃない、わたしは犠牲者だ。憎悪犯罪《ヘイトクライム》の犠牲者なんだ」

わたしは彼をさえぎった。「くだらない話はやめろと言っただろうが？　何度も何度も同じことを言わせるな。それから、反ユダヤ主義についてのグチをあと一度でも聞かされたら、次の飛行機でエルサレムへ飛んでいくからな。着いたらおれがなにをするか、わかるか？」

彼は答えなかったので、先まわりして教えてやった。

「嘆きの壁の前で神に平和と健康を祈ったあと、あんたの家へ行ってその歯をのどの奥までめりこませてやる。いいか、あんたみたいなのがいるから反ユダヤ主義がなくならないんだ」

「ミスター・シャッツ、これ以上話を聞く必要はないと思う」アヴラム・シルヴァーは言った。

「だったら聞くな。一時間前に朝のコーヒーを飲んだから、もうじき楽しい腸の運動が始まる。あんたに邪魔されたくない」

「地獄に落ちろ、ミスター・シャッツ」

「あんたが先に落ちるほうに賭けるよ」

カチリという音がしてシルヴァーは通話を切った。

「どうしてそんなことしたの、じいちゃん?」テキーラが叫んだ。「こうなったら、ぜったいに資料はくれないよ」

「彼は必要ない」

「もちろん必要だよ。ジーグラーが使ってる名前を知ってるし、それについては彼だけが手がかりなんだ。どうやってナチを見つけるつもり?」

「あのとんまな詐欺師は必要ない。情報もいらない。くだらない資料もな」

テキーラはしばらく黙っていた。「どうして?」

わたしはもう一口リンゴをかじった。

「シルヴァーは、セントルイスでジーグラーの家へ侵入したかどで逮捕されたと言った。だから、警察の報告書を見れば住所も被害者の名前もわかる」

「ジーグラーを見つけられる」テキーラは言った。「くだらない資料はいらない」彼は間を置いた。「二、三日、そっちへ帰れるよ。飛行機のマイレージがたまってるんだ。セントルイスに行くなら、ぼくがじいちゃんを乗せて運転していく」

「喜びに胸が躍るな」わたしは言った。「くそをしてくるよ」

「ごゆっくり」

「そのつもりだ。朝のいちばんの楽しみだからな」

8

葬式以来、エミリー・フィーリーが何度も電話してきては夕食に来てほしいと言うので、ローズは招待を受けることにした。

二人が電話で話していたとき、わたしはエミリーに聞こえるように大きな声で運転していくには遠すぎると不平を言った。すると、エミリーは料理をみんなうちに持ってくると申し出た。それはいいわねとローズは答えた。こうして事実上、わたしは獣《けもの》のように追いつめられた。ノリス・フィーリーはわたしを罠にはめたのだ。

「あの連中は好かない」レーズン・ブランにダイエット甘味料をかけながら、わたしは抗議した。「おれたちと話したときのノリスを見ただろう?」

「あなたはだれとでもけんかするのよ、バック。だから、わたしたちにはお友だちがだれも残っていないの」

「おれはそれでけっこうだ」

「あのね、わたしはけっこうじゃないわ。退屈で、寂しいの。それにエミリーはとてもいい人みたいだし、自分のお父さんと親しかった人たちと親しくしたいのよ」

「彼女の父親はあほうだ」

「お葬式に出たのはわたしたちだけよ」

わたしはこぶしで朝食のテーブルをたたいた。「おれは行きたくなかったんだ。それに、あの太っちょのクズ亭主にはがまんできない」

「あなたとノリスはきっと仲直りしてうまくやっていけるわよ」

「きみは自分で言っていたじゃないか、危険な男だって」

ローズは腕組みをした。「そうしたらあなたは笑って言ったのよ、自分はあしらえるって」

「からいばりだ。あいつがこわくてたまらない」

「だったら、愛想よくしておくほうがいいじゃないの」

「おれは断じて譲らないからな」

彼女はほほえみ、目が哀れみでいっぱいになった。わたしがぜったいに勝てないのを知っているのだ。「そうしたいなら、一日じゅうそう言っていればいいわ。でも、二人は六時にここへ来るのよ。あなた、ちゃんとした服に着替えなきゃ」

口いっぱいにシリアルをほおばったまま、わたしは妻をにらみつけた。

「ああ、そうそう、エミリーは教会のあの牧師さんも呼ぶって。あなたたちはとても気が合ったみたいだから、また会えてうれしいんじゃないの」

「なんだと、くそ」

その日の午後にテキーラはメンノィス国際空港に着き、客が来るちょっと前に母親の小さな日本車でわが家に現れた。

「やあ、ばあちゃん。やあ、じいちゃん」テキーラは家に入ってきてあいさつした。彼の後ろで網戸がばたんと閉まった。

ビリーはどちらかというと背の低いほうで、豊かな薄茶色の髪を若者が好むぼさぼさのスタイルにしている。見端《みば》の悪い子ではないが、十ポンドか二十ポンド減量して、ときどき背筋をのばしてみるといいだろう。父親似で、もしかするとかつてのわたしの面影もあるかもしれない。だが、彼の年のわたしはもっと締まった体をしていた。服装はいつもだらしがなく、ブルージーンズ、Tシャツ、フードつきパーカという格好だ。いろいろ不足はあるものの、彼が来たのはうれしかった。たぶん、家族だからだろう。あらかたの他人ほど嫌いではない。

ノリスとエミリーはタッパーウエアやラップしたキャセロールに入れた料理をたくさん持って、少し遅れて来た。どんな状況であろうと、わたしは彼らが出すどんなものもぜったいに食べる気はない。

「バック、お会いできてうれしいわ」エミリーはわたしをハグした。目に見える粘液はどこにもついていないが、彼女が安全な距離に下がるまでわたしは息を止めていた。「わたしやパパを慰めてくださって、とても感謝しきれないわ」

「うむ、ああ」わたしは言った。「これは孫のウィリアムだ」

テキーラは手をさしだし、ノリス・フィーリーと握手した。「テキーラと呼んでください。みんなそう呼ぶんです」

「けっ」わたしはつぶやいた。

ローレンス・カインドは遅れて来た。テキーラとわたしは戸口で迎えた。

「あなたにこれを持ってきた」そう言って、彼は灰皿を渡してきた。

わたしはくすりと笑い、彼の手がわたしの肩に触れたときもたいして飛びあがらなかったし、彼の唇がめくれてぬるぬるした歯茎が見えたときもたいしてあとずさりしなかった。魂の医者がユーモアのセンスを持ちあわせているとは意外だ。

「ラリー、これは孫のモヒートだ。モヒートはニューヨークに住んでいて、亡くなった息子から相続したカネを浪費している」

「会えてうれしいよ、えー、モヒート」牧師は言った。

「テキーラです」テキーラは言った。「男子学生社交クラブでついちゃったあだななんですよ」

「なるほど」カインドは言った。

「カインド博士は、友人ジム・ウォレスの魂を主イエス・キリストの御胸《みむね》に運んでくださったんだ」わたしはテキーラに説明した。

「きっと、彼も喜んだでしょう」テキーラは言った。

カインドは例の寛大なまなざしでテキーラを見て、それからわたしの背後のどこかに視線を向けた。

「また会えてよかった、ノリス」彼は言った。

ふりかえると、ノリスがそこに立っていたので驚いた。昔は、こっそり近づかれることなどめったになかったのだが、最近は聴力に少し問題がある。どういうわけか、耳の外側が大きくなって肉づきもよくなったのに対して、内側の働きは劇的に退化しつつあるのだ。廃墟にはびこる雑草のように、耳の穴にごわごわした毛もはえている。

「クソ食らって死ね」ノリスはカインドにすごんだ。目を糸のように細くして、怒ったチワワのように歯をむき出していた。威嚇しようとしているのだろうが、ノリスは基本的に毛におおわれたマシュマロにすぎないので、便秘で苦しんでいるようにしか見えなかった。

テキーラはいぶかしむように眉を吊りあげて、わたしを見た。わたしは肩をすくめた。いったいどんな映画から拾ってきた悪態だろう。

「バック、わたしはエミリーにあいさつしてくるよ」カインドはそう言うと、ノリスに背を向けてローズとエミリーがおしゃべりをしているキッチンのほうへ歩きだした。

ついていこうとしたが、ノリスに腕をつかまれた。わたしの体に触れてもOKだとこの連中に思わせるとは、あの教会はなにを教えているのだ。

「彼の前で話ができるのか?」ノリスは孫のほうに頭を振ってみせた。彼の額と上唇の上にはうっすらと汗が浮かんでいた。

わたしは鼻をつまんで息をしないようにした。「ノリス、きみとおれのあいだには秘密なんかない」

「わかった、わかったよ」彼はちらりとテキーラを見た。孫は頬の内側を嚙んで笑いをこらえていた。

「あのネズ公の説教屋がなぜここにいるか、わかるだろう?」ノリスはざらついたささやき声で聞いた。

「きっと、きみの奥さんが呼んだからだろう」わたしは答えた。

「言ったとおり、やつはわれわれの財宝を狙っているんだ。ここに来たのがその証拠だ」

「ノリス、財宝はないし、〝われわれ〟もない」

だが、ノリスには聞こえなかったようだ。ピンクに光る頬は怒りに震えていた。「エミリーはジムの分け前を公正に受け継いだんだ。ローレンス・カインドをなんとかしようじゃないか」

「ジムに分け前はありませんよ」テキーラが口をはさんだ。「賄賂《わいろ》を受けとって戦争犯罪人を逃がしたんだから」

「彼に話したのか？」ノリスは手で額をたたき、リノリウムの床にクリームコーンが飛び散ったような音がした。それから、また顔をゆがめて怒りのほどを示すと、太い指をわたしの胸に突きつけた。「カインドが手に入れるものはなんであれ、そっちの取り分から出してもらうぞ、バック」

わたしはゆるんだ下あごをできるかぎりゆがめて最強の威嚇の顔つきをしてみせ、彼の鼻先に指を突きつけた。

「ノリス、牧師に謝罪しろ。そして、ローズのために行儀よくして、今晩をだいなしにしないようにするんだ。ジムのありもしないお宝をどう分けるか、ひまなときにきみとカインドで話をつけるがいい、だがおれの時間をむだにするな。きみたちの妄想につきあうのはまっぴらだ」

「ほう、そういうことなら、喜んであのくそったれとかたをつけてやろうじゃないか。それにそっちともな、もしやつと手を組むなら」ノリスはきびすを返してのしのしとキッチンのほうへ歩いていった。

「じいちゃん、変てこな友だちがたくさんいるね」テキーラが言った。

「そしておまえはそのぼんくらの口をいつ閉じておくべきか、わかっていない」わたしは言った。

見たかぎりでは、ローズはカインドとノリスのあいだの気まずい空気に気づいていなかった。夕食は礼儀正しく進んだが、会話はかたくるしく、少々ぎごちなかった。

ノリスとエミリーは、ローストしてグレイヴィをかけた肉を持ってきていた。取りわけた肉に髪の毛が一本ついているのを見て、わたしは一口も食べなかった。

九時ちょっと前に、年寄りは早く寝ないといけないと言って、全員を追いはらった。客が帰ったあと、ライ麦パンにマスタードとレタスで、ボローニャ・ソーセージのサンドイッチを作った。じつにうまかった。

9

翌朝、落ち着かない気分で目がさめた。この不安感は覚えがある。警官の早期警戒システムだ。脳幹に響きわたって、腹黒いやつがこっちを探してなにかたくらんでいると知らせる、番犬の本能が発する低いうなり声。以前ローズが心理学の本を読んで、意識の上ではまだ結びつけていないものごとの関係性を潜在意識が感知しているのだと言った。わたしはその手のものにあまり関心がないが、ありえなくはないと思った。

しかし、この感じは三十年ぶりだったのでこわくなった。ノリス・フィーリーのことも、ローレンス・カインドのことも、アヴラム・シルヴァーのことも、とくに心配はしていない。こわくなったのはおもに、頭蓋骨の付け根がちりちりする感覚がなにを意味するのか、考えたせいだ。妄想は老人性認知症の初期症状の一つなのだ。

ウォーキングマシンで運動すれば、頭がすっきりするだろうと思った。だが、家からユダヤ人コミュニティセンターへ行く途中で、赤いホンダが四台後ろで尾行しているのではないかと本気で疑いはじめた。

太陽が尾行車のフロントガラスに反射しているので、ドライバーの顔は見えない。

わたしは左折した。相手もそうした。

車線を変更した。相手もそうした。

ごくりとつばを呑んで、あのイスラエル人に電話したせいでだれを刺激したのだろうと思った。たぶんなんでもない。これにはたぶん意味などない。

全部、頭の中で作りあげたことだ。

二週間前、かかりつけの医者と不愉快な話をした。彼は検査の結果が詰まったフォルダーを持って、悪い知らせを伝えるときの医者特有の、あの口もとを引きしめて眉をひそめた表情でわたしを見た。四十代はじめのほんの若僧だが、前の医者がフロリダ州ボカラトンに引退し、重度の塞栓症《そくせんしょう》のためにゴルフコースで頓死して以来、五年近くわたしたち夫婦の主治医をつとめている。仕事はちゃんとしているようだ、ローズとわたしはまだ息をしている。

「バック、最近の記憶力の問題を改善するために薬も出せるけれど、かならずしもいい考えとは言えないんですよ」

わたしはシャツの袖を引っぱった。「アルツハイマーだと思うんだな」

医者の唇がへの字になり、最大限の同情を示すしかめつらがあらわれた。「違います。高齢の患者さんの多くは、混乱があったりもの忘れをしたりする。こういう症状の原因になるものはたくさんあるんです」

「おれがああいうゾンビになるまで、あとどのくらいある？　ズボンもはかずに老人ホームの中をうろつくようになるまで?」

一度困ったことがあって、わたしは神経科に相談に行った。車を運転していて自分がどこにいるのかわからなくなり、どこに行くのかも思い出せなくなったのだ。駐車場に車を入れて、公衆電話からローズにかけた。どうして携帯でかけてこないのと彼女に聞かれた。持っているのを忘れていた。

「神経科の検査結果では、アルツハイマー型認知症と診断がつくだけの症状が出ていないんですよ。軽い認識障害の兆候はあるかもしれないが、明確な区別がつきにくい患者さんもいる」

「じゃあ、アルツハイマーかどうかわからないと?」

彼はこちらを見ようとせず、検査結果から目を上げなかった。「神経科医と相談しました。MRIでは脳に病変は見られないし、わたしが見たところ、そのお年にしてはあなたはまだ相当しっかりしている。ですが、検査結果からすると、もっと若い患者さんなら通常は積極的薬物治療で対応する、前アルツハイマー病の所見がないとも言えない」

わたしは長年、医者や弁護士や車の修理工を相手にしてきた。彼らはなにか言いたくないことがあるとかならず、専門用語を使いはじめる。

「もっと若いとは?」

「バック、わたしがお年寄りに医療を提供する目的は、質の高い生活を患者さんにできるだけ長く送ってもらうことなんです。この意味がおわかりですか？」

わたしにはたわごとに聞こえた。「わからないとすると？」

医者は検査結果を置いてデスクの上に身をのりだした。「つまり、だれも永遠には生きられないということです。生命は退化性の、限りあるものなんです」

わたしは痰を切る音で軽蔑をあらわした。「あんたは職業を間違えたな。こぎれいなカードの文句でも書いているべきだった」

医者はデスクの上の書類をそろえた。わたしはラッキーストライクの箱を出した。「吸っても？」

「もちろん吸えませんよ。ここは病院だ」

「まあまあ、先生。あんたはおれが死ぬと言っているんだ。ショックをやわらげるために、一本ぐらいかまわないだろう」

彼は目を閉じてこめかみをさすった。「死ぬとは言っていませんよ。アルツハイマー病の発現前の状態と、八十七歳の人間のふつうに機能している脳との違いを見分けるのはむずかしい。認知症の薬を呑むと、よく皮膚にあざができたり胃の内壁に出血が起きたりするんです。あなたが服用している抗凝血剤は、呑みあわせに問題があるかもしれない」

わたしは腕にある大きな紫色のあざを見た。さっき看護婦が採血をした跡だ。

「要するに、おれはアルツハイマーだがあんたはなにもしないってことか」

「それはまったく違います。あなたが経験した最近の出来事は脱水症状のせいだった可能性もある。いいですか、あなたが呑んでいる薬には利尿作用もあるんです。だが、万が一認知症の初期だとしても、大きな障害が出てくるまでには六年から八年かかる。あなたの年齢の患者さんには、風邪やインフルエンザによる合併症、心臓発作、脳卒中、それに家の中での事故といった、もっと切迫した危険があるんです。いろいろな薬を呑んでいる虚弱な患者さんは、薬の有害な相互作用に対してとても弱いので、これ以上処方したくないんですよ」

というわけだ。わたしは老いぼれすぎて、治療する価値もない。あまりにももろいから、激しい風に吹かれる老木よろしくぶっ倒れるだろうということだ。

「いいですか」医者は続けた。「多くの研究結果によれば、知能の働きを改善するためのかんたんな訓練が、軽い認知症の進行をくいとめるのにとても有効な場合があるんです」

わたしは腕組みをした。「柔軟体操をするには、ちょっと年をとりすぎている」

「いいえ。パズルみたいなものをやってみてもらいたいんですよ、クロスワードとか、数独とか」

「スードク？　日本語みたいだな」

「ああ、なんというか、マス目があって、そこに数字が書いてあるパズルです」

「そういうことなら、クロスワードをやるよ」

「けっこう、けっこう。それから、ノートを持ち歩いて忘れたくないことを書きこむようにしてください。思い出そうと努力することが記憶力の劣化を遅らせると、多くの専門家が言っています」

彼の提案は気に入らなかった。「それは、なにもしないのと同じに思えるが」わたしは言った。「プラシーボ効果（偽薬を効果があると信じて呑むことで容態がよくなること）というか、そういったものだろう」

「ノートをつけてください、バック。思うに、選択肢は二つある。わたしを信頼するか、しないかです」彼はほほえんだ。「それから、妄想についてちょっとお話ししておきましょう——」

バックミラーを見ると、ホンダが木陰に入って一瞬だけフロントガラスが光らなくなった。運転席に、ノリス・フィーリーかもしれないずんぐりした人影が見えた。

わたしはもう一度左折した。ホンダも左折した。彼を振りきろうと角を曲がりつづけていたら、また迷子になるにちがいない。ハザードランプをつけて車を路肩に寄せると、尾行車は通りすぎていった。運転していたのはずんぐりした女だった。

尾行はない。というか、少なくともあの車は尾行していなかった。昔なら自分の勘を信じることができたのに。右の胸ポケットからノートをとりだして、赤のホンダのナンバーを書きとめた。

それから最初のページに戻った。こう書いてあった。

〈**忘れたくないこと**　医者によれば、妄想は老人性認知症の初期症状である〉

しばらく考えたあとで、ホンダについて書いたことを消した。

忘れたくないこと

六十年以上もたってから、人々はナチの金塊の存在を信じて騒いでいるようだが、ジーグラーのような人間がいったいどこでそんな財宝を手に入れたのだろうと思わずにはいられない。要するに、ヨーロッパのユダヤ人がゲットーや絶滅収容所へ送られたとき、ヒトラー政権は彼らの財産をすべて没収した。集団虐殺は慈善事業ではない。人を殺して換金するのが、最大の要諦だ。

ナチは略奪した富を金塊に換えた。濡れ手に粟のビジネスだった。この不正に得た利益は何千万ドルにも及び、しかも一九四五年のドル相場での話だ。ナチは大量の金塊をベルリンの官公庁に隠匿し、戦後逃亡したナチの高官らは持てるかぎりを盗んでいった。だから、偽の身分や偽造書類を手に入れる資金があったのだ。だから、アラブや南米の政権の庇護を買うことができたのだ。だから、世界最悪の指名手配犯が何十年も逃げおおせているのだ。

もしジーグラーがヒトラーの隠し財産を盗んだのなら、驚くほど大量の金《きん》とともに逃げた可能性がある。検問所を通過したジーグラーは大型のメルセデスベンツに乗っており、車体はトランク内の金塊の重みで下がっていたと、ジム・ウォレスは言っていた。

テキーラのインターネットによれば、一九三八年以降のドイツには民間製造業はほとんどなかった。なぜなら、すべての工場は武器製造にまわされていたからだ。ヒトラーは私有の車のほとんどを没収してスクラップにし、戦争継続の資源とした。だから、一九四六年にジーグラーが運転していたというあの種のメルセデスベンツだけが、人員や重火器や弾薬を運ぶ戦時用に作られたのだろう。

メルセデスベンツ七七〇グローサーリムジンのような、あのころナチ高官のために作られた数少ない高級車は、機関銃掃射にも耐える分厚い装甲を支えるシャシーを備えていた。そういう車で後部緩衝器が見た目にも下がるほどであれば、トランクには少なくとも八百ポンドの重さを積んでいたにちがいない。

わたしの意見では、それはなかなかたいした車だ。この前ローズに頼まれて、彼女の友だちでもう運転をしないがっしりした女性を医者に連れていった。この女性がわたしのビュイックに乗りこんだとき、車の助手席側がそっくり歩道のほうに傾いた。ＧＭが経営破綻した理由は、おそらくそのへんにあるのだろう。

ナチですら職人の技に誇りを持っていたことの証明だ。まったく、最近の連中ときたら。

10

午前一時、ローレンス・カインド博士はまたもや家に来てドアベルを十回も十五回も鳴らした。ふつうの状況でも彼と会うのはかくべつ楽しくはなかったので、真夜中に起こされたのはまったく不愉快だった。

だが、殴りかかったりはしなかった。彼はすでに相当ぼろぼろだったからだ。顔は土気色《つちけいろ》で、服装は乱れていた。あきらかに、先日より自信をなくし、自分自身に満足もしていなかった。

白目はピンクになり、例の爬虫類のような不気味な口と同じ色だった。シャツの袖には赤錆色のしみがついていた。血かもしれない。食べもののしみかもしれない、たぶんトマトソースの。髪は垂れて乱れ、あのこざっぱりとした牧師らしい髪型ではなかった。むっとする煙草の煙と、安物のウィスキーと、絶望の臭いを漂わせていた。

「牧師さん、いま何時かわかっているのか?」わたしは聞いた。

「申し訳ない」彼はあやまった。「ジム・ウォレスの金《きん》について話をしなくてはならないんだ」

やれやれ、そうだろうとも。わたしは芝居がかった大げさなうめき声を上げて、こちらの迷惑に相手が間違いなく気づくようにした。

「ジム・ウォレスはすっからかんだった。あなたは葬式のときいたじゃないか。あいつをでかい段ボール箱に入れて埋葬しただろう」

「彼が亡くなったあと、エミリーがわたしのところに話しにきたんだ。ハインリヒ・ジーグラーのこと、それにあなたのことを。夫は金にとりつかれていて、あなたがそれを探しだしたら二人で山分けするつもりだと、彼女は言っていた。その財宝をノリス・フィーリーにやってはだめだ。彼はいい人間じゃない、バック。彼女にひどい扱いをしている」

「おもしろい、ノリスはあなたのことをほめちぎっていたよ」わたしは言った。彼は答えなかった。「カネは自分の手に渡されるべきだと思っているんだろうね？」

「教会の手にだ」カインドは言った。「神聖な伝道事業をさらに進めるために」

あきらかにカインドの関心は、ジムの遺志を実行することにはない。彼のとがった口調と、みだらなピンクの口の隅の震えには、さしせまった欲求が感じられる。のどから手が出るほどキャッシュがほしいのだ。

「金塊があるのかどうかおれは知らないし、どこにあるのかも知らない」わたしは牧師に告げた。「ノリス・フィーリーも知らないし、ジム・ウォレスも知らなかった。それにしても、なんのためにカネがいるんだ？　おたくの教会はあんなに立派じゃないか」

涙目でわたしを見た彼の言葉は、ほんとうらしく聞こえた。「教会は信徒の献金と神のお恵みによって建っているけれど、ローンで建っているとも言えるんだ。ほかのみんなと同じように、神もローンを返さなくちゃならない。神というよりもわたしだが。そして神はわたしをあなたのもとへお導きになったんだ、バック・シャッツ」

この口ぶりには聞きおぼえがあり、この顔つきには見おぼえがある。カインドのどんよりとしたピンクの目には、取調室のテーブルをはさんで向かいあった何十人もの、いや、何百人もの容疑者の顔をよぎった、疲れ果てたあきらめが見える。彼はいまなにかを告白しようとしている。昔から、人はわたしに告白したがる。こちらはつねに、助けることはできないと言ってきた。その点で嘘をついたことは一度もない。それなのに、彼らはとにかくあらいざらいぶちまけるのだ。

わたしにしてみれば、カインドには口を閉ざしていてほしかった。彼の抱える問題がなんであるにしろ、どうしてわたしが気にかけなければならないのかわからない。「カインド博士、あなたのお仕事と、葬式に出たときの教会のもてなしには感謝している。だが、あなたのためにおれができることはなにもない」

「お願いだ、ミスター・シャッツ、わたしは誘惑に負けてしまったんだ。ミシシッピのカジノに多額の負債がある。しかも、あそこのドブに捨てたカネの一部は教会のものだったんだ」

カインドは嗚咽《おえつ》をこらえた。「わたしは破産寸前だ。頼むから助けてくれ」

彼は手の甲を額にあて、無限の後悔をあらわすと思っているにちがいない悲しげなポーズをとった。人間の退屈で幼稚な問題は、当人の頭の中ではつねにシェイクスピア的な悲哀を帯びるのだ。この不道徳者は自己抑制がまったくできていない、掃いて捨てるほどある話だ。もう一度聞く価値はない。

絶望した人間は、わたしが手をさしのべるべきだと例外なく思いこむ。さしのべる必要はない。自白を聞く立場からは退《しりぞ》いたのだし、たとえ仕事をしていたときでも、わたしは処罰する法の手先であり、罪の許しを与える立場ではなかった。ところが犯罪者は、わたしのぶっきらぼうな外観の下にはやさしい面が潜んでいると、なんとなく思うらしいのだ。泥酔して恋人を殴り殺した男、ヤク一回分を手に入れるために人を殺した中毒者、問題をミシシッピ川に沈めれば解決できると思った傲慢な愚か者。どいつもこいつも、自分はあっちもこっちも情状酌量の余地があると信じていた。そんな苦悩を知れば、わたしはきっと泣くにちがいないと。だから、奈落に宙吊りになった者たちはみんなバックに自白して、わが慈悲に身をゆだねた。

わかってくれると彼らは思ったのだ。その考えは間違っていなかったのかもしれない。わたしはわかってやったのかもしれない。だが、許しはしなかった。

「どうしたらいいか教えてくれ、ミスター・シャッツ」ローレンス・カインドは言った。

わたしは友人らしく彼の肩に手をかけた。「たぶん、祈るべきだろう」

そのあと彼の鼻先でぴしゃりとドアを閉め、ベッドに戻った。

「なんだったの？」半分寝ぼけたローズが聞いた。

「次に新しい友人をこしらえるときには、おれをはずしてくれていいよ」わたしは言った。

11

およそ七時間後、コーヒーを飲みながら新聞を読んでいたときに、これまで見たことがないほどでかいロシア人が訪ねてきて、わたしの知己《ちき》を得たいと言った。

彼はカインドのようにベルを鳴らす必要はなかった。肉づきのいいこぶしでドアをノックしただけで、その音は雷鳴のように家じゅうに響きわたった。

「ミスター・鹿弾《バックショット》」ドアを開けたわたしに、彼は言った。「わたしはイズカク・スタインブラットといいます」

ゆうに六フィート半はある大男で、体重は三百二十ポンドほど。ゴムのような肉厚の容貌、たくましい筋肉、逆立った黒い髪。ヤムルカ（正統派・保守派のユダヤ男子が用いる小さな帽子）をかぶっている。グリズリーが鮭に向けるような微笑をわたしに向けた。おもしろい。

「どうぞよろしく、ユダヤ《イズ》・ちんぽこ《コック》」わたしは答えた。

「イスラエル離散民省の者です。アメリカ在住のユダヤ人とイスラエル国家のとくべつな絆を維持するために働いております。アメリカ南部に住むユダヤ人のみなさんと会うために来ました。メンフィスでは、ミスター・バックショットに話を通すように言われています。お顔がたいへん広いそうで」

それはほんとうだ。「長く生きていれば、顔は広くなる」

彼はばかでかい前足でわたしの手を包むと、熊を思わせる力で振りまわした。

「気をつけてくれ、大男」わたしは言った。「抗凝血剤を呑んでいるんだ。かんたんにあざができる」

「たいへん申し訳ありません」

「中に入って、コーヒーでもどうかな」無愛想にする理由もない。

「ローズ」わたしは呼んだ。「イスラエル政府から客人がお見えだ」

彼女はキッチンから出てきて、しばしロシア人の体格を見つめた。

「新しくいれるわね」

わたしたちはキッチンのテーブルにすわった。スタインブラットはコーヒーに大量のミルクとダイエット甘味料三本を入れた。わたしはブラックで飲んだ。しばらくはどちらも黙っていた。午前中のキッチンは居心地がいい。テーブルのそばの窓はローズの庭に面していて、てっぷりと日がさしこむ。

沈黙はありがたかった。この男をどう扱うか、考える必要がある。イスラエル離散民省というのは広報組織のようだが、職員はおそらく外交官のパスポートを持っている。〝離散民《ディアスポラ》〟とは、イスラエルに住んでいないすべてのユダヤ人を指してイスラエルが使う言葉だ。ユダヤ人はどこにでもいる――アメリカ合衆国のいたるところ、ヨーロッパのすべての国、そして中国にも。そういう部署に所属していれば、あちこち旅もするだろう。

大きくてたくましい両手がコーヒーカップを包みこむのを眺めながら、わたしはアヴラム・シルヴァーがイスラエル政府でどんな仕事をしているのか、あらゆる可能性を考えた。かつてのナチ・ハンターがわたしとテキーラの電話を切ってから、四十八時間がたっている。シルヴァーが、この巨大な獣《けもの》をわれわれに放ったのだろうか？

「ところで、あなたはいつイスラエルへ移住したのかな？」わたしは聞いた。

「ユダヤ人の故郷に移住したのは一九九二年です」スタインブラットは答えた。

「ソ連崩壊の直後か」

「ええ。嵐のような時代でした。家族の身が心配だったんです」

「ユダヤ人だから？」

彼は答える前に一拍置き、わたしはその暗い落ちくぼんだ目に野獣の知性が閃くのを見た。

「そうです」

彼はソ連の軍人かKGBだったにちがいない。いまはモサドの覆面暗殺者である男が、目の前のキッチンテーブルにすわっている。あるいは、たまたま並はずれて大きいだけのイスラエル政府の広報係が。主治医からは、どんな妄想も報告するように言われている。老人性認知症の初期症状だからだ。

わたしは咳ばらいした。「それで、おれを訪ねろとあなたに言ったのはだれだ?」

「メンフィス在住ユダヤ人連盟の人でした」

「アヴラム・シルヴァーとは話していないのか?」

相手の顔つきは鈍重そうで無表情だった。「その人がだれなのか、わたしは知りません」

わたしはゆっくりとコーヒーを一口飲んだ。

「一つ話をしてあげよう」彼に向かって指を振ってみせた。「おれは刑事だったんだ。老いぼれる前の、有史以前のことだ。知っていたか?」

「いいえ」

「最近、新米の警官に聞かれたんだ。捜査が正しい方向に進んでいるとどうしてわかるのかとね。おもしろい質問なので、あれからずっと考えている。一つには直感、一つには本能だ。あとは、なんの関係もないように見える事実がつながりだして筋の通る話になっていくときにも、捜査が進展しているとわかる」

彼はうなずいた。「なるほど」

「しかしだいたいは、荒くれ者が現れて脅そうとするときに、自分の考えは正しいと知れるんだ」

「荒くれ者？」

「ああ。用心棒。ちんぴら。ごろつき。脳なしゴリラ。わかるかな？」

見るかぎり、彼の表情は変わらなかった。わたしは目を細めてしっかりと見た。なにしろ、相手の顔は毛だらけだから。

「わかると思います」彼は言った。

「ときには、あからさまな脅迫をしてくる」たんたんとした世間話の口調を変えずに続けた。「ときには親切な、少なくとも礼儀正しい態度をとることもある。とはいえ、やはり間違いようのない脅しを言外にほのめかすがね。ときには、わたしに話をしないことさえあるんだ。ただ姿を見せてにらむだけで」

ロシア人は、ソーサーの上にそっとコーヒーカップを戻した。

「ある事件をよく思い出すよ。ミッドタウンの荒廃した地区にある安アパートで、若い女が絞め殺されたんだ。おれは、市長の右腕が犯人だと思った」

「まるで警察小説のあらすじみたいですね」スタインブラットは言った。抑揚のない、静かで単調な口ぶりだった。なにを考えているのかわかりにくい男だ。

「そうだろう？　だが、ああいう権力者どもはかならず愛人を囲っているんだ。愛人はかならず奥さんに言うわよと脅しをかける。そこであいつらはかならず愛人を殺す。中で若い女が死んでいるアパートやホテルの部屋に出動するときにはいつも、市長にアリバイがあるかどうか確認しなくちゃならないんだ」

「それで、その政治家に対してはどうしたんです？」

「ああ、ほら、おれは上品で繊細な人間なんだ。だから朝の五時に彼の家のドアを蹴破って、彼の子どもたちの目の前で手錠をかけてやり、情報をもらしておいたマスコミが写真を撮れるようにバスローブ姿で警察署へ引ったてた」

イズカクはグリズリーの笑みを浮かべた。「さぞかし、いやがったでしょう」

「そうだと思う。だが、証拠はなに一つなかったから、二十四時間後には釈放しなくちゃならなかった。その日の午後、警察署の外に荒くれ者が現れた。きみぐらいの体格だったよ。そいつがなにか言ったわけじゃない。だが、おれが気づいたのを見て、そいつはただうなずいて指の節《ふし》を鳴らしてみせた」

テーブルの上にのっているロシア人の大きな両手を一瞥《いちべつ》した。

「翌朝、コーヒーとホットケーキでもと思ってコーヒーショップに寄ったら、同じ男が通りの反対側に立っていた。そいつはうなずいて、指の節を鳴らした。署を出るとまたそいつがいて、うなずいて鳴らした。同僚たちとボウリングに行くと、ボウリング場の外にそいつがいた。また指鳴らしだ」

「あなたは怯えましたか?」

「いくらかはいらついたよ。二日間、そいつはおれの行く先々に現れた。家族を夕食に連れだしたときには、レストランの前で待っていた。女房と息子が目にする場所に。もうたくさんだと思った」

「どうしたんです?」

「撃ち殺した」

わたしはコーヒーを飲みほし、カップをテーブルにどんと置いた。大男のユダヤ人はその音にぴくりともせず、頰ひげをなでただけだった。「いいお話でした。聞かせていただいてよかった」

「ほんとうに、アヴラム・シルヴァーを知らないんだな?」

「知らないと思います」

「わかった」わたしは言った。「きょうの午後四時に、ユダヤ人コミュニティセンターで会おう。知りあいに紹介する」

「ぜひお願いします」

わたしは時間どおりに行って待っていた。彼は現れなかった。

12

その夜遅く、わたしはローレンス・カインドのショッピングモールのような教会の広大な礼拝堂にいて、イズカク・スタインブラットとあの危険な両手について考えていた。

今宵のカインドは無口だった。責めようとは思わない。なぜなら、何者かが彼の下あごを切りとって壁にたたきつけ、白い化粧漆喰《しっくい》に赤いしみを残していたからだ。

「あのとき、被害者はまだ生きていた」ランドール・ジェニングズ刑事はしみを指さした。

「最期は安らかではなかったようだな」わたしは言った。

「そのようだ」ジェニングズは同意した。

わたしは煙草に火をつけたが、だれも消せとは言わなかった。

救いを求めて肚《はら》のうちを吐きだしてから二十四時間もたたないうちに、ほかのだれかが彼の肚のうちを礼拝堂のステージにぶちまけた。中が空洞になった胴体の横に、灰色がかったピンクのはらわたがとぐろを解《ほど》かれていた。まるで、カインドが説教中に爆発したかのように。遺体の周囲のカーペットは、固まった血と胆汁で黒くなっていた。

ジェニングズとわたしは、大勢の会衆がカインドの説教を聴いた例のしゃれた映画館のような椅子にすわっていた。鑑識がステージ上をくまなく調べて、写真を撮ったりサンプルを採取したりしていた。

大男のユダヤ人のしわざだろうか？　モサドならもっときれいに殺《や》るはずだが。

「ひどい現場だというのに、犯人は物理的証拠をなに一つ残していないようだ」ジェニングズは言った。「カインドの指の爪の下には襲った者の皮膚の組織はなさそうだ。腕にも防御創はない。牧師に相手の血を流すチャンスがあったとは思えないから、ＤＮＡも見つからないだろう。まだなんらかの手がかりを捜してはいるが、見つかったら驚きだね。この犯人は用意周到だ」

「用意周到でもくそったれはくそったれだ」わたしは言った。

「じつのところ、おれは常日頃から熟練ときちょうめんさを高く評価しているんだ。この街ではもっと敬意を払うべき資質だよ、たとえ犯罪者のものでも」

「なぜおれを呼びだしてこれを見せた？」わたしは尋ねた。

「興味があるんじゃないかと思ってね」

「このたぐいに興味を持つことからは、三十五年前に引退している」

「そうだな、だがこいつはあんたの友人だった」

わたしは一瞬黙り、この刑事はどこまで知っているのだろうと思った。自分の当て推量を補完する材料を引きだそうとしているのかもしれない。ジェニングズがわたしとカインドの会話を知っている理由はまったく思いあたらない。だから、嘘をつくことに決めた。

「一度会っただけだ、この前ここで葬式があったときに」

ジェニングズは首をかしげた。「さて、そいつはちょっと違うんじゃないかな、バック?」

もしかしたら、マックス・ヘラーの弟子はわたしが思っていたほどばかではないのかもしれない。

「彼があんたの家に行ったのはわかっているんだ、最近二度も。きょうの午前一時に訪ねているな。おれの知るかぎり、生きている彼を見たのはあんたが最後だ。もちろん、彼をこういう目にあわせたやつは別としてな。だから、言ったようにあんたは興味があるんじゃないかと思った」

わたしはあくびをした。「まさか」

「ほう、だがおれはなぜ彼があんたの家に行ったのか興味がある」

ジェニングズはわたしを見張っていたのか? どうしてそんなことを? なにも認めてやるものか。

「なぜ彼がうちに来たと思うんだ?」

「彼の車にはGPSのナビがついていた。この一週間運転していった先は全部記録されている」

GPSのナビとはなんなのかわからなかったが、どうも現実にあるものらしい。だから、そこは譲歩しよう。ＤＮＡもＤＶＤもじつにいまいましい。「最近死んだ友人のジム・ウォレスが、カネを教会に遺すというようなことをカインドに言ったんだ。カインドは、ジムの娘婿のノリス・フィーリーがカネを横取りしようとしているんじゃないかと心配していた。それでおれになにか知らないかと聞きにきたんだ」

ジーグラーとその財宝について、ジェニングズに話す理由はさらさらない。

ジェニングズはうなずいた。「あんたはなんと言った？」

「カネのことなどなにも知らないと言った」

ジェニングズは目を細くしてわたしを見た。「もしそうなら、あんたはなぜおれに嘘をつこうとしたんだ？」

「なぜなら、老人はときどきもの忘れをするからだよ。医者は、認知症かもしれないと言っている」

彼はじっとわたしを見た。「あんたは年寄りだ、それは間違いない。だが、あんたのもの忘れはわざとだろう」

ジェニングズは、コーヒー臭い彼の息が嗅げるほどすぐそばに顔を寄せてきた。威嚇のつもりなのだろう。わたしはその顔に向かって思いきりゲップをした。

「おまけに言っておこう。きみはくそ野郎で、おれはきみが好きじゃない」

これは彼の世界観によりよくマッチしていたらしい。顔をそむけると、ハンカチでだんご鼻の先を拭いた。「けっこう。あんたはノリス・フィーリーがやったと思うか？」

その可能性は検討する価値がある。鑑識チームに指の節《ふし》の毛を捜させろと言おうかと思っていたとき、テキーラが礼拝堂に入ってきた。

「なにがあったの、じいちゃん？」そのとき、彼はかつてローレンス・カインドだったはらわたのないぐちゃぐちゃを見た。「げっ、ちくしょう、ひでえ」

「車で待っていろと言っただろう」わたしはどなった。

「いったいだれなんだ？」ジェニングズはテキーラを指さして尋ねた。

「ジェニングズ刑事、こいつは孫のジェイムソンだ」

「テキーラって呼ばれてます」テキーラは説明した。「男子学生社交クラブのあだなで」

「ここでなにをしている？」

「だれかに送ってもらわなくちゃならなかった」わたしはジェニングズに説明した。「この年になると、夜間の車の運転はあぶない」

「おれの現場に彼はどうやって入ったんだ？」

「それをおれも考えていた。もっと部下に気合を入れる必要があるな」

ジェニングズの口ひげがちょびっと逆立ったように見えた。「市庁舎のペテン師どもが予算を削りつづけているんだ。時間外手当が安いから、いつだって人手が足りない。人員がなく、ドアをたたいて手がかりを追うやつらや急ぎの仕事をこなす鑑識がいなかったら、こういう殺人犯をつかまえる唯一の方法は幸運に頼るしかない。ところが、殺人事件の解決率が下がればおれのケツに火がつくんだ」ジェニングズは闖入《ちんにゅう》したテキーラへのいらだちを思い出した。「彼はなにか知っているのか？」そう言って、太い指を孫のほうに突きだした。

わたしはかぶりを振った。「ニューヨーク大学の学生なんだ。休暇でこっちに来ている」

「なにかお役に立てることは？」テキーラはわたしたちに叫んだ。まだ礼拝堂の後ろに立って、いまよりもステージに近づかなければならなくなったらどうしようと思っているようだった。

「戻って、言われたとおり車の中ですわっていろ」

テキーラは文句を言わずに出ていった。

「毎年、予算は減って仕事は増える」ジェニングズは言った。「そして毎年メンフィスはさらに野蛮な街になっていくんだ。おれたちは血と汗にまみれてクズどもをつかまえているってのに、刑務所で一日だれかを刺さずに過ごせば、上のやつらはクズどもの服役期間を二日短縮してやる。くそダニどもを隔離したって、すぐに戻ってきて街の死体を増やし、おれのデスクの上を未解決事件でいっぱいにしやがるんだ」

「そのために給料をもらっているんだろう」

「あれっぽっちでか。健康保険だけで破産寸前だ。それにキッチンはリフォームしなくちゃならないし、子どもは私立へ行かせなくちゃならないし、おやじは一ヵ月四千ドルかかる老人ホームに入っている。おやじの社会保険だけじゃカバーできないんだ。だから、一日の仕事をまっとうにやるだけの賃金が払われないときには、袖の下を出されて断わるのはえらくむずかしい」

「今晩ここに来たのは、きみの同性愛行為について聞くためじゃないよ、刑事さん」

彼はくすりと笑った。「だれに向かって話しているのか忘れていたよ」

「最近はおれもよくものを忘れる」

「ああ、それはもう聞いた」

「失礼。忘れていた」

「あんたはほんとうにいやなやつだ」ジェニングズは言った。わたしが答えないと、彼は聞いた。「で、ノリスについてはどう思う?」

「『13日の金曜日』を地でいくには彼はちょっとばかり繊細すぎると思うが、こっちもよく知っているわけじゃない」わたしは言った。「カインドはギャンブルで問題を抱えていたと聞いている」

「だれから?」

「カインドがゆうべ言っていた。のどから手が出るほどカネをほしがっていた。だから、ウォレスが教会に遺したかもしれない財産にあれほど執着していたんだ」

ジェニングズは眉を吊りあげた。「あんたは自分で言っているよりもよく知っているじゃないか」

「なにも覚えていられないんだ。どうも、この事件にはギャンブルの負債や未払いのローンが関係しているようだな」

「チュニカ郡のカジノにはもう聞きこみに行かせている」ジェニングズは言った。「信じるかどうか知らんが、あんたが引退しても地球は回るのをやめるわけじゃないんだ。バック・シャッツなしでも警察の仕事はできるのさ」

「だったら、なぜこの現場へおれを引きずりだした？」

「ただのいやがらせだよ、大先輩」

「きみが好きじゃないともう言ったかな？」

彼は笑った。「ああ、だけど本気だとは思わなかったよ」名刺をさしだした。「そこにおれの携帯の番号が載っている。いつでも出るよ。あんたの記憶力が改善したら、あるいは殺人事件の捜査を邪魔するのがうしろめたくなったら、頼むから電話してくれ」

13

教会から、イースト・メンフィスのポプラ・アヴェニューにあるブルー・プレート・カフェまでテキーラに送ってもらった。落ち着ける小さな店で、かつては住宅だった建物の中にある。一日じゅう朝食の料理が食べられて、メニューに書かれているものは全部が脂こってりだ。中での喫煙は不可だが、わたしはクリーム・グレイヴィ添えのバター風味ビスケットが好きで、ローズはそんな料理のそばには決して近寄らせてくれない。

「子どものころ、学校がない夏のあいだ、パパはときどき仕事に連れてってくれたんだ。ダウンタウンへ行く途中、いつもここに寄ってパンケーキを食べたよ」テキーラは言った。「家へ帰ってくるのは変な感じなんだ、もうパパはいないから。ねえ、ぼくたち一度もパパの話をしたことがないね」

わたしは記憶帳の端に指を這わせた。「それについて、おまえに言うことはなにもない」

「ゆうべ、居間にすわって暖炉の上の壁にあるパパの時計を見てたんだ。パパが毎晩オットマンの上に乗って、小さい鍵で時計を巻いてたのを覚えてるよ。ママはやりかたを知らなくて、だから止まっちゃった。まだ掛かってるけどね」

わたしはブラックコーヒーをゆっくりと一口飲んで、ビスケットをグレイヴィの皿にひたした。

テキーラは腕組みをした。「納得いかないよ。パパは死んじゃいけなかったんだ」

「大勢の人が死んではいけなかったんだ、それでも死んだ」わたしは言った。「さっきの牧師だって、おれの知るかぎりではあんな死にかたに値することはしていない」

「値するかどうかは関係ない」

「なに？」

「なんでもない。映画の中のせりふ（クリント・イーストウッド監督・主演『許されざる者』）」テキーラはちょっと黙った。

「だけど、あれはひどいね」

「少なくとも、おまえはなんとか吐かずにすんだな」

ずたずたにされた人体を初めて目にしたときの兵隊や新米警官の反応を、わたしは山ほど見てきた。テキーラはよくもちこたえた。もちろん、近ごろの若者は映画やゲームであの手のシーンには慣れっこだろうが。

「だれが殺したと思う、じいちゃん？」

「わからない」しかし、いくつか考えがあった。

もっともありそうなのは、ギャンブルの負債で首がまわらなかったカインドが悪党どもへの支払いを滞らせて、見せしめにされたというシナリオだ。だが、これまで非情なギャングや凶暴な殺し屋を相手にしてきたが、カネがらみで牧師を教会で惨殺するには特殊な資質がいる。メンフィスでは、よそでめったにお目にかかれない暴力もひどく風変わりな暴力もめずらしくないが、ここはキリスト教が深く根づいた土地柄だ。地元の悪党たちは神の怒りを恐れるように育てられている。

イズカク・スタインブラットもかなり有力な容疑者だ。きょうの朝会ったばかりだが、深夜に牧師が訪れたとき、スタインブラットがうちを見張っていた可能性は大いにある。イスラエルが財宝を探しているとすると、カインドがしゃしゃり出てきたのは邪魔だったはずだ。しかし、カインドの訪問がジーグラーと金塊に関係していたのを、あの大男のスパイがなぜ知っていたのかわからない。高性能の盗聴器でも使っていたのだろうか。

ノリス・フィーリーもまた疑ってみる必要がある。彼は残虐行為ができる人間に思えるし、ノリスとカインドの間柄は敵意に満ちていた。だが、わたしがノリスのためにお宝を探す気はないことを彼には納得させたはずだし、自分もカインドも分け前にあずかれないカネをめぐって、人間をばらばらにするとは思えない。

もちろん、わたしの知らない別の敵がいて、そいつが牧師を惨殺した可能性もなくはない。カインドと知りあったのはたまたまであって、直感力が自慢のわたしでも、彼がなにに巻きこまれていたのかは知るよしもない。

「おまえはどう思うんだ？」わたしはテキーラに聞いた。

孫は自分のパンケーキにシロップをかけた。「さあね。でも結局、神さまは彼を救ってくれなかったらしいね」

「いまのはおもしろくないぞ。おれはローレンス・カインドをかくべつ好きじゃなかったが、知るかぎりではちゃんとした男だった。軽率だったかもしれないし、正直さに欠ける点もあった。それに、自分で思っていたほど利口でもなかった。しかし、とにかくカインドは自分の勧めている品物を信じていたように見えたよ。そして、本気で他人を気にかけていたと思う」

「他人を気にかけることの美徳をじいちゃんが説くとは思わなかったな」

わたしは顔をしかめた。「気にかけているさ。好きじゃないだけだ」

「まあ、どういう人だったかはもう関係ないよ」テキーラは言った。「死んじゃったんだから」

彼はしばらくわたしを見つめていた。わたしも視線を返した。テキーラがカインドのことを言っているのか、自分の父のブフイアンのことを言っているのか、わからなかった。だが、どちらにしても話は終わった。

ナイフを二度すばやく使って、テキーラは三枚重ねのパンケーキを切り分けた。そしてがつんとフォークを突きさすと口に放りこんだ。

忘れたくないこと

居間のエンドテーブルの上に、ブライアンとビリーと一緒に写ったわたしの写真が飾ってある。場所はボーイスカウトのキャンプで、三人とも制服を着ている。この週末、ビリーの階級はアローに上がった。

アローとは、ボーイスカウトと大人のスカウト指導者から成る一種のエリート階級で、団によって選抜され、〝試練〟と呼ばれる儀式的なしごきを経て認められる。候補者たちはごくわずかな食料しか口にせずにアーカンソー州ハーディで週末を過ごし、キア・キーマ・スカウト用地にある夏の野営地をボランティアで解体する。そのかんずっと、完全な沈黙の誓いを守る。イベントの最後にはキャンプファイアが焚かれ、インディアンのような格好をした青年アロー・リーダーたちがおごそかに新メンバーを歓迎する。

アローになると、制服の上に赤い矢《アロー》が描かれた白いサッシュを肩からかけ、シャツのポケットのふたに支部のワッペンをつける。ワッペンはボーイスカウトでもっともカラフルなので、憧れの的だ。

ブライアンとわたしは一九六四年にともに〝試練〟を通過していて、そのとき彼はボーイスカウトでわたしは指導者だった。ビリーが選ばれたときわたしは七十六歳で、ボーイスカウトと一緒にキャンプに参加するには少し年寄りだったが、孫が〝試練〟を通過するのを見にキア・キーマまで出かけた。

候補者たちが野営地を解体しているさいちゅうに、だれかがスズメバチの巣をつっつき、怒ったハチの群れが子どもたちに襲いかかった。

儀式に現れたビリーの顔の半分は紫色になり、左目は腫《は》れて開かなかった。あとで青年指導者の一人が、刺されたときビリーは泣かなかったとわたしに言った。彼は沈黙の誓いをとてもまじめに受けとっていたのだ。まじめな子で、うんとタフでもあった。写真にはそのときの彼が写っている。自分が誇らしくてたまらないが、痛みに顔をしかめて、腫れあがった側をカメラからそむけている。

最初のガールフレンドができたときに、ビリーはボーイスカウトをやめた。十四歳になったころだ。だが、退団する前に階級はイーグルまで上がっていた。利発な子だった。

去年、〝試練〟のときの写真を見せると、ボーイスカウトは白人至上主義者と宗教狂信者の同性愛差別的準軍事組織で、インディアンの格好をするアローの儀式は人種差別主義の茶番劇だと思う、とビリーは言った。

でも、十二歳の彼にとっては人切なものだった。そして、ブライアンにとってもそうだったとわたしは信じている。

14

午前三時に電話が鳴った。

午前三時にわたしに電話してくる者はいない。午前三時にわたしは電話しない。人がやっていいことではない。なにが起きたのだろうと、知ったことか。医者が必要な緊急事態なら救急車を呼ぶべきで、わたしをわずらわせるべきではない。だれかが死んだのだとしても、迷惑をかけない時間帯に死ぬべきだ。

だから、留守番電話に切り替わるまで放っておいた。かけてきた者はメッセージを残さずに切った。少しして、また鳴りはじめた。わたしは無視しつづけた。かけてきた者はベルを鳴らしつづけた。

ローズが身動きして目をこすった。「とる?」

「その気はない」

わたしたちは二十分間ベルの音を聞いていた。ついにわたしはベッドから出ると、壁から電話線を引っこ抜いた。

すると、わたしの携帯電話が鳴りはじめた。おかしい。家族以外にこの番号を知っている者はいない。電話帳には載っていない。

携帯の小さな画面には知らない番号が表示されていた。エリアコードは662。ミシシッピ州だ。わたしは携帯をソファのクッションの下に突っこんで音を消し、寝室に戻った。

「だれだったの?」ローズは聞いた。

「だれでもいい」

四十五分後、テキーラがドアの呼び鈴を押した。

「知らない人から電話があって、ここの様子を確かめたほうがいい、受話器がはずれてるって言われたんだ。だから、ママが行って見てこいって」

わたしは鼻を鳴らし、彼に会えてうれしくないことを示した。

テキーラは腕組みをした。「ごめん、でもぼくたち心配したんだよ」

「ミシシッピのエリアコードだったか？」

「うん」

わたしは足音も荒く居間へ行き、クッションの下から携帯をとりだした。まだ鳴っていた。わたしは出た。

「なんだ？」

「あー、バック・シャッツ？」相手は言った。驚いたらしいが、一時間以上もリダイヤルボタンを押しつづけていたあとでは、こっちが出ると思っていなかったのだろう。

「そっちは？」

「T・アデルフォード・プラットだ」相手はいくらか落ち着きをとりもどした。

「なにを売りつけようとしているのか知らんが、いらん」

「チュニカ郡にあるシルヴァー・ガルチ・サルーン&カジノの集金部長をしてる。ちょいと焦げついた支払いを催促してるところでね」

田舎者のへぼ役者は威嚇の口調をごまかしていたが、死後一週間の死体の悪臭を万能クリーナーでごまかしているのと同じだ。

「おれはチュニカには行かない」わたしは言った。「かけ間違いだ」

「そうかい、いや、そうは思わねえな。ラリー・カインドってやつにカネを貸してるんだ。借金を帳消しにするはずのナチの金塊だかなんだかの取り分があるって、やつは言ってた。そして、あんたがその話を知ってると」

「カインドの借金なんか知ったことか。彼とおまえでかたをつけろ」

「ラリーのやつがめった斬りにされたのは、あんたもおれもようく知ってる」

「あの事件におまえが絡んでいると言いたいのか？」

「そんなことは言ってねえよ、じいさん。まあ、噂ってのは広まるもんさ。それに、やつのこの未払いのカネは問題でね」

「こっちの問題じゃない」わたしは言った。「そっちの問題だ」

「いまはあんたの問題でもあるんだよ、バック。なにしろ、おれはこのちょいとした宝探しビジネスの新しいパートナーなんだから」

わたしはため息をついた。「明日おまえの事務所で直接会って、話しあおう」

携帯を切って、玄関のそばのコート・クローゼットへ行った。高い棚にあった靴箱を下ろしてキッチンのテーブルへ持っていった。中には、チーズクロスに包まれた愛用のスミス&ウェッソン三五七マグナムリヴォルヴァーが入っていた。わたしは銃を調べた。この三十五年間、年に何回か分解して掃除して、油を塗ってきた。コンディションは完璧だ。

アイゼンハワーはわたしにこう言った。「しがみつくものがなくなったときには、きみの銃をしっかりと握っておけ」

銃を握って腕をのばし、狙いをつけた。重さのせいで、腕が少し震えた。前より重くなったと信じる理由はないから、最後に狙いをつけたときよりも腕が弱っているのだろう。よくないニュースだ。だが、明るい面を見れば、最後にだれかを撃たなければならなかったときよりも、わたしの視力ははるかに衰えている。

15

メンフィスのダウンタウンの法律事務所や銀行にいるアルマーニのスーツを着たビジネスマンなら、ハラーズ・ホテルのダイヤモンド・ラウンジで乾杯するだろう。シルヴァー・ガルチなどには近づかない。ローレンス・カインドのような男も避けていたはずだ。ほかの店すべてで借りを作っていなければ。だが、ある種の常連が生活保護手当をスロットマシンに突っこむには、シルヴァー・ガルチはミシシッピでいちばんの店だった。

メンフィスから車で一時間の好都合な場所にあるガルチは、しみだらけのラン ーングシャツの上にしわだらけのフランネルシャツをはおるだけで正装になる南部の田舎者だけでなく、だぶだぶのバスケットボール・ジャージーを着てバギーパンツをはき、ゴムで留めた分厚い札束を持ち歩く、メンフィス郊外のオレンジ・マウンドから来る柄《がら》の悪い黒人も客にしていた。

店に入っていったテキーラはひじでわたしをつつき、二つのスツールに腰かけて三台のスロットマシンで遊んでいる体重五百ポンド以上はありそうな白人を指さした。小さな車一台をおおえそうなノースリーブのTシャツを着ている。むき出しの上腕はそれぞれが女の胴体ほどの太さだ。

「かまうな」わたしは言った。「ほかの連中と同じで、無料《ただ》のビュッフェにありつこうとしているだけだ」

生焼けのフライドチキン、焼きすぎのポークリブ、ぱさぱさのマカロニチーズグラタンを山盛りにした皿が並んでいる。ある種の人間には、チュニカ郡はまさに天国なのだろう。

マシンの列と、べとついたレバーを引いているうつろな目のギャンブラーたちの横を通り、フロントにいたあばただらけの従業員にミスター・プラットはいるかと聞いた。若僧の従業員は手持ちの無線機になにやらささやき、それからカードキーを出してドアを開けると、その向こうへわれわれを案内した。床がコンクリートで壁が黄色に塗られた廊下の先には、ドアに〈集金部長〉と記されたみすぼらしい事務所があった。

われわれが入っていくと、プラットは立ちあがった。

「よう。バックと呼んでもいいかね？」

わたしはじろりと相手を見た。くぼんだ強欲そうな目、脂ぎった髪。並びの悪い茶色の歯。体重を四十ポンドオーバーしていなければ、メタンフェタミン中毒者だと思うだろう。けちな強請《ゆす》り屋といったところだ。あばらに感じる拳銃の重みのおかげで、わたしは久しぶりに自信をとりもどしていた。強く出れば、きっとこのくそったれをびびらせてやれる。

「そのケツを下ろせ」わたしは言い、彼はすわった。

デスクの上に身をのりだして目を細め、唇をねじ曲げて、ニコチンのしみがついていてもまだ相手よりはるかにましな歯を見せてやった。

「三十五年前なら、おまえの頭に鉛玉をぶちこんで自業自得だと言ってやった。だれも文句はなかっただろう」わたしは言った。

プラットはぴくりともしなかった。「いまは三十五年前じゃねえぜ、相棒。あんたのお友だちはみんな死んじまった、そしてチュニカ郡はおれの縄張りだ」

わたしは彼をにらみつけた。彼はにらみかえした。

「さて、そこにすわったらどうだね、バック、そしてじじ臭い息を吹きかけないでくれ」

昔なら、すぐさま言いかえしたはずだ。ところが、さらに相手を罵《のの》ろうとしたとき、のどに綿が詰まったような、声の出ない状態になった。呑んでいるいまいましい薬の副作用だろう、くそ。

口を開けて閉じ、また開けた。まるでボートの底でパタパタ跳ねている魚だ。だが、頭に浮かんだのは高齢者の認識障害について主治医が言っていたことだけだった。

とっさに記憶帳に手をやったが、感じたのは上着の下で脇腹に当たっている拳銃の重みだった。突然、こいつにものを言わせてやりたい、歯並びの悪い口といやしい小さな目がおさまった、プラットのきたない顔に穴を開けてやりたい、中身を軽量ブロックの壁にぶちまけて頭蓋骨をからっぽにしてやりたいという、強い衝動に駆られた。とはいえ、それがまずいのはわかっていた。問題を解決するより増やすだけだろう。

だから穏やかにいくことにして、彼の鼻面《はなづら》を殴りつけた。たいしたパンチではなかった。肩がしかるべくまわらなかったようだ。背中がちゃんとねじれず、こぶしを振りきるとき体重が乗らなかった。二頭筋もすばやく腕をくりださなかった。

彼はのどかな春風を楽しむかのようにパンチを受け、薄笑いを浮かべた。わたしはあぜんとして自分のこぶしを見つめた。指と節《ふし》はすでに青紫に変色し、手の甲全体が紫になりつつある。

「気がすんだかな、ミスター・バック？」プラットは聞いた。

わたしに言うべきことはなかったが、テキーラが沈黙を埋めた。

「プラット、あんたはぼくたちに対してなんの権利もない。ミスター・カインドの債務を引き受ける承諾もしてないし、ミスター・カインドはぼくたちの所有する財産に対してなんの権利も持ってなかった。債権者としてのあんたの請求権はミスター・カインドの財産に対してだけであって、それはぼくたちとはいっさい関係がない」

テキーラはつねに正確でたんたんとした話しかたをする。メンフィス風ではないが、かといってニューヨーク風でもない。彼の話しかたはどことなく傲慢に聞こえる。まるで、自分は高級な人間で決まった出身地などないと思っているかのようだ。だが、相手がプラットだとテキーラの態度には権威が感じられ、情緒不安定な子どもに話しかける心理学者といったところだった。

プラットはわたしから目を離してテキーラに薄笑いを向けた。「ほう、そうかい?」

「いいか、裁判に持ちこんだとしても、ぼくたちに救済を求めることはできない。こちらは他人のギャンブルの負債にはなんの責任もないんだ」

「なるほど」プラットはうなずいた。「じゃあ一つ教えてあげよう、ミスター・ニューヨーク・シティ。こいつは裁判とはなんの関係もねえんだよ。あんたらはいまミシシッピ州にいる。ここいらでは、おれが権利があると言えばみんな真剣に受けとめるし、責任があるのはそいつらだとおれが言えばそいつらに責任があるんだ。そして裁判になれば、ここいらの判事はみんなだれがビスケットにバターを塗ってくれるのか知ってる。それはどう見てもあんたらじゃねえ。おれはおれのカネを回収する。以上だ」

わたしは腰を下ろし、なにか言おうとしたテキーラを止めた。このミシシッピの泥沼野郎に法律を説くのは、馬の尻に讃美歌を歌うようなものだ。だが、孫が貴重な数十秒をかせいでくれたおかげで、わたしは老化現象を振りはらってなんとか一計を案じることができた。「いいだろう」ずきずきする手をもう片方の手で握った。「おまえにけんかを売るにはおれは年をとりすぎた。彼らが財宝を見つけてもしおれの取り分があるなら、好きにしてかまわない」

相手は驚いた。「だれが見つけたらだって?」

「イスラエル人が」

「イスラエル人だと?」

「知らなかったのか? ああいうナチの資産は全部、戦時中ユダヤ人から奪われたものだ。だから、見つかったらイスラエルに戻る。ただし財宝を発見した場合、イスラエルは少額の手数料を払ってくれるんだ」

彼の顔がだらんとした。「はあ?」

「金塊とやらをじっさいに回収するのがイスラエルでも、情報を提供しただけで同じ手数料を払ってくれることがわかった」テキーラに向きなおった。「そうだな?」

「うん、そうだよ。略奪資産回収国際協定ってやつ」テキーラは嘘をついた。「連邦法に書かれてる。そっちの弁護士に見てもらえばいい」

「だから、おれたちはイスラエル人使館に電話しただけだ。で、この件を処理するために男が一人派遣されてきた」わたしはプラットに説明した。「イズカク・スタインブフットというイスラエル政府の職員だ。見落とすはずはない、ものすごくでかい男ででかいひげをはやしているから。彼が財宝を探しているんだ」

「違う」プラットは言った。「違う、探してるのはあんただとカインドは言ってた」

「カネを貸している相手から嘘をつかれたことはないのか?」テキーラは聞いた。

プラットはちょっと考えた。

「くそ」

ほかに言うことがあまりないようだったので、わたしはできるだけ早くドアの外へ出た。自分とミシシッピ州のあいだに早く距離を開けたかったのだが、テキーラはスロットマシンで二十ドル使いたいと言い張った。

「ここまで来たんだから運試ししたほうがいいよ」

わたしは腕組みをした。「おれはいますぐ帰りたい」

テキーラは軽蔑に満ちた視線をわたしに向けた。「ぼくが運転するんだよ。帰るのはぼくが帰ろうと言ったときだ」

そこで、彼は十五分間マシンのレバーを引いた。隣の台の男は推定体重二百七十五ポンドで、黒革と刑務所由来の刺青で身を包んでいたが、孫は気づいてもいないようだった。わたしは片手を上着の内側に入れて三五七の台尻を握り、背後を警戒した。

テキーラは回転するリールを無表情で見つめていた。過保護に育てられたせいで、この場所、この状況の危険性がわからないのかもしれない。

テキーラはまたレバーを引き、カネはなくなった。彼はいらだってマシンをこぶしでたたいた。

刺青の男が自分のマシンから目を離してテキーラを見た。

「あなたはもっと運がいいといいね」テキーラはその男に言った。

駐車場へ歩きながら、あそこにいたあいだずっとプラットは間違いなくカジノの監視カメラで見張っていた、とわたしは言った。

「それを知らないとでも思った?」テキーラは怒った。足を止めると、腕を組んだ。「ぼくたちが臆病なウサギみたいに逃げだしていくのをモニターで見られてたら、どんないいことがあるのさ?」

「ここは安全じゃない。いまの状況では、この店から遠ざかったほうがいい」わたしはライターをカチカチいわせた。「考えるのはこっちにまかせろ。おれにはこの手の経験がある」

「じいちゃんの考えはあてにならないんだよ」テキーラは眉をひそめて身をかがめ、わたしの視界にむりやり入ってきた。「じいちゃんの考えでぼくたちはここへ来たんだよ、あいつの縄張りであいつに道理を説けるって考えたから。だけど、タフガイきどりはパンチの威力がじゅうぶんだったときでさえ、もう時代遅れだったんだ」

「話を聞け」わたしは言いはじめた。

だが、テキーラはさえぎった。

「じいちゃんの話を聞くのはもういいよ。学があるわけじゃないし、状況を把握してない。弁護士として電話で五分も話せば、ぼくたちにかかわったら面倒なことになるってあいつにわからせてやれたんだ。ところが、かえって弱みを見せる結果になった。スタインプラットの話でしばらくは煙《けむ》に巻けるかもしれないけど、プラットは一度くいついたら離れないよ。その上、じいちゃんはこっちがすたこら逃げだすのをやつに見せたがった。いったいぜんたいどういう計画なんだよ?」

孫の激しい怒りに、わたしはいささかひるんだ。「おれは法律の本は知らないかもしれないが、人間は知っている」つっかえながら答えた。「おまえは、どんな人間を相手にしているのかわかっていない」

「どういう人間を相手にしているのかわかってるよ。強情でよぼよぼの、半分頭がおかしいじじいだ」

そのあとは二人ともあまり口をきかなかった。メンフィスへの帰路、わたしはカジノを取り巻く大豆畑を眺めて、あの下に何人埋まっているのだろうと考えた。

忘れたくないこと

ビリーが生まれた夜、ブライアンは青い毛布に包んだ赤ん坊を抱いて分娩室から出てくると、ローズとわたしに見せてくれた。

赤ん坊は小さくて全身がピンクで、頭に薄い色の髪がぽわぽわとはえていた。わたしがかがんでのぞきこむと、ビリーは緑色のうるんだ大きな明るい目で見返してきた。

「やあ、坊主」わたしは言った。「じいちゃんだぞ。おまえの世話を手伝ってやるからな」

「この子がかわいくてたまらないよ、父さん」そう言ったブライアンの目もうるんでいた。

「人生に生きる目的が欠けていると感じたことがあったとしても、そんなふうに感じることはこの先もう二度とないのがわかっただろう」わたしは息子の肩を握りしめた。

「朝ベッドから起きだす原動力がこれだ。残酷で気まぐれな世の中をなんとかしようと努力する理由がこれだ。この子を守ること、おまえがいるのはそのためだ。安全に過ごさせて、ぜったいに一人じゃないとちゃんとわからせてやるんだ」

「そうだね、父さん。そのとおりだと思うよ」

わたしは上着のポケットからウィスキーのフラスクを出した。大きく一口あおって、フラスクを息子に渡した。「ああ、おれはその気持ちを知っている」

16

化粧漆喰《しっくい》とガラスの礼拝堂のしゃれた映画館用の二千人分の椅子は、全部埋まっていた。教会の駐車場には、詰めかける車を整理するために保安官助手が何人か立っていた。追悼礼拝の出席率からすると、人を不安にする容貌とギャンブル癖にもかかわらず、亡きラリー・カインドは牧師としてしっかり仕事をしていたようだ。大勢の人々が泣いていた。

わたしは後ろの列の通路側にいい席を見つけた。そこからは会衆全体が見渡せた。テキーラがそっと隣にすわった。きのうのチュニカ郡での出来事については話しておらず、この先も話さないだろう。うちの家族はいつもそうしてきた。

テキーラは、けさスターバックスの焼きたてベーグルとコーヒーを持ってうちに来た。和平のための贈りものだ。

わたしは受けとり、彼に車で葬式へ送ってもらった。で、いまはなにごともなかったふりをしている。だが、彼の言ったことにわたしは腹を立てていた。

一週間のうちに三度もこの教会へ来るはめになった。これが老人の生活というものだ――同じ場所へ何度も行き、たくさんの葬式に出る。

すでにだれかが、カインドが血を流して死んでいたステージのカーペットをとりかえていた。よごれた壁も塗りなおされていた。カインドの遺体の各部分は集められて重そうなオークの棺におさめられており、棺にはかつぐ者が持てるように真鍮《しんちゅう》の取っ手がついていた。むろんふたは閉じてあり、滝のように落ちかかる花におおわれているので、どれほど高価な棺なのかわたしにはわからなかった。

「あの豪華な棺をチュニカ郡の連中に渡してやれば、彼もあごを切りとられないですんだろうにね」テキーラがつぶやいた。

前列にすわっているでっぷりした中年の女が、ふりむいて顔をしかめた。

テキーラはちょっとひるみ、後悔の表情を浮かべようとした。「悲しみをあらわす方法は人それぞれなんですよ」彼は女に言った。

「カジノの連中のしわざだと、なぜ思うんだ?」わたしは聞いた。

「とくに理由はないよ。じつのところ、ぼくはじいちゃんがやったと思うんだ」

わたしは煙草の箱をもてあそび、一本火をつけようかと迷った。やめておくことにした。

「おまえが無実だともだれも言っていないぞ」

「そうだね、あの晩ぼくがどこにいたかだれかに聞かれたら、じいちゃんと一緒だったって言ってよ。じいちゃんのことを聞かれたら、ぼくも同じことを言うから」

それは心強い。

上流の連中が大勢来ていた。牧師の棺をかつぐ日雇いのメキシコ人労働者を集める必要はない。故人を安息の場所へ運ぶため、判事、地方議員、市長が壇上にいた。この三人には殺人のあった夜のアリバイはあるのだろうかと、わたしはぼんやりと思った。

名士たちを、カインドの元助手である仮の後継者が手伝うのだろう。姿勢がよくきびしい顔つきの、グレゴリー・カッターという男だ。カインドの死によって昇進しているから、動機があるとも言える。わたしはカッターを頭の中の容疑者リストに加えた。

「ねえ、あそこに知った顔がいるよ」テキーラがT・アデルフォード・プラットを指さした。白い毛皮のえりのついた赤い革のコートといういでたちで、近くにすわっていた。

「いたるところに友ありだ」わたしはテキーラの脇腹をひじで突いて、頭を左前方にぐいとかしげてみせた。イズカク・スタインブラットがバプテスト派の讃美歌集をユダヤ教徒らしい熱心さで眺めていた。

「くそ」テキーラは罵《ののし》った。「正統派ユダヤ教徒のディケンベ・ムトンボ（長身の元NBAバスケットボール選手）か」

彼がなにを言っているのか、さっぱりわからなかった。

ランドール・ジェニングズ刑事も姿を見せていた。最前列に近い、殺人のあった夜と同じ席にすわっていた。

「ノリスはいないな」テキーラは言った。「あいつが犯人ってこと?」

あたりを見まわしたが、やはりノリスはいなかった。来ていないのだとしたら、ノリス・フィーリーが行きたくないとき妻にむりじいされることはないということだろう。どうしたらそんな芸当ができるのか、聞いてみたいものだ。

「なんの意味もないさ」わたしは答えた。「悪党は犯行現場に戻ることもあるし、道にタイヤの跡がつく勢いで逃げて、二度とふりかえらないこともある。おれは心理学者じゃない。ちくしょうどもをつかまえるだけだ」

テキーラは薄ら笑いを浮かべた。「昔はつかまえてた、でしょう」

「そう言っただろうが」ひじがずきずきしはじめていた。テキーラを突いたのはまずかった。あざになったにちがいない。

「ところで、どうしてセントルイスに行かないの? ぼくはもうじきニューヨークへ戻らなくちゃならないのに」

「人が一人殺されたんだ。そして、それはおれたちの宝探しに関係しているかもしれない。金《きん》がどこにあるにしろ、これまでずっとそこにあったんだ。もう少し待てるだろう。行動を起こす前に、安全を確かめる必要がある」

カインドの両親と弟は最前列にすわっていた。父親は泣いていた。わたしは目を向けないようにしていたが、テキーラは彼らのほうをじっと見ていた。

「遺族と一緒にすわっているきれいな女性はだれですか?」彼は前の席の女に尋ねた。

「あれは牧師の奥さんよ」女は答えた。「気の毒なフェリシア。ひどくこたえているにちがいないわ」

フェリシア・カインドは夫より若く、たぶん二十四、五だろう。黒いベールのついたつば広の黒い帽子をかぶり、ぴったりとした黒のカクテルドレスを着ていた。広く開いた胸もとを、信心に対する俗世のほうびとして惜しげもなくさらしていた。

「こたえられませんね。あ、いや、こたえてるでしょうね」テキーラは同情をこめて言った。「葬式にはぴったりのドレスだ」

でっぷりとした女は悲しみに沈むめんどりのようにコッコッと舌打ちした。「あんまり悲しくて頭がぼうっとして、気づいてさえいないのよ」

きちんと髪を刈った背の高い男がフェリシアのほうにかがみこんで、耳もとでささやいた。なにを言ったか知らないが、牧師の妻は笑った。

「彼女、自分のしてることはちゃんとわかってますよ」テキーラは言って、わたしのほうに向きなおった。「どう思う、じいちゃん?」

「一連の出来事はあの女から始まり、あの棺で終わったと想像ができるな」

「彼女がやったと思う?」

「みんなが容疑者だ」わたしは答えた。「だが、あのぴかぴかの棺を見ると、亡くなった牧師には高額の生命保険がかけられていたとしか考えられない」

「じゃあ、彼女がカネのために殺したと思うんだね？」

わたしはちょっと考えた。「これは覚えておけ、ああいった若い牝馬《めすうま》は囲いの中にいたがらない。新しい甘い草をかじって、きゅっと締まった横腹に汗をかきたがるものだ」

「だれかと寝てるってこと？」

わたしは肩をすくめた。それを知るすべはない。「そうでなかったらちょっと残念だな」

カインドの代役のグレゴリー・カッターがフェリシアの手を軽くたたき、泣いている父親を抱きしめてから、棺の横のステージに上がった。牧師がマイクを握ると、会衆は静まりかえった。

「きょう、みなさんがおそろいなのを見たら、ローレンスはきっと喜んだことでしょう」牧師は口を切った。「彼は友人であり、相談役であり、聞き役であり、案内人でした。そして英知と思いやりを持って、わたしたちの地域社会のすみずみにまで手をさしのべていました」

カインドの父親がすすり泣いた。

「思うに」テキーラは座席の上で身じろぎしてささやいた。「この事件が彼女がらみなら、ぼくたちとは無関係だね」

壇上のカッターの演説をうわのそらで聞きながら、わたしはその可能性を検討した。

「いったいどんな怪物がラリーのような男にこんなことができたのかと、わたしたちはこの二日間考えてきました。そして警察はまだ犯人を捜しています。しかし、この犯罪の背後にだれがいるのか、わたしは知っているのです。ローレンス・カインドを殺し、この教会を滅ぼそうとしている者がだれなのか」

「そうなると、ことはかんたんだね」テキーラはわたしにささやいた。

「だれにとっても〝悪魔〟はいる」カッターは壇上から叫び、聴衆に向かって指を突きたした。「だれにでも野蛮で残酷な敵はいる。そしてその悪魔はわたしたちのうちでもっともすぐれた者をも、われらが牧師のように純粋で強い人間をも倒す、恐ろしい存在なのです」

わたしはアイゼンハワー将軍の忠告に従って自分の銃にしがみついてきた。おかげで八十七年間生きのびてきた。だが、哀れなローレンス・カインドはそんなことのできる人間ではなかった。彼がうちの玄関に現れて懇願したときに、助けてやるチャンスはあっただろうか。そのときにはもう罠は閉じていたのではないかと思うが、たとえわたしが救えたはずでも、こういう最期を迎えることになった原因はカインド自身にある。

「悪魔はわたしたちの判断力を鈍らせる。悪魔はわたしたちを破滅へといざなう。悪魔はわたしたちを堕落させる」カッターは大声で続けた。

T・アデルフォード・プラットはこちらを見てにやにやした。

テキーラは彼をにらみかえした。

「あの男はとんだ道化だ」テキーラはささやいた。「ぼくには妻のほうが危険に見える」

「だが、たとえ悪魔がもっともすぐれた者を倒しても、わたしたちは苦難の前に強くあらねばなりません、イエス・キリストのように、ラリーのように。そして最後には、一人一人がその悪魔と正面から向きあうことになると、わたしたちは知っています。暗闇の中に一人ぼっちでいるとき、わたしたちが弱り、恐れにとらわれているときに」カッターは叫んだ。

「しかし、きょうここに集う友人たちを見ればわかる。わたしたちは信仰において不屈であり、かならずや悪に打ち克つでしょう。そして愛において強くあるわたしたち全員が、イエス・キリストとカインド牧師とともに約束の地を歩むでしょう」

わたしはあざになったひじを慎重になでた。「たとえボケカスでも危険になりうる」

「なりうるかどうかは知らないけど、あの男にはメンフィスでメンフィスの元刑事とことを構える度胸はないよ」テキーラは言った。

「牧師とことを構えるとも思えないが、だれかがラリーをあの棺に入れたんだ」わたしは言った。

最前列でフェリシア・カインドが足を組み、そしてほどいた。わたしは目を細めて彼女を見た。マスカラは流れていない。口紅もはみだしていない。堂々たる若いレディだ、この状況を考えると異常なほど。働きざかりだった一九六五年にカインド夫妻を見たとしたら、わたしはすぐさま疑っただろう――いや、ほぼ確信しただろう――爬虫類を思わせるずんぐりした牧師の死は、彼のセクシーな妻に関係していると。動機となるカネはカインドにはなかったが、どうしようもないギャンブル中毒との結婚から逃《のが》れるためか、自由になってほかの男のもとへ走るためか、おそらくフェリシアが夫を殺したのだ。テキーラとわたしが話しあっているいかれたスパイ物語よりも、そちらのほうがずっとありそうに思える。アヴラム・シルヴァーが地球の裏側から暗殺者を派遣できたとは考えにくい。しかし、イズカク・スタインブラットのような男に背中をさらすのもまた大いにあぶなく思える。

壇上で、グレゴリー・カッターが強調するように右手を振りまわしていた。

「この教会において、悪魔に譲歩をするつもりはありません。自分たちを脅かす悪に対して、立ちあがろうではありませんか。そして、ここで礼拝を捧げた者たちは、わたしたちの牧師であり、羊飼いであり、友人であったローレンス・カインド博士を決して忘れることはないでしょう」

警察は葬列を警護しただけでなく、教会と墓地のあいだの道を封鎖した。だが、豪華な棺と千人を超す参列者をもってしても、ジム・ウォレスを埋めた新しい盛り土から四十フィートの場所にカインドが埋められた事実は変わらなかった。

17

カインドの墓を取り巻いていた参列者が散りはじめると、わたしは〝正統派ユダヤ教徒のディケンベ・ムトンボ〟の腕をたたいた。

「やあ《シャローム》、ユダヤちんぽこ《イズ・コック》」

テキーラは袖で口もとを隠して小さく笑った。

「孫を紹介しよう、マニシェヴィッツだ」わたしはロシア人に言った。「じつに立派な若者でね。自慢でしかたがない。胸を張りすぎてシャツのボタンは飛ぶし、あらゆる毛穴から誇らしさと満足感が滲《にじ》み出るよ」

　スタインブラットはとまどって太い眉をひそめた。「マニシェヴィッツ？　あのコーシャワイン（ユダヤ教の戒律に従って造られたワイン）の？」

「テキーラと呼ばれています」テキーラは言った。「男子学生社交クラブでのあだなですよ。名前はウィルです」

「ああ、なるほど」スタインブラットは不快感を隠しきれなかった。ソ連のきびしい生活の中で育ち、中東の小さな国で生き残るために闘っていれば、アメリカの大学の社交クラブ流ライフスタイルへの賞賛は生まれないにちがいない。だが、気の毒なスタインブラットは仕事柄、離散ユダヤ人を好きなふりをしなければならない。

テキーラは手をさしだし、スタインブラットはそれを握った。

「ところで、なぜカインド博士を知っていたのかな？」わたしは尋ねた。

「知りませんでした、個人的には。でも、わたしの組織は彼のことをよく知っていたんです。わたしがここに来たおもな理由はアメリカ南部のユダヤ人と会うことだが、ほかの友人たちに対してもイスラエルを代表する立場にあるので」

「ローレンス・カインドはイスラエルの友人だったんですか？」テキーラは聞いた。

「ええ、もちろん。福音主義の教会はイスラエルの揺るがぬ同盟者です。わが国があそこにあることでキリストの再来が早まると、彼らは信じている。こちらの多くの人々は、アメリカのユダヤ人の政治的影響力がイスラエルと合衆国とのとくべつな絆に貢献していると思っていますが、福音主義の教会の信徒たちも同じく重要な存在なのです。キリスト教徒の観光客もまた、わが国の経済を大いに潤している」

会葬者のほとんどは帰ってしまっていたので、わたしはネクタイをゆるめてえりもとのボタンをはずした。「では、カインドへの礼をつくすことも仕事のうちというわけだ？」

「そのとおり」スタインブラットは答えた。「わたしは会ったことは一度もないが、彼は同僚数人とかなり親しかったんです。みんな彼が亡くなったと聞いてひじょうに悲しんでいます。牧師は教会のグループを連れて何度もイスラエルを訪問していた。離散民省はその旅行を後援していたんです。それでいまこのメンフィスにいるわたしが、お悔やみに伺ったというわけで」

「ご親切なことだ」わたしは言った。

スタインブラットは頰ひげを引っぱった。「若くて生気にあふれていたのに、こんな恐ろしい亡くなりかたをするとは。ほんとうに悲しいことです。こういった暴力から遠くへ逃げることは自分にはできないが、慣れることもまたできないとわかりましたよ。ミスター・鹿弾《バックショット》、あなたもまたたくさんの苦しみを目にしてこられた。こんな恐怖に人はどうやって慣れるのでしょう?」

「そういうのが好きになる者もいるようだ」

彼の大きな分厚い唇がへの字になった。「おっしゃるとおりかもしれない」彼は言った。

「あなたはこういう暴力を好むほうですか?」

わたしは肩をすくめた。「やられて当然の人間に弾を二、三発撃ちこむよりも、いやな気分になることはままある。あんたはどうなんだ? 殺しは好きかね?」

「わたしはたくさん見すぎました、あまりにも多くの戦いを。暴力は罪のある者とない者の双方の血を食らう、自己保存に長《た》けた怪物です。わたしはアフガニスタンに行った、あそこの戦争に。そのあとソ連を離れてイスラエルに移住したが、パレスチナの民衆蜂起があった。

アラブ人は野蛮なほど暴力に飢えている。民間人を殺すために自爆する男の気持ちが、わたしにはわからない。ところが、彼らはそういう残虐行為をほめたたえる。子どもたちがカフェにすわっていたかと思えば、次の瞬間、ボン！　こなごなだ」彼はヤムルカをかぶった大きな頭を垂れた。「豊かなこのアメリカでさえ、暴力はなくならない。カインド博士のような人に、こういうことが起きる。ここメンフィスの暴力による死亡率は、パレスチナ抵抗運動がピークだったころのエルサレムより高いと知っていましたか？」

「でも、ガザよりはましなんじゃないですか？」テキーラが鼻を鳴らした。

「われわれがおこなっているのは自己防衛です」スタインブラットは主張した。「テロのない街で子どもたちを育てるのはわれわれの権利です」

テキーラは顔をしかめた。「家を爆撃して破壊すれば、確かに相手の闘争意欲を削げるでしょうよ」

わたしはあざになったひじで孫の脇腹を強く突き、腕を走った痛みにたじろいだ。

スタインブラットはわたしのほうを向いた。「ところで、ミスター・バックショット、カインド博士とはどういうお知りあいで？」

「じつのところ、おかしな話でね」わたしは言った。「おれは彼の奥さんと寝ているんだ」

大きなユダヤ人はちょっと黙りこみ、それから太い眉を吊りあげた。「あなたの言葉はわたしを蔑《さげす》んでいる。なにか気にさわることをしましたか？」

「ユダヤ人コミュニティセンターで会うと約束したのに、あんたは来なかった。年をとると時間をもったいなく感じるようになる、だからおれの時間をむだにする人間は好かない」

「すみませんでした。どうにも動きがとれなかったんです。いつか、埋めあわせができたらいいのですが」

「あんたみたいなでかぶつの動きをとれなくするとは、相当強力な案件にちがいない」わたしは言った。「あんたを引きとめたものは、はっきり言ってなんだったんだ？」

彼は眉をひそめた。「それについては残念ながら、お話しする立場にありません」

「考えていたんだ。あんたがおれをセンターで待たせていたあいだに、だれかがローレンス・カインドを殺したことを」

彼は大きなこぶしを握りしめた。「わたしがやったと言うんですか？」

わたしは煙草に火をつけた。「たんに考察しているだけだ」

「その推理には感心しません」

わたしは目を細くした。「ユダヤちんぽこ《イズ・コック》、アヴラム・シルヴァーという男を知っているか？」

「知りません」それから冷ややかな口調で続けた。「では、そろそろ失礼して次の約束に行かなければ」

「だれとの？」テキーラが聞いた。

スタインブラットからは石のような沈黙しか返ってこなかった。

「お引きとめしないよ。大事な用がいろいろあるのはわかっている。だれに会うにしろ、よろしく言ってくれ。おれはメンフィスのユダヤ人はみんな知っている」

大柄なロシア人はそっけなくうなずいて大股で歩き去った。

「いいやつだな」わたしはテキーラに言った。「そのうち、ばあさんが夕食に呼びたがるんじゃないか」

18

テキーラはソファのわたしがいつもすわる場所を占領し、インターネットで得意満面になっていた。葬式のあと彼はノートパソコンを開き、夕食までに多くの情報を探しだした。ふつうの刑事なら、靴底をすりへらし、煙草を何箱も吸い、記録室や新聞保管庫で多くの時間をついやし、おそらく何人かを殴りつけなければならなかっただろう。

キーボードをたたきながらテキーラがもらす満足げな声を締めだすために、わたしはテレビのボリュームを上げた。ヒストリー・チャンネルで、数人の学者タイプが古い戦争映画について話していた。わたしは古い戦争映画が好きなので、記憶帳に彼らの言っていることを書きとめておきたかった。

「大衆文化において悪役としてのナチがあいかわらず重要な位置にあるのは、ナチが本質的に無力化された明白な悪だからでしょう」頬ひげをはやし、めがねをかけた男が画面の中で言った。一瞬後、その男があのニューヨーク大学の映画学科の教授だと思い出した。このところ、あらゆるチャンネルに登場してタフガイの時代の終焉についてしゃべっている。

「われわれはナチを憎むことができる」教授は続けた。「だが、恐れる必要はない。なぜなら、彼らは打ち負かされたからです。彼らは葬り去られた。もはや一つのアナクロニズムだ」

「どうしてインターネットができるんだ?」わたしはテキーラに尋ねた。「うちにインターネットはないし、おまえのパソコンは電源につながってもいないぞ」

「お隣のＷｉ‐Ｆｉに便乗してるんだ」

「ああ、なるほどな」さっぱりわからなかったが、そう言った。

「だが、葬り去られたのなら、なぜわたしたちは彼らを掘りかえしつづけるんでしょうか?」赤ら顔のでっぷりとした司会者が聞いた。「なぜあなたのおっしゃるところのアナクロニズムを、象徴的表現手段における絶対的な悪の突出した体現者として、いまも使いつづけるのでしょう?」

テキーラはパソコンの画面からテレビの画面へ目を移した。「なんでこれを見てるの?」

「わけなんかあるか」

クレジットカードで六ドルを支払って、テキーラはアヴラム・シルヴァーにかんするセントルイス警察のファイルを手に入れていた。そこにはシルヴァーが押し入った家の住所も含まれていた。ハインリヒ・ジーグラーの家だ。報告書では家の所有者はヘンリー・ウィンターズとなっていたので、ジーグラーの偽名が判明した。そして、テキーラがキーボードをたいて不動産取引記録を調べると、家は一九九六年に売られていることがわかった。ウィンターズの転居先はメドウクレスト・マナーとなっていた。

「メドウクレスト館《マナー》？」わたしはテキーラに言った。「金《きん》を現金化して大邸宅でも買ったのか？」

「違うよ。これを見て」

パソコンの画面は、メドウクレスト・マナーが元気なシニアのためのフルサービスの施設であると説明していた。要するに、老人ホームだ。わたしは身震いした。

「ナチはみんなに知れわたっている、歴史に明るくない観客にも」ひげの教授が言った。「長靴《ちょうか》と鉤十字《かぎじゅうじ》とドイツ語のアクセントは、手っとり早い悪のしるしなんです。でも、われわれは恐れることなくナチを憎むことができる。なぜなら、われわれの暮らす世界からはかけ離れているからです。過去のものだからです」

「セントルイスの新聞にヘンリー・ウィンターズのことが載っていないか、レクシスネクシスで検索してみたけど、死亡記事は見つからなかった。だから、わかる範囲ではまだ彼はそこにいるよ、メドウクレストに」テキーラは言った。

ジーグラーはもう十年以上老人ホームに収容されているわけだ。閉じこめられるのは当然の報いだが、彼はわたしが直面した中でももっとも手ごわい敵、わたしを崖っぷちに追いつめた唯一の敵だった。どうしてそこまで焼きがまわったのだろう？

「つまり、自分自身を投影することなく非難できるわけですね。ナチは外国人だし、現代と直接的な関係があまりない時代の遺物だから」テレビの司会者が言った。

パソコンを使ってイスラエル離散民省の連絡先がわかり、ニューヨークには事務所があった。テキーラは、小さなインターネットを兼ねているらしい新種の携帯電話でそこにかけた。ボタンがついていないのに、どうやってダイヤルしたのかわたしにはわからなかった。

イスラエルの役人は、イズカク・スタインブラットがそこの職員であること、彼がいまメンフィスにいること、わたしがしゃべった男と特徴が合致することを認めた。スタインブラットの話は裏づけがとれたわけだ。だがやはり、秘密の暗殺者にはちゃんと通用する隠れ蓑《みの》があるものではないだろうか。

古いネットワークもまた役に立つ情報を提供してくれた。テキーラがグーグルで忙しくしているあいだ、わたしはユダヤ人コミュニティセンターのロビーに隠された住民のゴシップやさまざまな神託を、一時間かけてこっそり拾い集めた。その結果、大柄なロシア人はどのラビとも会っていないし、シナゴーグでスピーチも予定していないし、ほかになにかする計画もないことがわかった。

「てことは、彼はなんにも関係ないってこと？」テキーラは聞いた。

「なんにも関係ない男に見えるか？」

「とにかくでかいよね」

わたしはテキーラをにらんだ。

「そう、もしスタインブラットがカインドを殺したのなら、奥さんがどう絡んでいるのかわからないな」テキーラは言った。「ぼくたち、みんなを疑ってるけど、全員に殺しができたはずはないよ」

「警官をやってわかったのは、罪のない者はいないってことだ」わたしは言った。だが、テキーラの言うとおりだ。われわれは妄想をつのらせていて、証拠はなにもない。主治医の意見では、妄想は老人性認知症の初期症状だ。

「まさに」テレビ画面で、ひげ面《づら》の教授が醜悪な薄笑いを浮かべた。「いま敵国を恐れたり、病気をこわがったり、地域社会や日常に入りこんでくるかもしれないご近所の不安定で危険な人々を警戒するようには、わたしたちはナチを恐れてはいない」

「換言すれば、じっさいに自分たちを殺しにくるもののようには恐れていない、ということですね」司会者が言った。

わたしはラッキーストライクを深々とひと吸いした。パニックを鎮めるには煙草がいちばんだ。

「ハニー、コーヒーをいれてくれるか？」ローズがいそうな方向に向かって叫んだ。

「もう寝たよ。ぼくがやる」テキーラは立ちあがろうとした。

ローズが寝室から足を引きずりながら出てきた。「およしなさい」彼女は孫を叱った。「わたしはあなたが生まれる前からコーヒーをいれているのよ」

「ぜんぜん手間じゃないから」テキーラはなおも立とうとした。「ベッドに戻ったら？」

「黙って放っておけ」わたしは言った。

「わかった」ローズがキッチンへ歩いていくのをテキーラは見守り、それからまたソファにすわった。「ふうん、じゃ、スタインブラットはアヴラム・シルヴァーと手を組んでハインリヒ・ジーグラーの金塊を手に入れようとしてる、モサドの暗殺者だと仮定しようか。どうして彼はこのへんでぶらぶらしてるんだろう？　どうしてまっすぐセントルイスへ行かないんだ？」

「さあな。セントルイスがどこにあるか知らないんじゃないか」

「なるほどね。彼のほしがるなにがここに、あるんだろう？」

「ウォレスに関係したものか？　もしかしたら、ノリス・フィーリーはおれたちの知らない手がかりを握っているのかもしれない」ノリスが手がかりを握っているのではないかと思ったのは、自分が最初なのだろうか？

テキーラはあごをこすった。「ツォレスは一九四六年以降ジーグラーを見てないと言ったんだよね？」

「彼が話さなかったことが、もっとあるのかもしれないな」

「いや、ウォレスじゃないよ。じいちゃんだよ。じいちゃんがシルヴァーに電話したあと、スタインブラットは現れた。この家に来たんだ」

もう一本の煙草に火をつけた。「だが、おれはなにも知らない。発見した唯一の本物の手がかりはシルヴァーから聞いたんだ。シルヴァーが資料を持ってこの国を出て二十年近くたっているが、わかっているかぎり、彼はそれについてなんの行動も起こしていない。それなのに、おれたちが電話していくつか質問をしたら、怒れるユダヤの巨人をよこして嗅ぎまわらせはじめたっていうのか？」

「クンクン、人間の匂いがするぞ」

「コーヒーになにか入れる、ビリー？」ローズが叫んだ。

「クリームと砂糖はある？」彼はどなりかえした。

キッチンから食料棚を開けて閉める音がした。「濃縮牛乳《ハーフアンドハーフ》とダイエット甘味料しかないわ」

「ブラックでいいよ」

わたしはさらにもう一本に火をつけた。「シルヴァーには金を手に入れるための計画があって、おれたちに先を越されるかもしれないと心配になったんだ。ジーグラーが死ぬのを待っていたところ、おれたちに不意を突かれたんだろう。財宝を探しているかもしれないほかの人間を、彼は排除しているのかもしれないな」

「スタインブラットがカインドを殺したと考えてるのなら、プラットとフェリシアはどう絡んでくるの？」

「この街の通りで三十年間過ごして、学んだことがいくつかある。いいか、罪のない人間はいないんだ」

「ああ、じいちゃん。それはもう聞い――」

がちゃんという大きな音がして、テキーラは口をつぐんだ。

「ローズ、もうちょっと気をつけろよ」わたしは叫んだ。

軽口も、侮辱も、口答えも返ってこなかった。

「ローズ？」

テキーラはソファから飛びあがってキッチンへ駆けこんだ。

「じいちゃん」彼はわたしにどなった。「救急車を呼ばなくちゃ、早く」

テレビでは、ひげ面の教授が言っていた。「ナチと戦うファンタジーをわれわれが楽しむのは不思議でもなんでもないですよ。日々の生活の中に、ありふれた危険がいやというほど潜んでいるんだから」

19

わたしは味気ないほど清潔な白い部屋にすわっていた。ジム・ウォレスが死んだのと同じ階だ。部屋を密閉するスライド式のガラスドアも同じ。浄化された空気も同じ。

機械の規則的なビープ音を聞きながら、ローズの手を握った。冷たかった。血行が悪いのだろう。ミシシッピへ行って以来ずっと持ち歩いている拳銃は上着の下のホルスターに差してあり、右の脇腹に当たっている。たいした慰めにはならなかった。ラッキーストライクの箱はベッドの横にあるトレーにのっており、一本吸いたくてたまらなかった。だが、ローズを一人にするわけにはいかない。

上着の左側のポケットから記憶帳をとりだした。読まなかったし、書く気も起きなかった。ただ、ぎゅっと握りしめた。

救急隊員が着いたときローズに意識はあったが、そのあと鎮痛剤を投与された。眠れるようにと、さっき医者がわたしに薬をくれた。呑まなかった。だれかが寝ずの番をしなければならない。

一九四四年の十一月にわたしが病院で目ざめたとき、ローズは枕もとにいてくれた。それは忘れたくないことの一つだ。彼女がそこに、フランスにいるのを見て、わたしは驚いた。そもそも自分が生きていることにも、ほんとうに驚いた。あとでわかったのだが、意識がなかった五週間、毎日彼女はそこにすわっていてくれた。

戦闘は終わっていたので、もう大西洋を哨戒するUボートはなく、ローズが海を渡ってきても安全だった。きっと、彼女にはとりたてですることがなかったのだろう。

ローズはバーボンの瓶を手渡した。わたしがいないあいだ、彼女はウィスキーの販売代理店をきりまわしていた。でも、夫が動けなくなったと聞いてすぐにフランスへやってきた。わたしの臨終に立ちあうたった一度の機会を逃したら、一生後悔するからと彼女はのちに言った。

わたしは一ヵ月以上なにも食べておらず、口の中はからからだった。あたりを見まわして看護婦がいないのを確認すると、ウィスキーを一口ごくりと飲んだ。酒はのどを焼きながら下りていった。

彼女がほほえんだ顔を覚えている。化粧はしていなかったし、髪は乱れていた。だが、こんなに美しいものは見たことがないと思った。彼女にそう言った。

「バック、あなたの見端《みば》は最低よ」

高齢者用ＩＣＵのベッドに横たわっているローズはとても小さく見え、わたし自身もあまり大きい気がしなかった。大粒の涙が目にあふれてくるのを感じた。夜遅い時間で、わたしはくたくただった。だが、眠れないのはわかっていた。

ローズの髪に触れた。おかしなことだ。戦後わたしが回復に向かっていた時期、彼女は美しい盛りに見えた。たとえ、そそられてもたいしたことはできなかったのに。そのことを、わたしたちはいつも思い出してきた。

ローズを抱きあげて寝室へ運べなくなってから、ずいぶんたつ。すっかり衰えて、買ってきた食料を家の中に運ぶのもやっとだ。入れるのも大きな茶色の紙袋から持ち手のついた小さなビニール袋に替えなければならず、全部を運びこむのに車と家を二回往復しなければならない。

それがどうだというのではない。最後にちゃんと勃起したのは、ロナルド・レーガンが大統領だったときだ。近ごろは老犬をまた吠えるようにする薬もあるが、服用しなければならないほかの薬と危険な相互作用を起こす可能性がある。わたしの体にはすぐにあざができるし、ローズは骨粗鬆症だ。

だが、彼女の髪が黒い絹のようで肌がすべらかで、わたしの背筋がぴんとしてあごががっしりしていたころ、わたしたちはちょっとしたものだった。どんな脅しにも、銃とこぶしで対抗できるくらいわたしが強かったころ。彼女を守れるくらい、やさしいとはいえないやりかたで彼女を愛せるくらい強かったころ。

そういった欲求はもうないが、それでもわたしには彼女が必要だった。テレビがあるだけでだれもいない家に一人でいるのには耐えられない。六十年以上も彼女と一緒にいたあとの沈黙と空虚を思うと、恐ろしくてたまらない。それに、彼女は呑む薬を数えてくれる。料理を作ってくれる。みんなの誕生日とみんなの葬式を覚えていてくれる。電話番号や買い物リストなど、霧の海上のちっぽけなボートのようにわたしの頭の中を漂うものごとを覚えていてくれる。わたしが覚えようとしないあらゆるもの、忘れたくはないが忘れてしまうものを管理してくれる。彼女なくしては、自分一人ではどうしようもないのがわかっていた。暮らしていけない。生きていけない。

コーヒーメーカーの使いかたすら知らないのだ。

主治医がスライド式のドアから入ってきた。ドアは彼の後ろでカチリと閉まった。睡眠不足で目が赤い彼が、わたしたちのためだけに来てくれているのはわかっていた。音を消してあるテレビの画面を見上げると、午前二時四十三分と出ていた。

わたしは医者にうなずいた。「来てくれてありがとう、先生」

「いやいや」彼は言った。「あなたをあまり脅かしたくない。奥さんは当面危機を脱したと思いますよ」

わたしはほうっとため息をつき、袖口で目もとをぬぐった。彼に涙を見せる必要はない。

「あばら骨の何本かにひびが入っている。それについてはどうしようもない。二週間ぐらいは痛むでしょう。やわらげるための薬を出しておきますよ。奥さんはあまり動きまわりたくないはずです」

「了解」

「頭を打って軽い脳震盪を起こしたようだ。このあと二、三日、見当識障害が出るかもしれない。ふつうなら観察のために入院してもらいたいが、お二人にとって病院は安全ではないだろうと思うんです」

「確かに」わたしは言った。「スタインブラットが現れたら、ここでは逃げ場がない」

医者は眉をひそめて、クリップボードをいじった。「いや、お二人が感染症や伝染病に院内感染するんじゃないかと心配なんです。高齢の患者さんにはほんとうによくあることなんだ、加齢とともに免疫システムが弱くなるから。そういうわけで、できればあなたがたをここに置いておきたくないんですよ」

「なるほど」

「朝になって奥さんが目をさましたら少し痛がるだろうが、意識ははっきりしているはずです。なにも問題ないようだったら、家へ帰ってもらっていい。でも、しばらくのあいだ奥さんはベッドから動きたがらないでしょう」

わたしはローズの手を放してそっと脇に置いた。

医者はクリップボードを下ろした。「お話ししなくてはならないのは、バック、転倒事故の重大性です。高齢の患者さんの治療では、大きな心配の種なんですよ」

「妻はキッチンですべったんだ」わたしは肩をそびやかし、医者に対して防御態勢をとった。

「だれにだって起こりうる。あんたも自分で言ったじゃないか、明日家に帰したいって」

「たとえ軽傷でも動きが制限されたり、痛みが出たりする。それが原因で健康上の問題がどっと出てくることがよくあるんです。それに、一度ころぶと、続いてもっと深刻な転倒事故が一年以内に起きる可能性が劇的に高まる」

「でも、妻は大丈夫なんだろう?」わたしは尋ねた。

「経済学者のジョン・メイナード・ケインズも言っている、長い目で見ればみんな死ぬんです」

わたしはまた目もとをこすった。「おれたちはふつうの人たちよりもはるかに長生きしているが、まだぜんぜん大丈夫だ」

医者はため息をついた。「こんどのことを、わたしと同じ目で見てみてください。ローズは体のバランスをとるのがむずかしくなっている。動きまわるのがたいへんだ。あなたは記憶に問題が出てきた。今晩起きたことは、もっとずっとひどくなっていたかもしれないんです。もしローズが腰を強打していたら、永久に車椅子生活になっていたかもしれない。頭をもっと強く打っていたら、死んでいたかもしれない」

わたしはふんと鼻を鳴らした。「過去九十年のあいだに、悪いことが山ほどおれたちに起きていたかもしれないが、起きはしなかった」

「いままではあなたの自足の精神に水を差すようなことは言いませんでした、なぜなら服薬管理がとてもよくできているようだから。だが、あなたもローズも一人では安全に行動できない、たとえ一緒でもできないとなると、自問していただく必要があります――二人であとどのぐらいあの家に住んでいられるか?」

「おれたちは、これまでの三人の王治医より長生きしているんだ」

「わたしと争っても、状況は変わりませんよ」彼はメタルフレームのめがねごしにわたしを見つめた。「質の高いケアとまずまずの生活環境を提供する、いい介護施設がたくさんある」

「そういういやなものはすっ飛ばして、直接墓に入りたいものだ」

「今回そうなったかもしれないんです、その事実をわたしたち二人とも心に留めておかないと」

「くそったれ」

医師の下唇が少し震えた。「あなたが話を聞いて理解したことを確かめておきたいんです」

彼の声は低く、震えていた。

「いや、あんたがこっちの話を理解したことをはっきりさせたい」

「確かな現実が――」

「くそったれ」わたしはくりかえした。

「いや、あなたが大声で黙らせられない、脅しても追いだせない、殴って従わせるわけにはいかない確かな現実があるんだ。わたしはこの話をするのを先のばしにしてきた、あなたが逆上するのがわかっていたから。だが、わたしを罵《ののし》っても自分の限界と向きあうのを避けることはできませんよ。そして次にこういうことが起きたとき、あなたがたは救急治療が受けられる場所にいる必要がある。バック、わたしはただあなたにとって、そしてローズにとって、いちばんいいことをしようとしているだけです」

わたしは彼を見つめた。

「ええ、わかっています」彼は言った。「わたしはくそったれだ」医者は背を向けて出ていった。ガラスのドアが閉まり、静かにカチリと音をたてた。

わたしは最後に記憶帳に書いたことを見た。カインドの追悼礼拝で代理牧師のカッターが言ったことだ。

「最後には、一人一人がその悪魔と正面から向きあうことになると、わたしたちは知っている。暗闇の中に一人ぼっちでいるとき、わたしたちが弱り、恐れにとらわれているときに」

20

翌朝、ローズの病室のビニールのソファの上で目がさめた。彼女は起きていて、オレンジジュースを飲みながらメンフィスのローカル紙を読んでいた。

テキーラと彼の母親のフランもそこにいた。

「退院の用意はできているの、でもあなたの美容のために起こしたくなかったのよ」ローズはわたしに言った。

わたしはあざのできた両手で目をこすった。

「きみがあんなにぶざまじゃなかったら、そもそもこんなところにいなかったんだ」

一時間後、病院をあとにした。フランが二、三日彼女を預かるのを承知してくれた。妻をベッドに入れたり出したりできるほどわたしは頑丈ではないからだ。テキーラがわたしを一人にしないように泊まることになった。ローズはすでにわたしの服薬管理のしかたと、なにを食べさせてはいけないかを教えていた。

フランの小さな日本車の前部座席にそっとローズを乗せ、回復するまで病院が貸してくれた車椅子をたたんだ。テキーラがそれをトランクに積んだ。そんなもの、わたしは見たくもなかった。

この二十年、ローズとわたしは離れて夜を過ごしたことがなく、このプランにはいささか動揺したが、彼女がなにも言わない以上こっちだって言うつもりはない。わたしは後部座席に乗ってシートベルトを締めた。フランの運転を信用しないわけではないが、自分でハンドルを握れるほうがよかった。

「ローズがきみのところにいるのなら、前から話していたちょっとしたドライブ旅行にビリーを連れていこうと思う」わたしは宣言した。

フランの表情はなにも聞いていないと言っており、テキーラが母親になんでもかんでも話さない良識を持っていたことにわたしは驚いた。

「どこへ行くの?」彼女は尋ねた。

「ちょっとセントルイスまで、一泊か二泊」テキーラが答えた。

「なんで?」

「フラン」ローズが口をはさんだ。「この二人のおばかさんは夢物語を追いかけているのよ」

「じいちゃんの戦争時代の知りあいが向こうの老人ホームにいるらしいんだ」テキーラは説明した。「彼を訪ねていくんだよ」

「ああ、それはいいわね」フランは言った。「昔の思い出話ができるわ」彼女はバックミラーでわたしを一瞥《いちべつ》した。「あなたは運転しないわよね、バック」

「しない、ぼくがするから」テキーラは言った。「でも、まずここでやらなくちゃならないことがあったんじゃなかったっけ。じいちゃんの友だちのノリス・フィーリーを訪ねて、それからカインド牧師の未亡人にお悔やみを言わないとね」

「いや、いい」わたしは言った。「荷造りをしろ。昼飯がすんだらミズーリへ出発だ」

自分の考えをテキーラに説明する必要はない。ローレンス・カインド殺人事件を解決するのはわたしの仕事ではない。三十五年前に引退したし、ランドール・ジェニングズが言ったように、わたしがいなくても警察の仕事はまわる。テキーラのおかげで、どのみちわたしの方法は時代遅れであることがわかった。こっちが心得ているどんなことも、最近の人間はより早くかんたんにできる。彼らは自分たちだけで殺人犯をつかまえられる、ならばやらせておけばいいのだ。

財宝のせいでカインドが殺され、悪魔がハインリヒ・ジーグラーに狙いをつけているのなら、もはや用心しても意味がないと思う。死は近くに迫り、病院のように臭っている。老人ホームのように臭っている。壁を強化しても意味がない。ドアを封鎖しても意味がない。どっちみちやってくるのだ。

わたしは煙草に火をつけた。

出かけていって顔を合わせるほうがいい。

忘れたくないこと

あまり共通の話題がないだれかと二人で車の中にいると、五時間は長い。しまいに相手は話を始め、結末がよかったためしはない。

「パパが死ぬ前、ぼくが最後にメンフィスに帰ったとき、仕事の用事でナッシュヴィルに行くから一緒にドライブしようって言われたんだ」

わたしは道路の横で草を食《は》んでいる牛の群れを眺め、テキーラの視線を避けた。彼はしゃべりつづけた。

「行った先でぼくになにかすることはあるのかって、聞いた。パパは、ないって言った。ただ、旅のあいだ話し相手がほしかったんだ。ぼくは冗談じゃないって言った。春休みだったんだ」

わたしは彼のほうを向いた。「どうしてそれをいまおれに話す?」

「あのときのこと、どうしたら自分を許せるかわからないんだよ。六年たっても、ちっとも楽にならない。はまりこんだままなんだ、わかる?」

「それでどうしたいんだ? おれに許してほしいのか?」

「違うよ」彼は間を置いて、ハンドルを指でたたいた。「いや、そうかもしれない。これが、ぼくがここへ来た大きな理由だと思う――一種の浄化《カタルシス》を求めてるんだ。じつのところ、ハインリヒ・ジーグラーのことはそんなに関心がない」

「ああ、おまえはどんなことにも関心がない。結局それを後悔しているんだろう」人々はつねにわたしに告白し、つねにわたしがわかってくれると思いこむ。

テキーラはつかのま傷ついた表情になった。「鋭い観察だね。らしくないよ、じいちゃんがそんなに的を射たことを言うなんて」

そのあとテキーラは無表情になり、インターネットつきの携帯電話をカーラジオに接続した。残りの旅のあいだ、彼は音楽を大音響で鳴らしつづけた。奇妙な騒音は聞くに堪えなかった。だが、これ以上しゃべらなくていいことにはほっとした。

21

エンバシー・スイートというホテルにチェックインした。これまで、わたしはたくさんのモーテルに泊まってきた——道路の脇にある低層のコンクリートの建物で、みすぼらしいバスルームにすりきれそうなシーツ、通りすぎるトラックの轟音《ごうおん》を聞きながら眠りにつくときには道路のタールの臭いが鼻をついた。不潔さは気にならなかった。仕事人生を通じてそういう中で這いまわってきたのだ。だが、ナチを追跡するというのはめったにないことなので、ハイクラスの旅をするいい機会だと思った。

エンバシー・スイートはたいしたホテルだった。毎日夕方の五時から軽食つきのハッピーアワーがある。朝にはイギリス式のたっぷりとした朝食が出る。固すぎでもなくトロトロすぎでもない、わたしの好みで卵を調理してくれる。そして客室は美しい回廊を囲むように並んでおり、回廊からは屋内庭園を見下ろせる。アヒルが泳ぐ小さな池、池を渡るいくつもの橋。これがみんなホテルの中にあるのだ。ヤシの木まである。

着いたのは夜の九時で、メドウクレスト・マナーを訪ねるには遅すぎた。入居者はもうとっくに精神安定剤を呑みおわっているだろう。だから、われわれはホテルへ直行して部屋に荷物を置き、遅い夕食をとるべくロビーの端にあるレストランへ向かった。

店内はがらんとしていた。一人だけいた客は、つやのあるピンクの口紅をつけて小麦色の肌をした黒髪の若い女で、小さな白いイヤフォンで音楽を聴きながらノートパソコンのキーボードをたたいていた。わたしはなにげなく一瞥《いちべつ》しただけだったが、テキーラの視線はもう少し長く女に留まっていた。われわれは退屈そうな顔のウェイターに案内されてテーブルにつき、ソーダを二つ注文した。

「まったく、ここは見るからに中流意識まるだしだね」テキーラは言った。「あのとんでもなくばかげたヤシの木、見た？」

その質問には答えないことにした。「おまえのお母さんが言っていたが、惚れた腫《は》れたでひと騒動あったそうだな」

テキーラの目が一瞬別のテーブルの女のほうへそれた。

「ママは大げさなんだよ」彼は言った。「ある女の子としばらくつきあってたんだけど、いまはもうつきあってない。よくあることさ」

「お母さんは、おまえにはそういうことがありすぎると思っている。それに、ニューヨークで一人暮らしだろう。ばあさんもおまえのことを心配している」

彼は氷のような目つきでわたしをにらんだ。「じいちゃんはどう思うの?」

わたしはシャツのえりを引っぱった。「おれはどうでもいい」

「だったら、しのごの言うのはやめてよ」テキーラは立ちあがってわたしのほうに顔を突きだした。

「ふうん」

美人の女がパソコンの画面から顔を上げて、われわれを見た。テキーラは彼女の視線に気づいて真っ赤になった。そしてどさっと椅子にすわりなおした。

わたしはメニューを眺めた。「おれはハンバーガーをウェルダンでもらうとしよう」

「なあ」わたしは言った。「この前カジノではすまなかった」

「別にいいよ」テキーラは答えた。

「おまえがここまで来てくれてよかった」わたしは言った。口の中がまた乾いた綿のような感じがした。「おまえの手助けがなかったら、こんどのことではなに一つ手がかりを見つけられなかったよ」

「そういうたわごとにはうんざりなんだよ。学部でAをとってロースクール進学適性試験にパスしてトップ校へ進学した。でも、そんなことは意味ないんだ。夏のアルバイトで大きな法人会社のインターンになれた。週給三千ドルも払ってくれるんだ。アメリカドルでだよ。じいちゃんは週給三千ドル稼いだことある?」

「月給でだって、家にそんなに持って帰ったことはないと思う」

「ああ、いま言ったことをぼくは全部やってのけた。で、それにいったいどれだけの価値がある?」

わたしはメニューをテーブルに置いた。「週給三千ドル分の価値だろうよ。だが、おれはおまえほど学がないから、計算はあまり得意じゃない」

「ほらね、こうだよ。なにをしたって、ぼくは大きな失望のクソのかたまりなんだ」

「こら、よせ。そうじゃないのはわかっているだろう」

「そうじゃないってどういう意味さ?」テキーラはこぶしでテーブルをたたいた。「ぼくがニューヨークでどれだけカネを使ってるか、じいちゃんは言わないではいられないんだ。向こうへ行ってからずっと、その文句ばっかりだ」

わたしは椅子の上で少し身をそらした。「おまえがあまりにもとんとん拍子だから、冗談を言っているだけだ。おれたちはみんなに孫の自慢をしてきた。ばあさんとおれがいつだって誇りに思っているのはわかっているだろう、おまえがなにをしていても。お母さんだってそうだ」

「パパはそうじゃなかった」

「本気で思っているんじゃないだろうな」

「わからないよ、じいちゃん。わからない。そんなに自慢たらたらなら、どうしていつもぼくを冷たくあしらうんだ？」

彼がわたしを見つめた長いひととき、わたしは無言だった。ようやく、静かにほんとうのことを告げた。

「おまえは息子を思い出させる」

テキーラはなにか言おうとしたが、思いなおして口を閉じた。その反応は覚えがある。だが自分に起きるときには、つねに呑んでいる薬のせいにした。テキーラはシャツの袖で目もとをぬぐい、大きく洟《はな》をすすると、レストランの中を見まわすふりをした。

「あのいけすかないウェイターはどこだ、ぼくたちのソーダはどうした？」彼は怒ったように言った。「いつになったら持ってくるんだ？　客のいるテーブルは二つしかないのに」

わたしは煙草に火をつけた。すると、どこの穴に隠れていたのか知らないが、ウェイターがすっ飛んできた。

「戻ってきてよかった」わたしはウェイターに言った。「だれかがここに灰皿を置くのを忘れた。飲みものを持ってきてくれるときに一緒に頼む」

ウェイターは唇を引き結んで顔をしかめた。「灰皿は置いておりません、お客さま。わたしどものレストランで煙草を吸われる方はいませんので」

わたしはラッキーストライクを深々と吸って、彼の言い分に反証を示した。「かまわないよ。こっちは気むずかしいわけじゃない。灰を落とせるように水を半分入れたグラスを持ってきてくれれば、それでけっこうだ」

「少し誤解されているようですね」ウェイターは言った。「このレストランは禁煙なんです。それを消していただかないと」

テキーラはぱっと立ちあがり、彼のすわっていた椅子が後ろへ倒れた。黒髪の女が白いイヤフォンをはずして、パソコンから目を上げた。

テキーラはわたしを指さした。「この人がどういう人か知らないのか?」彼はウェイターに聞いた。声を低めて歯をくいしばっており、あきらかにけんか腰だった。

「どなただろうと関係ありませんので」ウェイターは言った。

「ほう、大いに関係あるとぼくは思うね」テキーラは言いかえした。「この人は世界大戦で戦ったんだ。国のために重傷を負った。それなのに、あんたは彼に煙草一本吸わせないと言うつもりか。ぼくたちのソーダを運んでこないでなにをしてたのか知らないが、彼は黙ってあんたを待ってたんだぞ」

「外へ出れば吸えますよ」ウェイターは鼻を鳴らした。

「あんたとぼくが外へ出るほうがよさそうだな」

ウェイターはひるみ、テキーラからあとじさった。「いやその、この規則はほかのお客さまのためでして」

「わたしはかまわないわよ」イヤフォンをはずしていた黒髪の女が言った。聞きおぼえのある外国のアクセントだが、どこなのかはわからなかった。「自分でも吸いたいくらい」

「どうぞ」わたしは彼女のほうにラッキーストライクの箱をさしだした。

「お二人とも吸えません」ウェイターは言った。テキーラの顔がすぐそばに迫っている状況で、せいいっぱいの権威を示そうとしていた。「この店は禁煙なんです。規則なんです。わたしが作ったわけじゃありませんので」

テキーラと黒髪の女は見つめあっており、孫がハンバーガー以外のものをほしがっているのはあきらかだった。わたしはこの場から身を引くことにした。

「もういい。どのみち、腹はたいしてへっていないんだ。おれは部屋へ戻ってミニバーをあさることにする」

「そうだね」テキーラは言って、白分が倒した椅子を戻した。

このチャンスに、ウェイターは風景に溶けこむことにした。ソーダはもう来ないだろう。

「おまえはこのままいろ」わたしは言った。「好きなものを頼んで、勘定は部屋につけておけばいい」

彼はちょっとためらった。「わかった、じいちゃん。ありがとう」

ガラスのエレベーターへ向かいながら、わたしは一度だけふりかえった。テキーラは黒髪の女のテーブルに移っていた。彼が言ったことに、女は笑っていた。

22

部屋へ上がってから、携帯でローズにかけた。

「どうしたの?」彼女は聞いた。

「無事にセントルイスへ着いたことを知らせたかっただけだよ。よくころぶお嬢さんはどうしている?」

「こんなものじゃないかしら、あてにならない夫にみっともなく見捨てられた、けが人の老婆にしてはね。あなた、薬は呑んだ?」

「呑んだ」

「ビリーは数えてくれた?」

「ああ。きみが書いた指示どおりに」

「いい子だわ」

「まあな。メンフィスはどうだ?」

「フランがアンチエイジングのスキンクリームを持っているの。試してみたわ。わたしの顔は十歳若がえるはずよ、だからいまはゴージャスな香りのするなまめかしい七十五歳の肌」

「そうか、でも、きみはいつもきれいだよ。たとえしょっちゅう尻もちをついていてもね」

「ありがとう、バック」

どちらも少しのあいだなにも言わず、わたしは咳ばらいして沈黙を破った。

「ほんとうはそっちでなにをやっているの、バック？」彼女は尋ねた。

「ゆうべ医者と話したとき、介護を受けられる場所に移ったほうがいいと言われたんだ。おれは家を手放したくない」

「それが、セントルイスにいるナチの亡霊を追いかけることとなんの関係があるの？」

「彼は亡霊じゃない。ここにいると思う。テキーラもそう思っている」

「でも、たとえいるとしてもなんだっていうの？　それでなにかが変わる？」

わたしはため息をついた。「わからない」

もしほんとうに金《きん》があるなら、フルタイムの看護婦を雇って予備の寝室に寝泊りしてもらえる。そうすれば、少なくともわたしたちは施設に引っ越さずにいまのところにいられる。だが、そもそも夫婦の独立をおびやかしている増大中の健康問題を、金銭で減速させたりストップさせたりすることができないのはわかっていた。

「バック、駆けつけて英雄的なことをすれば、なんでもどうにかなるわけじゃないのよ」

「ときにはなるかもしれない」

「ときにはね、スイートハート」彼女は譲歩した。「あ、それからバック？」

「うん？」

「お誕生日おめでとう」

わたしはうなった。「おれにはもう誕生日はない」

誕生日を記念するために生きているような男たちを、わたしは大勢知りすぎている。七十五歳だの、八十歳だの。彼らは盛大なパーティを開いて長寿を祝う。遠い親戚までこぞって街へやってくる。みんなが乾杯して歌い、主賓は注目を浴びていい気分になる。そしてもちろん、何十本ものロウソクを立てた巨大なケーキが出る。それから三週間後、みんなは葬式のためにまたひいこら言いながら戻ってくることになる。そんな祝いをするのは、片足を突っこんでいる棺桶にもう片方を入れるようなものだ。喪に服している遺族の家へローズに引っぱっていかれ、故人のバースデーケーキの残りを弔問客たちがつついているのを、何度目にしたかわからない。

「信じようと信じまいと、バック、あなたはきょう八十八歳になったのよ。ロウソクを見つけて願いごとをしなさいね」

「お断わりだ」

「短気なんだから」

「ああ。おれも愛しているよ、ハニー」

「いい夢を見て、坊や」

「段差に気をつけろよ、ベイビー」

彼女の笑い声が聞こえて、電話は切れた。

わたしの最後の誕生日パーティは七年前、いや、八年前の八十歳のときだと思う。ブライアンとフランがメンフィス在住ではない親戚も何人か呼び寄せた。ビリーももちろんいた。彼はまだハイスクールに通っていた。席は九つ。レストランの奥の個室。ケーキとアイスクリームとバースデー・ソング。わたしは前もって知らされておらず、そうでなかったら実現しなかっただろう。サプライズの誕生日パーティを発明した人間と、五分だけ二人きりになりたいものだ。

その晩、わたしはクローゼットの高い棚に置いた箱から拳銃を出して弾をこめ、寝る前にナイトスタンドの上に置いた。

「それでなにをする気なの、バック？」ローズは尋ねた。

「念のためだ」

彼女は読書用めがねの上からわたしを見た。「いったい、なにが起きると思うわけ？」

「わからない。だが、おれは片目を開けて寝る。そして死神を目にしたら穴だらけにしてやる」

「すてき」彼女は言った。「夜中にトイレに起きたら撃たれないか心配だわ」

「おれがいつだって慎重なのは知っているだろう」

「受け入れないとね、銃で守れないものもあるってことを」

彼女が正しいのはわかっていた。だが、銃がそばにあるほうが主導権を握っている感じがするので、ベッドの横に置いておいた。六週間後、わたしは弾倉から弾を抜いて銃をクローゼットの中に戻した。

十二時半だというのに、テキーラはまだ部屋に戻ってこなかった。

わたしはその話を書けるように記憶帳をとりだし、拳銃をナイトスタンドの上に置いた。いまだに誕生日を信用していないからだ。煙草に火もつけた。少なくともこの一本は八十八本のロウソクと同じ価値がある。深々と吸いこんで、健康を願った。

23

翌日、朝食のあとで孫のことをそろそろ心配するべきかどうか考えていたとき、テキーラが満ち足りた、そしてどこか得意そうな様子で部屋に戻ってきた。わたしは彼のためにうれしかったし、自分のためにもうれしかった。彼のふくれっつらと怒りはもうたくさんだったからだ。孫には気分を明るくするものが必要だったのであり、それが見つかったのは喜ばしい。

「彼女はすばらしいよ。きっとじいちゃんも気に入ると思う」

「わかった、もういい」彼の上機嫌はうれしいが、きょうはジーグラーとあいまみえる予定なのだ。わたしは神経質になっていた。

車のキーを放った。「行きかたはわかっているんだろうな?」

「うん。地図アプリで調べといた」

どういう意味かわからなかったが、信用することにした。ジーグラーの隠居所には真昼《ハーヌーン》に着き、それはふさわしい時刻に思えた。

メドウクレスト・マナーの駐車場は訪問者と職員が止めるにはちょうどいい大きさだったが、居住者用のスペースはなかった。彼らの生活の、どこかへ行くという部分はあきらかに終わっているのだ。

施設は中層のアパートメントといったところだった。車で通りかかればホテルと間違えるかもしれない。エンバシー・スイートのようないいホテルではなく、とにかくホテルという程度だが。

外の入口の横には大きなボタンがあり、訪問者はそれを押して玄関を開けるしくみになっていた。中からは、受付にすわっているでっぷりした黒人の女が操作しないかぎり、だれも開けられない。刑務所ではないとみんなが言い張るが、パンフレットでなんと説明されていようと、老人たちは閉じこめられている。ロビーは無味乾燥だった。床の一部に敷物が敷かれ、たるんだ居住者たちがたるんだソファか車椅子の上でうとうとしていた。

「こんにちは」受付の若い女が、少しばかり陽気すぎる声であいさつした。彼女もかなりたるんだ体つきで、メドウクレストのモノグラムが刺繡された緑色のゴルフシャツを着た、でかい置物といったところだ。「こちらにご入居をお考えですか?」

「まさか」わたしは言った。「面会にきたんだ。おれがああいう連中と同じに見えるか?」

「いいえ」彼女は答えた。「あなたのほうが年上だわ」

「ああ。あんたは少し体重をへらしたほうがいいぞ」

テキーラはジーンズのポケットに両手を突っこんだ。「ええとですね、ぼくたちはよそから来たんです。祖父の戦時中の知りあいを訪ねて」彼は説明した。「その人はここに住んでるらしい。名前はヘンリー・ウィンターズです」

若い女は眉をひそめた。「聞いたことがないわね」

「こちらで十五年間暮らしてるんです」テキーラは言った。

「わたしはかなり前からここにいて居住者のほぼ全員を知っているけれど、ヘンリー・ウィンターズは知りません。亡くなっていないのは確かですか?」

「チェックする方法はないんですか?」テキーラは聞いた。

女はデスクのパソコンに名前を打ちこみ、出てきた結果に眉を吊りあげた。

「ああ、その方は認知棟だわ。そういう方たちとはあまり顔を合わせないのよ。外出しないし、だれも面会に来ません」

「どういう意味だ、認知棟って?」わたしは聞いた。

元気なシニアのためのフルサービスの居住施設であるメドウクレスト・マナーには、とくべつな区画があることがわかった。そこは鍵のかかった別のドアの奥にあり、自分で食事もとれず、風呂にも入れず、ふらふらと道路に出ていく恐れのある元気なシニアのための区画だった。

受付の女はロビーと食堂を抜けて、なんのへんてつもないロックされた両開きのドアへ案内し、ドアの枠についた数字のキーパッドに暗証番号を打ちこんだ。

「ご家族には暗証番号を教えます、お好きなときに出入りできるように」彼女は説明した。

「訪問者の行き来を見るのは、入居者にいい影響を与えるの」

「入居者が暗証番号を知ったらどうするんだ?」わたしは聞いた。

「大丈夫。覚えていられませんから。その番号をどうするのかも思い出せないし」

カチリという解錠の音がして、テキーラはドアを押し開けた。

認知棟は、メドウクレスト・マナーの中に巣ごもる、より小さくより深刻な老人ホーム地獄で、この区画専用のもの悲しく狭いロビーがその仕上げをしていた。

この場所が病院に見えないように、だれかがけんめいに努力しているらしい。壁には明るい色彩の絵が花綵《はなづな》状に掛けられ、鉢植えの植物が飾られたエンドテーブルがロビーのあちこちに置かれ、大きな窓からはさんさんと日がさしこんでいた。だが、床にはカーペットがなく、壁に沿って車椅子用のバンパーがつけられ、ソファには布地に似せたビニールが掛けられてすぐに拭けるようになっていた。認知棟の入居者は、この外にいる人たちよりもさらに哀れを誘うありさまだった。だいたいはぶかぶかのジャージーを着て、その多くに食べこぼしらしいしみがついている。受付の女は、認知棟を管理している色の濃い医療衣を着た看護婦にわれわれを託して、持ち場へ帰っていった。

「わたしたちのホームへようこそ」看護婦はわたしのほうに温かな笑みを向けた。「メドウクレスト・マナーではだれもが楽しそうで、じつにいらつく。「こちらにご入居をお考えですか?」

「こんなところで暮らすようになる前に、銃をくわえてあの世へ行く」わたしは答えた。

「なにか食いたい」きたならしい青のスエットシャツを着てソファにすわっていた男が言った。「昼飯はいつだ?」

「お昼は二十分前に食べましたよ」看護婦が答えた。

「いや、食べてない」男は抗議した。「食べたら覚えているはずだ」

「ちょっとゲップをしてみて、エッグサラダの味がしないかどうか確かめてみて」

彼は大きなゲップをして満足すると、ソファに戻っていった。

「では」看護婦はこちらに向きなおった。「ミスター・ウィンターズにご面会でしたかしら？」

「そうだ」わたしは言った。「ヘンリー・ウィンターズだ」

「では、あなたは同じくらいのお年ですね？」彼女はわたしを値踏みした。

わたしはうなずいた。

「九十歳前後の超高齢者はこのメドウクレストでも急増している年齢グループで、わたしどもはお客さまのとくべつなニーズにお応えするエキスパートなんですよ」看護婦は言った。こういうところではつねにセールストークだ。「ご存じでしょう、あなたぐらいのお年の方のほぼ三割は重い認知症だけれど、さらに五年生きると、割合は二倍になるの。健康でもっとご長寿が望めるなら、まだできるうちに長期のケアプランを作成しておくべきだわ」

「おれはヘンリー・ウィンターズに会いにきただけだ」わたしは歯をくいしばって言った。

「じつは、ミスター・ウィンターズの場合、もう自分の面倒を見られなくなってから判事がどこの施設に入れるか決めなくちゃならなかったんです。そんなふうにはなりたくないでしょう。あの気の毒な人にはだれも面会に来ないんですよ。彼を部屋から出すのは毎日たいへんなの。あなたがお見えになってよかったわ。彼も喜ぶでしょう」

「祖父が訪ねるとみんな喜びますよ」テキーラが請けあった。

「それはそれは。でも、彼に会う前に注意させていただきますね。うちの施設にいらっしゃるのは初めてなので」彼女はわたしを見た。「きっと、前にも聞いたことがおありでしょう。メドウクレストのようなところが提供するライフスタイルを楽しんでいる方たちが、大勢いるのはご存じね」

ご存じだ。何人かの友人は介護施設にいるし、閉鎖棟で暮らしているのも二、三人いる。そういう場所からもっと狭くて暗い区画へ移ったほかの人たちも大勢知っている。だが、通常はこういった地獄を訪ねるのはがまんならないので、家族が彼らをユダヤ人コミュニティセンターへ連れてこないかぎり、施設に入ったらもうあまり会わない。じっさいに認知症患者の区画へ入るのはこれが初めてだ。

「彼はあなたがだれだかわからないと思います」看護婦は説明した。「わたしは毎日会うけれど、彼はわたしのことがわかりません。無礼だとか、彼があなたを大事に思っていないとかいうわけじゃないの。ただ、脳に病気があってものを思い出す能力に影響を及ぼしている。おわかりかしら?」

わたしはうなずいた。

「オーケイ、よかった。彼とはたぶん会話がつながらないでしょう、新しいものごとを覚えていられないんです、たとえいま起こっていることでも。彼があなたに退屈しているというわけじゃないんですよ。テレビの番組もわからないし、新聞の記事も読めないの。彼がわずらっているのは恐ろしい病気です、だからいらいらしないようにお願いしますね。入居者は動揺すると、たとえ起きたことは忘れても、動揺したことはまだわかるんです。そして自分がそんなふうに感じている理由がわからないと、怯えてしまうの」

「彼の午後をだいなしにするつもりなどない」わたしは言った。

看護婦はロビーから廊下へ先導して、ヘンリー・ウィンターズという名札が出ているドアの前で足を止めた。ドアのノッカーの下に、工作用紙でできた感謝祭の七面鳥の写真が貼ってあった。子どもが自分の手形をなぞって、切れないはさみで切りぬいたようなしろものだ。

「孫が作ったのか？」わたしは指さして聞いた。

看護婦は首を振った。「定期的に刺激を与えると病気の進行を遅らせられるの。だから、火曜日と木曜日にお絵描きや工作をしてもらっているんです」

テキーラは笑いをこらえた。

看護婦はめがねごしに彼をにらんだ。かつての親衛隊将校が工作用紙で七面鳥を作ることに、おもしろい点はなに一つないと思っているらしい。「入る前に、お客さまを迎えられる状態かどうか確認します」

彼女はノックして少し待ち、またノックした。

「ミスター・ウィンターズ？」

返事はない。

「ミスター・ウィンターズ？」

「あっちへ行きやがれ」部屋の中から声がした。ドイツ語のアクセントは皆無だが、アメリカ英語のアクセントをほぼマスターした欧州人の声にある不自然な正確さが、かすかに認められたように思った。あるいは、わたしの想像にすぎなかったかもしれない。テキーラの表情をちらりと見ると、ハインリヒ・ジーグラーがミズーリにいて、しみのあるスエットシャツを着て図画工作をするはめになったなど、まずありえないのではないかと考えているのはわたしだけではないのが読みとれた。

「患者さんはときどきけんか腰になることもあるの」看護婦は言った。

「ええ、この人だってそうですよ」テキーラはふざけてわたしを指さした。

わたしは孫をにらみつけた。

「だから、鍵を持っているんです」看護婦はそう言うと解錠してドアを開けた。しみついた小便の臭いがあまりにもすごかったので、わたしはたじろいだ。テキーラはじっさいに一歩下がった。看護婦は無反応で、その顔に驚きはなかった。こういう悪臭に対処するのはあきらかに仕事の一部なのだ。

部屋は暗く、窓のベネチアンブラインドは閉じられていたが、ビニールをかぶせたマットレスの上に丸くなっている人間の形は見分けられた。

「ああ、失禁は認知棟ではよくある問題なんです」看護婦は言った。「気の毒な人たちはトイレに行くのを忘れて手遅れになってしまうの。使い捨ての大人用おむつをはかせるんだけど、室内に一人でいると、大勢の人がぬいでしまうのよ。そこで、ときどきベッドの上にサプライズがあるんです」

テキーラは笑いをこらえきれない様子だが、わたしはちっともおかしいとは思わなかった。わたしだってシャワーでころんだら、元気なシニアのためのフルサービスの施設で使い捨ての大人用おむつをはいて図画工作をするはめになるのだ。

「ロビーでお待ちいただけませんか、そうしたら彼をきれいにして着替えさせてからお連れしますけど？」

「プライバシーのあるところで話したいんだ」わたしは言った。「語りあいたい個人的な事柄がいくつかあってね」

彼女は眉をひそめた。「まず彼をきれいにしますね。そのあと、呼びにいきますから」

看護婦はドアを閉め、われわれはロビーへ戻った。

「失礼だが」きたならしい青のスエットシャツを着てソファにすわっている男が声をかけた。「ここの昼飯は何時からか知らないかね？」

24

看護婦がハインリヒ・ジーグラーの小便を洗い流すのを待っているあいだ、わたしはもう少しで自分を殺すところだった男と顔を突きあわせる心の準備をした。年をとるにつれ、ものごとがぼやけていったり、とがった角《かど》がとれて丸くなったり、敵意がやわらいでいったりすることもある。しかし、ハインリヒ・ジーグラーがわたしを殴打して昏睡状態にした一九四四年九月の夜は、そうではない。

そのころには、ドイツ軍がフランスから退却しつつあることをわたしたちはもう知っていた。でも、その話を聞いてからずいぶんたっているのに、まだみんな解放される日を待ちわびていた。噂では、八月にパリを奪還したとのことだった。しかし、それから何日、何週間たっても、だれもわたしたちを救出しにこなかった。希望はしぼんでいった。世の中でドイツ軍がほんとうに完敗しているとしても、それは捕虜収容所を警備しているドイツ人たちをさらに卑劣にしただけだった。そしてそもそも、ハインリヒ・ジーグラーは卑劣きわまる男だった。

ジーグラーは正規軍であるドイツ国防軍の軍人ではなかった。親衛隊員だった。ヒトラーの準軍事組織のエリートの一人であり、人種優越イデオロギーの熱心な信奉者だった。ユダヤ人の陸軍中尉という存在そのものが、彼には目障りだったのだ。

バルーク・シャッツという名前の人間は、テネシー訛《なま》りをもってしても民族的な信仰を隠すことができなかった。父はわたしをグラントと名づけたかったが、母が学校で問題になるのではないかと考えた。メンフィスでは、多くの人々がいまだにユリシーズ・グラント将軍率いる北軍の侵攻に腹を立てていたからだ。だからそのかわりに、十九世紀のポーランドのユダヤ人村で生涯を過ごした母方の祖父にとっては完璧な名前になった。だが、ナチにつかまったとき認識票に刻印されていてほしい名前ではなかった。

わたしが着いたとき収容所には五人のユダヤ人がいたが、彼らはあまり耐久力がなく、まもなく堆肥の山に行って蛆虫をわかすことになった。わたしの状況はいくらかはましだったものの、やはりかなり不快だった。ジーグラーと彼の警備兵どもが怒りを発散したいときにはいつでも、尋問と称して事務室へ連れこまれた。彼らはなに一つ質問をしなかったが、終わったあと、ウォレスやほかの男たちはわたしを寝棚へ運んでいかなければならなかった。

あの晩ジーグラーが全員を練兵場に集めたときには、収容所を守るための彼の最後の地上支援要請をナチの高官たちは却下し、部下を率いて退却するように命じていた。わたしはそんなことはなにも知らなかった。しかし、ジーグラーは歯をくいしばり、目を赤くして、額には太い脈打つ血管が浮きでていた。

暗い青みがかった灰色の空から雨が激しく降っており、ジーグラーの黄色い髪をぺったりと頭蓋に貼りつかせていた。えりに親衛隊の稲妻の徽章がついた毛織の制服の上着をぬぎすると、彼は捕虜たちの前に胸をさらして立った。

「おまえたち、出ていきたいか?」彼は英語で叫んだ。

だれも答えなかった。彼は部下たちにドイツ語でなにか叫び、一人が正門を開けた。収容所は、住民を立ち退かせた低い建物が並ぶ村落で、そこをドイツ兵は有刺鉄線のフェンスで何重にも囲っていた。フェンスは閉じこめておくためのものではない。逃亡者の足を止めて、そのあいだに三ヵ所の木造監視塔にいる狙撃兵がライフルの照準を合わせられるようにするための、障害物にすぎない。

門は、収容所から出ていける唯一の開《ひら》けたルートをふさいでいた。といっても監視塔の一つの射程内だが、ジグザグに走れば生きてライフルの弾から逃げられるチャンスは五分五分《ごぶごぶ》だ。それに対して、有刺鉄線のフェンスにつかまったらまず射殺はまぬがれない。ジーグラーはふだん、武装した警備兵二人を門に配置していた。

われわれが着いたあと、本気で脱走を試みた者はいなかった。武器はとりあげられ、収容所は敵の占領地区にある。たとえ脱走できても、どこへ行ったらいいのかわからない。多くの者はじきに解放されると信じたがっていたし、警備兵が捕虜のあいだに情報提供者を放っているかもしれないとみんな疑っていた。だから逃亡計画はむだで、なおかつむだに危険をおかすだけだと思われていた。

しかし、開けられた門にはどうしようもなくそそられた。

「そのユダヤ人がおれの前を通れたら、おまえたち全員門から出ていっていい」

ジーグラーは本物の闘いを求めているのではなかった。彼は怒っており、それをだれかにぶつけたかったのだ。彼はすでにさんざん手を下して、わたしをとうていまともな相手にはならない状態にしていた。

右手の折れた指二本は裂いたシーツで固定してあったが、砕かれた足の指に添え木をする手段はなかった。それに、ジーグフーに鞭打たれた背中の傷をおおう包帯もなければ、抗生物質もなかった。ぐっしょりと雨にぬれたTシャツには、血と黄緑の膿の筋がついていた。

わたしは意識が混濁しており、ジーグラーがどなっている声もよく聞こえなかった。熱で体が燃えるようで、列の中で倒れないようにウォレスが支えていた。

最近、警備兵たちはわたしの首を絞めるのが大好きになっていて、雨にぬれたり深呼吸したりすると、首に残ったロープの痕がひりひりした。胸と脇腹は、あざでほとんどの部分が紫に変色していた。

「どうだ、バアアアアアアアック」ジーグラーはへぼなドイツ版西部劇といったアクセントで叫んだ。「まだ闘志は残っているか？」

だれかがわたしの髪を手荒くつかみ、別のだれかが腕を握った。痛かった。

「じゅうぶんある」わたしは答えた。

ジーグラーの首の腱が肉の下で盛りあがり、彼は冷笑した。「なににじゅうぶんなんだ？」

「おまえを……」泥の中に倒れこんだので、間を置いた。「こてんぱんにしてやるにはじゅうぶんだ」

彼はわたしを殺そうとしており、わたしの視界はかすんでいた。だが、野郎にぜったい一発食らわせてやると誓った。折れた指を、こぶしに握りこんだ。腕全体が痛みに悲鳴を上げたが、少なくとも頭がいくらかはっきりした。

捕虜たちは二手に分かれ、わたしは練兵場の中央へ踏みだした。嵐のせいでいたるところがぬかるんでおり、足を上げて一歩進むたびにブーツの底が引っぱられた。

ジーグラーはばかでかいくそったれだった。わたしより少なくとも六インチ背が高く、筋肉は盛りあがり、体重は二百四十ポンド近くあった。見るからに、ユダヤ人バッシングの申し子だった。わたしはぐあいが悪くて蒼白だったし、何十日もの飢餓状態でやせ衰えていた。

長い耳ざわりな咳をしたあと、泥の中に血だらけの痰を大量に吐いた。両手をひざにあててしばらく休み、それからできるかぎりまっすぐに体を起こした。

「五週間煙草を吸っていない。一本吸わずに死ねるか」わたしはジーグラーに言った。向こう側にラッキーストライクが一箱あったら、レンガの壁を爪で掘りぬいただろう。

数人が歓声を上げたが、ジーグラーは巨体の重さをこめた強力な右フックでわたしに襲いかかった。

「おれが死ねと言ったらおまえは死ぬんだ」彼はくいしばった歯のあいだから言った。

頭はそこそこはっきりして、反射神経もそこそこ鋭かったので、わたしはなんとか身をかわした。彼のこぶしはこちらの顔面を正面からとらえずに、頭の横をかすめた。

このパンチでジーグラーがバランスを崩したすきに、わたしは相手の首に腕を巻きつけた。彼はボクシングのやりかたを知っているらしく、それはつまり闘いかたを知っているのと同じだと考えていた。わたしはいいほうの手の親指を彼の目に突っこみ、違いを教えてやった。かん高い叫び声が聞こえたが、強い力でのたうつ敵を離さずにいるのは耐えがたい苦痛がともなった。その努力で肉がひきつり、傷口のかさぶたや固まった膿がひび割れるのが感じられた。肉体のうめきを無視して、ジーグラーののどに巻いた腕にさらに力をこめ、のど笛を締めつけて気絶させようとした。片腕は彼ののどに、もう片方の手は彼の目にとられているので、相手のこぶしは自由にこちらの腹をくりかえし殴ることができた。だが、彼のばたつく足はすべりやすい泥の上でてこの役目を果たさず、わたしは体を密着させて、ちゃんとしたパンチをくりだすだけの空間を相手に与えなかった。だから、打撃にはたいした威力がなかった。ジーグラーが指をこちらの背中にまわして首から尻の割れ目にいたるすべての傷を引っかかなければ、勝ちで終わらせられたかもしれない。

わたしは苦悶の咆哮《ほうこう》を発して相手の体を落とした。彼はすばやく立ちあがり、二度わたしを殴った。一発は命中し、わたしは頭をのけぞらせた。彼に飛びかかり、二人とも地面にころがった。吸いつく泥からなんとか片足を抜き、ジーグラーの胸のまんなかを蹴った。彼は後ろにばったりと倒れ、そのすきにわたしは立ちあがった。

ジーグラーはドイツ語で叫んだ。監視塔から一発の銃声が響いて、わたしは右肩に爆発する痛みを感じた。

傷ついた腕を持ちあげようとしたが、動かなかった。脇にだらんとぶらさがる死肉にすぎなかった。血が熱くほとばしり、それとともに力も流れだしていった。わたしはひざをついた。

ジーグラーはもがくようにして立ちあがり、防御のすべのないわたしの右側へまわりこんだ。

「ふん、くそ」わたしは言った。

こぶしが頭に命中し、わたしにはどうすることもできなかったので、彼はまた殴った。視界が揺れ、地面が急速に迫ってきておやすみのキスをした。そのあと病院で目をさますまでのことはなにも覚えていない。十一月になっていた。

25

法を逃《のが》れて逮捕をまぬがれた犯罪者や悪党の身にも、ほかのだれしもと同じことが起きる。年をとるのだ。

アウシュヴィッツの残虐医師ヨーゼフ・メンゲレは、子どもたちの目に化学物質を注射し、一卵性双生児を殺したり解剖したりした。一九四五年にアメリカ軍が彼をつかまえたが、偽の釈放命令書を持っていたおかげで南米へ逃亡した。一九七九年まで、彼は追跡者をかわしつづけた。そしてある日海水浴に出かけ、発作を起こして気を失い、そのまま溺死した。

アドルフ・アイヒマンがドン・キホーテだとすれば、アロイス・ブルンナーはサンチョ・パンサだった。彼は十四万人をその手でガス室に送りこんだ。ブルンナーは偽のパスポートを使ってドイツを脱出し、シリアへ逃げた。そこで〝政府顧問〟として雇われると、アラブ人たちに拷問のやりかたを教えた。モサドは一九六一年と一九八〇年に手紙爆弾を送り、ブルンナーは指を吹き飛ばされた。だれも彼をつかまえられず、まだ生きているのかどうかだれも知らない。最後の信頼できる目撃情報は一九九二年だ。おそらく死んでいるだろうが、もし生きていれば彼はほぼ百歳だ。死んでいるのとたいして変わるまい。

老いは、ヘンリー・ウィンターズにも訪れていた。看護婦が彼をきれいにして清潔な服を着せ、ととのえなおしたベッドの横のビニールをかぶせたリクライニングチェアにすわらせていたが、衰えぶりは隠しようがなかった。

口の左側がだらんとゆるみ、左目は見ているものに焦点が合っていなかった。経験から、発作の後遺症は見ればわかる。

だが、年齢としわとたるんだ皮膚、そして垂れたまぶたとよだれの出ている口にもかかわらず、わたしはハインリヒ・ジーグラーを認めた。わたしの頭を殴ったときあの目にあったのと同じ冷酷さが、いまもあった。まだ上を向いている口の半分は、同じ軽蔑の薄笑いでゆがんでいた。

「彼?」テキーラが尋ねた。

「だと思う」わたしはウィンターズに向きなおった。「おれがわかるか?」

「会ったことはない」彼は答えた。「あんたたちのどっちにも会ったことはない。わしの家をとりあげたのはあんたたちか?」

「六十年以上も前なんだよ」テキーラが言った。「確かなの?」

「左上腕の内側を見れば、血液型が刺青してある。SSはそうしていたんだ、意識がないまま軍医のもとに運びこまれて、輸血が必要なときに備えて。戦後、民間人にまぎれようとした犯罪者を特定するのに、その刺青は目印になった」

ウィンターズの左腕は、発作で麻痺して脇に垂れていた。テキーラはその腕を乱暴につかみ、ウィンターズのスエットシャツの首の穴を引きさげて刺青を調べた。

「A型だ」テキーラは言った。

これですべての疑念が拭い去られた。ヘンリー・ウィンターズは、ハインリヒ・ジーグラーだ。わたしは顔を近づけ、威嚇に見えるのを期待して歯をむき出した。「やあ、ハインリヒ」

「わしの名前はヘンリーだ」ジーグラーは言った。怯えているというより、とまどっているようだ。「あんたはだれだ?」

テキーラが放すと、腕はジーグラーの脇に落ちた。彼に撃たれたあと、自分の腕を上げることができなかったことを思い出した。

「しゃれた刺青じゃないか。おれの体にも戦争の記念があるぞ」わたしはシャツをずらし、彼にくぼみを見せた。背中から入った弾が肩から出たときに残した三角錐形の穴が、ロウのようなこぶし大の円い傷跡になっている。その動きでホルスターのストラップに上体を締めつけられ、自分がなにを持っているか思い出した。

「戦時中の知りあいか?」ジーグラーはいいほうの目を細くした。「いや、そんなはずはない。戦時中の知りあいは若いんだ」彼はテキーラを指さした。「そっちなら会ったことがあるかもしれない」

「戦争は六十五年前だ」わたしはどなった。「これはおれの孫のキルシュヴァッサーだ」

「いいかげんにしてよ、じいちゃん」

「六十五年前？」ジーグラーは聞いた。ちょっと考えてから、麻痺した腕を見下ろして、動かないことに驚いた。口をつぐみ、反射的にとまどいを隠そうとした。「それじゃ、あー、戦時中の知りあいなんだね？」

わたしは目をけわしくして答えなかった。

「ドイツ語は話せるか《シュプレッヒェン・ジー・ドイチュ》？」なにかたくらむようなひそひそ声で、彼は聞いた。

ここで自分がなにを見つけられると思っていたのかわからないが、これではない。「いや、おれは反対側にいた」

「ああ」彼はもう一度わたしを見て、一瞬その顔を理解の色がかすめたように思えた。「じゃあ、わしを殺しにきたんだな？」まるでそうしてほしいかのように尋ねた。

いい質問だ。彼を殺したかったときもあった。わきの下の拳銃の重みが急に意識され、そしてどういうわけか、腰に当たっている記憶帳の角《かど》がはっきりと感じられた。

ここへ来た目的は、死を平然と無視するか、死に敢然と立ち向かうことだと思っていた。たとえ、主治医のような連中がわたしを弱くてもろいと考えているとしても。たとえ、自分の孫がわたしは分別をなくしていると思っているとしても。もう一度だけ邪悪なものに正義の鉄槌を下すために、銃を身に帯びて危険な逃亡者を追いつめたかった。バック・シャッツは〝転倒事故〟や〝認識機能障害〟といった言葉でひとくくりにされるような人間ではないと、証明したかった。

しかし、非情で残酷なハインリヒ・ジーグラーの加齢に押しつぶされた姿を見て、その仮面がはがれた。わたしは臆病者だ。この男の追跡を、自分がどうにもできないものごと――ローズのけがとわたしの死ぬべき運命――から逃げる口実にしていたのだ。そして、その逃避行がわたしをここに連れてきたとはなんという残酷な皮肉だろう。相対することを恐れていた敵が閉じこめられ、床を這いずり、小便を垂れながし、かつてジーグラーだった脱け殻をぼろ人形のように振りまわしている場所に。

「置け」低い声で自分にささやいて、上着の下に手を入れると銃の台尻に触れた。「自分と殺しにくる者のあいだに、うむを言わせないものを置け」

「じいちゃん?」テキーラはぽかんとして、尋ねるような顔でわたしを見た。この旅がどういうものなのか、彼にはわかっていないようだ。わたしになにをさせたいのかも、わかっていないのかもしれない。わだかまりはあるにしても、祖父のすることはなんでも正しいと盲目的に信じている。

わたしはジーグラーを殺すためにここへ来たのか? どうしてそんなことができる? 彼を見ると、いまいましい鏡をのぞきこんでいる気がする。

「どうだ、ハインリヒ?」わたしは聞いた。「まだ闘志は残っているか?」

いいほうの目がわたしに向けられたが、理解した気配はみじんもなかった。わたしたち三人に、たがいを見ながら黙りこむ長い時間が流れた。

「いや」とうとうわたしは言った。「いや、ハインリヒ、おれはおまえを殺さない」

ジーグラーは手の甲で顔からよだれをぬぐった。「あんたたちはだれだ?」とまどって右の眉をひそめた。「家へ帰らせてくれるのか?」

「さてと、おれたちは彼に会った。ここへ来た目的は果たしたと思う」わたしはテキーラに言った。

孫はいらだって腕を組んだ。「金《きん》は、じいちゃん」

「くそ」金だ。それがほしかったものじゃないか。金はまだ見つけられるのを待っている。なぜそのことが頭から飛んでいたのかわからない。

「金について話すんだ、ジーグラー」わたしはこわい声で命じた。

「家に帰りたい」ジーグラーは言った。口をとがらせて、ぬれた舌を突きだした。

げんなりして、わたしは彼の頰を平手打ちした。「おまえがベルリンから持ちだした金はどうなった?」

「新しい友人を作れ、だが古い友人もとっておけ」ナチは言った。「前者は銀、後者は金だ」

「アヴラム・シルヴァーのことを言ってるんじゃないの」テキーラが推測した。「でなければ、シルヴァー・ガルチ・カジノのことを」

「そうじゃないだろう」わたしは言った。「ばかばかしい。こいつの脳みそはもうふにゃふにゃだ。なにも聞きだせないよ」

わたしはあたりを見まわした。ジーグラーの狭い部屋は二百平方フィートほどだ。寝るスペースから離れた場所にミニキッチンがあり、いくつかの棚、スチールのシンク、小さな冷蔵庫、電子レンジが備えつけられている。ビニールカバーを敷いたベッド、ビニールカバーをつけた椅子、チェスト。小さなクローゼット。

ここにお宝を隠していないのは間違いない。ここで暮らすために使ってしまったのだろうか？　どこか秘密の場所に埋めて、それを忘れてしまったのだろうか？　もしそうなら、金塊は失われた。ここでなにか手がかりを見つけなければ、宝探しはジ・エンドだ。

ジーグラーは、わたしが打った頬をこすった。「あんたたちはだれだ？　どうして顔が痛いんだ？」

「ガサ入れしろ」わたしはテキーラに命じた。

彼は頭をかいた。「ガサ入れ？」

「部屋の中を探せってことだ、くそ。急げ。看護婦が戻ってくる前に終わらせるんだ」

26

ジーグラーのクローゼットの高い棚で、有望な手がかりが見つかった。箱の中に、財政と健康上の記録、手紙類、小さな茶色の封筒に入った古そうな鍵がおさめられていた。封筒は、銀行口座通知書のあいだに隠されていた。

「これ、なんの鍵かな?」テキーラは尋ねた。

「見たところ、貸金庫らしい」わたしは、だいぶ縮んだユダヤ人バッシングの申し子に向きなおった。「おい、ジーグラー、貸金庫を持っているのか?」

「あんたはだれだ?」

「大事なものなら、ぜったいにその貸金庫の中にあるよ」テキーラは、ビニールをかぶせた椅子にすわっているよだれじじいを無視して言った。

「だが、金《きん》があるなら、こいつはここでなにをしている?」わたしは聞いた。「なぜもっと、なんというか、ましなところにいないんだ?」

「介護施設の中じゃ、ここはじっさいかなり上等なほうだよ」テキーラは言った。「あの看護師が担当しているのはごく少人数みたいだ。それに居住者は一人部屋だし、しつらえもいい。兵舎みたいなところに押しこんでる施設だってあるんだよ」

こういう介護を買うために金塊半トンが必要なら、わたしは困ったことになる。この年で兵舎に送りかえされるなど、まっぴらだ。

「ここに、彼の家をメドウクレスト・マナーに譲渡する書類がある」テキーラは言った。「発作のあと、裁判所が彼を無能力者と認定したなら、この施設が後見人に任命されたのかもしれないよ。そして彼の資産を介護費用にあてたんだ」

「メドウクレストは財宝も手に入れたのか？」

「まさか」テキーラはにやりとして、舌なめずりをした。「彼らがそんなこと知るわけないよ。たとえ、どこかの時点でジーグラーの頭がはっきりして金を持ってたのを思い出したとしても、それをだれかに言ったらまずいことになる、戦争犯罪法廷があるんだから。十年以上、彼は金を回収できる状態にはなかったんだ」

発作のあと、ジーグラーはこの場所から出られなくなったのだろう。体が弱って動きがとれず、一人ではどこへも行けなかった。また、このような秘密を託せる信頼できる相手もいなかったのだ。貸金庫から金を出す方法も、それを現金化できる故売屋を見つける方法もなく、財宝は銀行の金庫に鎮座したままになり、やがて認知症が進んでジーグラーはそのことをすっかり忘れてしまったのだ。

「なにをしている？」テキーラがデイパックに書類を詰めこんでいるのを見て、突然ジーグラーはうろたえた。「それはわしのだろう」

わたしは電子レンジの上の棚を開けて、オレオ・クッキーの箱を見つけた。二枚渡すと、ナチは静かになった。テキーラは残りの書類をデイパックにおさめ、鍵をポケットに入れた。そして、からになった箱を高い棚の上に戻してクローゼットのドアを閉めた。
二、三分後に看護婦が戻ってきて部屋をのぞいた。
「訪問は楽しめましたか?」彼女はわれわれに微笑した。一瞬、わたしは息を止めたが、ジーグラーはわれわれがガサ入れして彼のものをくすねたことはもう忘れているらしかった。

「いい経験だったよ」わたしは答えた。

わたしは認知棟から出ていった。ジーグラーは退屈で断片的な時の流れにとらわれて閉じこめられたままだ。受付の女がボタンを押してわれわれを建物から出したとき、自分がこの場所から歩き去って、老いぼれたナチのように中にとらわれていないことがうれしくてたまらなかった。たとえ財宝が見つからなかったとしても、少なくともジーグラーは当然の報いを受けたのだ。

27

われわれはくすねてきたハインリヒ・ジーグラーの人生の断片とともにホテルへ戻り、それらをスイートのデスクとコーヒーテーブルの上に広げてじっくりと調べた。手紙と帳簿は彼がセントルイスで送っていた生活を物語っていた。妻も子どももいなかった。一九五四年、ジム・ウォレスに賄賂《わいろ》を渡してから八年後に、ジーグラーは少額のローンを組んで宝石店を開いていた。

「金《きん》でひと財産持っていたなら、どうしてローンを組んだんだろう?」テキーラが聞いた。

「まっとうに見える商売を始めるのに、不正な手段で得たカネは使えなかったんだ」わたしは答えた。

孫がすべてを熟知しているわけではないのを知って、わたしはうれしかった。金のことも宝石のこともわからないが、マネーロンダリングの計画を二、三回摘発したことがあり、しくみは知っていた。現金あるいは金の延べ棒が詰まったスーツケースで、家や高級車を買うことはできない。その種の支払いを売り主が了解したとしても、いつかはそのカネを銀行に入れようとする。そうなれば、当局があれこれ聞きはじめる。かつては、生活ぶりが収入を上まわっていたというだけで、国税庁が捜査に着手したものだ。FOXニュースによれば、いま不相応な消費は秘密の収入よりも過剰な負債を意味することが多いらしい。しかし、それでもかなりの数のウェイターやボーイが、チップの額を少なく申告しているのではないかと政府から疑われている。

もちろん、ギャングどもが違法資金を洗浄するために合法的な隠れ蓑《みの》を次々とこしらえているのはよく知られている。しかし、ジーグラーのまわりには犯罪組織も手助けもなかった。宝石店であれば、溶かして商品に作りかえることによって、自分で少しずつ金を売ることができる。

ユダヤ教の護符や大燭台でできたネックレスというわけだ。

こっそり強制収容所に持ちこまれた大切な櫛でできたブレスレット。

前はユダヤ人の歯の詰め物だったダイヤの婚約指輪。

歳出を水増ししたり、歳入を少なくしたりして帳簿を操作することで、彼は秘密の財宝によるもうけを合法的な収入に替えられた。もちろん、こうやってロンダリングできた金の量は、彼が売れる宝石の量によって必然的に制限されただろう。

「ウォレスの検問所を抜けたときには八百ポンドの金があったにちがいないんだ」わたしは言った。「そのうちどのくらいを、彼は売れたと思う?」

テキーラはパソコンのキーボードをたたいた。

「延べ棒はほぼ純金であり、その価値は重さによって決まる」彼は画面を読みあげた。「だが、混ぜ物のない金はやわらかく、宝飾品にはやわらかすぎる。金の延べ棒の表面は爪で傷がつく。宝石商は、商業目的にはおもに十四金を用いる。金の含有率は約六十パーセントである。ごく上質な品物には、十八金すなわち七十五パーセントの金を用いることもある。だから、四十年間で彼は店を通じて千から千三百ポンドの宝飾品を売れた計算だ」

「そいつはとんでもなく多いな」

テキーラは目をぐるっと上にまわして頭の中で数を数えた。「元手がかかってないわけだから、たくさん売りたければ同じものを市価よりもかなり安い値段にできたよ」

わたしは手を振ってその考えを退《しりぞ》けた。「小さな商売でロンダリングしたそんな大金をごまかせるほど、帳簿を改竄《かいざん》できたとは思えない。きっと大量の金が残っているはずだ」

「でも、いまの見積もりは相当の仮定にもとづいてるからね」テキーラは言った。「ウォレスに会ったとき、ジーグラーがどれだけの金を持ってたかは推測にすぎないんだ。それに、おそらくジーグラーはヨーロッパから脱出するためにかなりの賄賂を支払ってるよ。ベルリンからセントルイスへ来るまでのあいだのどこかで、金の一部あるいは全部をあきらめなくちゃならなかったかもしれない。金はとても重いし、彼は逃げてたんだから」

「ジーグラーが宝石店を開いたという事実が、ここに落ち着いた時点で相当量の財宝を持っていたと考える根拠になる」

テキーラはうなずいた。「だといいね」

「で、どこに隠したと思う?」

「それについては考えがあるんだ」テキーラはご満悦の口調で言った。

ジーグラーの部屋にあった銀行関係の書類はすべて、彼の口座はどれもサントラスト銀行の支店にあることを示していた。住宅ローンもそこで組んでいたようだし、預金証書二通と少額の高金利預金口座《MMA》もあった。つまり、彼は自分の財政のすべてを同じ場所で管理していた。

テキーラは、毎年一月に引き落としが一件あることに目を留めた。これは貸金庫の使用料だと考えたのだ。

「どうかな」わたしは言った。「おれが秘密の宝を持っていたら、定期的な銀行取引のないところに置くがな」

逃亡中の人間がすべてを一ヵ所の銀行ですませるのは妙に思えた。ジーグラーは自分の足跡を消さない大ばか者か、あるいはだれも自分を追ってこないとわかるほど頭がよかったか、そのどちらかだろう。

テキーラは書類をぱらぱらとめくった。「貸金庫をほかの銀行で借りたら、彼の郵便物をスパイするやつがいて請求書を見たとき、もっと疑われるんじゃないかな」彼は間を置いた。「じいちゃん、この金塊を見つけたら、ぼくたちはどこに隠そうか。カインドを殺したかどうかはともかく、フィーリーとプラットは分け前にありつこうとするだろうし、スタインブラットもやっかいかもしれないよ」

「戦利品をどうするか考える前に、どうやって銀行を襲うか考えるべきだろう」

「銀行を襲う?」テキーラは立ちあがって、ぼさぼさの髪をかきあげた。「ぼくたちは貸金庫の鍵を持ってるんだ。ただそこへ行って、開けたいって言えばいいよ」

わたしは微笑した。自分がなにを言っているのかわからない連中は、すぐ偉そうにする。

「銀行の金庫室へ入ったことはあるのか?」わたしは聞いた。「貸金庫を見たことは?」

彼のぼんやりしたまなざしを見れば答えは明白だった。

「インターネットで銀行ツアーはできないようだな」わたしはご満悦だった。

「やろうと思えばきっとできるよ」

「黙れ、テキーラ」

彼はちょっと黙った。「わかったよ、じゃあじいちゃん、貸金庫を開けるにはどうしたらいいのさ?」

貸金庫の魅力は、安心であって安全ではない。対象物が貸金庫にあろうが家にあろうが、紛失や破壊に対する備えは同じだ。加入する保険でカバーする。銀行の金庫室に貴重品を保管するのは、持ち主以外はだれも見ることを許されないという、それだけの理由による。

「契約した本人以外、銀行はだれにも貸金庫を開けさせない。鍵を持っているだけではだめなんだ。貸金庫の保有者自身が行く必要がある」

「じゃあ、ジーグラーをメドウクレストから誘拐して開けさせるつもり?」

わたしは咳をした。「ああ。そいつはいい考えだな」

彼はあんぐりと口を開けた。「本気?」

「いや」

テキーラはゆるんだあごを引きしめ、思案投げ首のしかめつらをつくった。「だったら、どうするの?」

わたしはポケットから、それぞれ〈ヘンリー・ウィンターズ〉と印刷されている社会保障カードと赤と白のメディケアカードをとりだした。テキーラがクローゼットをあさっているあいだに、ジーグラーの引き出しからちょろまかしてきたのだ。わたし自身が高齢者なので、他人のメディケアカードを失敬するのはきわめて悪いことに思えた。だが、ウィンターズは結局のところハインリヒ・ジーグラーなのであり、この身分証明書類はどうせいんちきか、少なくとも不正に取得されたものだ。わたしはテキーラにカードを振ってみせた。

「おれがヘンリー・ウィンターズになれると思う」

彼は感心しないようだった。「うまくやれるの?」

「まずやってみるのは、友好的な間違いと穏やかな説得だ。だが、うまくいかなければ気がふれたみたいに大声を上げる。そうすれば、みんなぎょっとする。あまり興奮させたら、心臓発作を起こすんじゃないかと思う」

「それは困ったことになりそうだね」

「困ったことになるのを祈ろう。やっかいな状況になればなるほど、銀行側はものがよく考えられなくなる」

テキーラはしばし社会保障カードを見つめて、わたしに向かって顔をしかめた。「ほんとうにうまくやってのけられる？」

「三十年間、あれやこれやの手を使って殺しを自白させてきたんだぞ。こんどもそうむずかしくはないだろう」

テキーラはかすかに微笑した。「金がそこにあるかどうか賭けてみる？」

「もちろん、金はそこにある」わたしは断言した。「ナチの逃亡者が貸金庫にそれ以外のなにを預ける？」われわれはしばらく黙りこみ、とんでもないことにとりかかろうとしているのではないかと考えた。

ぎごちない沈黙に耐えられなくなって、テキーラは言った。「今晩、ヤエルと食事するんだけど来る？」

孫が会ったばかりの女といちゃつくのを見るよりもつまらなそうなことを、思いつけないわけではない。だが、たくさんではない。

「レストランにいた黒髪の子か？」

「うん。彼女、ここのワシントン大学の大学院課程に行きたいんだけど、補欠合格リストに入れなければコロンビア大学にするかもしれないって」

「そうなのか。ヤエルっていうのはどういう名前だ？」

「ヘブライ系だよ」

わたしは長くゴホゴホと咳をして痰を切った。「そうじゃないかと思った。じゃあ、イスラエル人なんだな？」

「ああ。どうして？」

「危険の赤旗は上がらなかったのか？　いいか、アヴラム・シルヴァーとイズカク・スタインブラットがおれたちを尾行しているのかもしれないんだぞ？」

テキーラはまたぽかんと口を開けた。「彼女はスパイじゃないよ、じいちゃん」

「彼女はおまえになびいた、すぐにな。それを疑問に思わないのか？　おまえはそんなに好かれるタイプじゃない。おれは生まれたときからおまえを知っているが、好きじゃない」

彼は腕時計のバンドをいじった。「着いたとき、彼女はもうこのホテルにいた。ぼくたち、予約もなにもしてなかっただろう」

「シルヴァーはずっと前から、ジーグラーがセントルイスにいると知っていた。部下におれたちの先まわりをさせるのはかんたんだったはずだ。それから、モサドを甘く見るんじゃないぞ」

「彼女はモサドじゃないよ、じいちゃん。学生だ。一緒に夕食に行こうよ、そうすれば疑う理由なんかないってわかるから」

わたしは記憶帳の表紙を開き、一ページ目に書かれた主治医の言葉を読んだ。

「妄想は老人性認知症の初期症状だ」わたしはおもに自分に向かってささやいた。

「そのとおり」テキーラは言った。

「わかった」わたしは譲歩した。ときには、偶然の一致もある。イスラエル人は大勢いるのだ。

28

たとえ筋金入りのリベラル主義者でも、ユダヤ人のほぼ全員が大なり小なりイスラエル国家に愛情を抱いている。イスラエルは、ホロコーストのような歴史的犯罪を招いた二流のマイノリティの地位から、ユダヤ民族が脱けだす決意を象徴している。また、大いにありうるとされている将来の迫害において、最後の避難所でもある。そして、われわれの破滅をたくらむ勢力に対する防御は、大国の政府からの庇護を乞うたり買ったりするのではなく、ユダヤ人の主権と軍隊をもっておこなわれるべきだという、シオニストの信念を体現している。

イスラエルは、焼かれるのにうんざりして自分でたいまつを持ちたかった曾祖父ハーシェルのような人たちの国だ。

アメリカのユダヤ人が、歯科医や会計士や映画学科の教授といったホワイトカラーになったのに対して、イスラエル人は闘いできたえあげられた戦士になった。男だけでなく女にも徴兵制度があるので、イスラエル生まれのイスラエル人は全員、オフロードでのジープの運転のしかたやライフルの撃ちかたを知っている。

テキーラのような若者にとってイスラエルのきれいな女の子は、そういった歴史と象徴がスマートで小さくてかわいいセックス相手に詰まっているようなものなのだ。それにヤエルはエキゾチックだ。黒髪で野生的で、彼がふだんつきあっている甘やかされた小さな王女さまたちとは大違いでありながら、宗教的には完全に清浄な存在。

ふだんなら、わたしはこういった求愛を応援する。ロマンスがあればテキーラが四六時中すねていることはないし、ローズは長生きして曾孫を抱きたがっているし、じつのところわたしは彼が不幸でいるのを見たくない。だが、いまはふだんの状況とは違う。

とはいえ、テキーラはわたしと同じように、アヴラム・シルヴァーと彼が漠然と話していたイスラエル政府内の〝いい仕事〟について知っている。イズカク・スタインブラットが、ユダヤ人コミュニティセンターでわたしに待ちぼうけをくわせた理由を答えなかったのも見ている。

テキーラは頭がいいし、高い教育を受けている。するべきことをして目的を見失わず、妄想のなせるささやきに左右されないために、その頭脳を拠りどころにできるのだ。わたしには軽度の認識障害がある。彼はわたしの判断力よりも自分のそれを信頼している。一方、わたしは彼のも自分のも信頼していない。テキーラがヤエルは安全だと思うなら、彼の気を変えさせるためにわたしに言えることはなにもない。

ホテルのレストランはつまらないので、テキーラは幹線道路で見かけたオリーブ・ガーデンという店へわたしたちを車で連れていった。店内は禁煙だった。こういうチェーン店は段ボールでできていそうな安普請なので、煙草で火事になるのが心配なのだろう。わたしは騒ぎたてないことにした。ブースにすわると、ヤエルはわたしにほほえみかけた。歯はまっすぐで白く、肌はなめらかな茶色で、目はまつげで濃く縁どられていた。髪はゆるやかな巻き毛にして垂らしていた。彼女の視線を感じるたびに、テキーラはばかみたいにうっとりしている。

「聞いたところでは、あなたは兵士だとか?」彼女はわたしに言った。

「大昔にね」わたしは答えた。

彼女は額にしわを寄せた。「一度でも兵士なら、一生兵士だわ」

若者が真実だと考えがちなことだ。しっかりしていて頑健でしょっちゅう葬式に行かなくてもいい人々には、すべてが永遠に思えるのだ。

「いや。かつては兵士だったが、もう違う」

かつては兵士だった。かつては刑事だった。そしてかつては父親だった。

「あなたがなさったことは不滅だわ」彼女は言った。「すばらしい偉業よ。世界を造りなおしたんだもの」

そのあと、世界はわたしを素通りしていった。うちの芝生と同じだ。長年にわたって世話をしてきて、ある日、もうしなくなった。それでも、芝生は春にはちゃんと緑になる。芝生とグアテマラ人のこと、そしてメンフィスのダウンタウンにある活気にあふれた刑事司法センターのこと、ローレンス・カインドの遺体のまわりで忙しく動きまわっていた現場慣れした警官や鑑識のことを、彼女に話そうかと思った。わたしは三十年にわたって殺人犯をつかまえてきた。そのあいだ、自分が社会の崩壊をくいとめる最後の砦だと本気で信じていた。だが、やがてある日、わたしは仕事をやめた。そしてその後長い年月がたったが、なにも変わってはいない。ジェニングズが指摘したように、街の暴力犯罪が新記録を更新しつづけているだけだ。

息子を埋葬した日にそのすばらしい偉業にどれほどの意味があったかを、ヤエルに話そうかと思った。あるいは、もう運転はしないほうがいいと周囲から言われはじめた日に。朝食のテーブルで、わたしと同じ顔をしながらわたしの価値観を理解しない傲慢な若者と向きあった日に。

咳ばらいしてナプキンをいじり、なにも言わないことにした。

「祖母の腕にあった数字を見たことがあるわ、寝ているとき泣いているのも」ヤエルは言った。「わたしたちはつねに闘士であるべきよ、二度と犠牲者にならないために」

「ヤエルは、こっちのペンシルヴェニア大学に入学したんだよ」テキーラがわたしに言った。

「そのあと、帰国して入隊したの」ヤエルは言った。

「こっちに留まって、兵役につかない選択もあったんじゃないのか?」わたしは尋ねた。

「そんなことしないわ」

わたしは鼻を鳴らした。

「世界貿易センタービルがやられたあと、志願しようかと思ったんだ」テキーラは言った。

「どうしてしなかったの?」

「なぜなら、おまえは正気じゃないとおれが言ったからだ」わたしは言った。「砂漠を走りまわって避妊リング《IUD》を踏むために志願する理由はない」

「IEDだよ」テキーラは言った。

わたしは孫をにらみつけた。「なんだって?」

「地雷《IED》」

わたしは頭をかいた。「おれはなんと言った?」

「違うことだよ」テキーラは言い、わたしたちはちょっと黙りこんだ。彼はヤエルに向きなおった。「父は死んでいるんだ。だからぼくはここにいる必要がある、家族のために」

「あなたの息子さん?」ヤエルはわたしに聞いた。

わたしはうなずいた。

テキーラはヤエルに身を寄せ、彼がテーブルの下で彼女のももに手を置いたのがわかった。

「でも、ああいうテロリストや暴徒にはちゃんとした軍隊はないわ」ヤエルは言った。「アメリカにとって真の脅威となるものは持っていない。戦車も船もない。ビルは破壊できるかもしれないけれど、故郷でわたしたちが直面しているような危険を作りだすことはできないわ。わたしたちは敵に囲まれているの。ここでは、あなたは家族のために留まらなければならない。でもイスラエルでは、家族のために戦わなくてはならない」彼女はわたしを見上げた。「これをおかしいと思うなら、つねに外敵に直面しているのがどういうことなのか、あなたは知らないのよ」

「つねに外敵に直面している?」わたしはくすりと笑った。「ハニー、おれは八十八歳だ。サンドイッチを作ってくれる人間が手を洗うのを忘れたら、それこそが外敵だよ」

ウェイターが現れ、わたしはミートソースのパスタを注文した。

テレビで見た忘れたくないこと

映画の中の加齢の描写について、ケーブルテレビでパネルディスカッションをやっていた。クリント・イーストウッド特集のおまけだ。テキーラはあやしいイスラエルの女の子とどこかへ行っており、朝まで戻らないだろう。

「われわれの社会は急速に高齢化している。ベビーブーム世代が高齢者になりつつあるのです」テレビの司会者が言った。「映画にもっと高齢者が登場しないのはなぜでしょうね？」

画面がニューヨーク大学の映画学科の教授のひげ面《づら》に変わった。ローズがけがをした夜、ナチについて語っていた男だ。最近、やけにこの男をテレビで見る。もしかしたら本を出したのかもしれない。ぜったいに読まないようにしようと思った。

「年とった登場人物を描くにはごくわずかなパターンしかないんですよ」教授は説明した。「高齢者は新たにロマンティックな関係を始めない。国際的な陰謀にもふつうは巻きこまれない。決まりきった日常生活を送っていて、ドラマにはならない。高齢者が主人公になるとしたら、世代間のつながりや、若い世代への知識の伝達や、死についての物語でしょう」

「それだけですか？」司会者は尋ねた。

「そういうのはかなり強力なテーマですよ。高齢のキャラクターが若いキャラクターを庇護する映画は、いうなれば老人がステージから消えて若者が一人前になる話だ。こういったキャラクターたちは、文字どおりの、もしくは比喩的な旅にともに出かけ、その過程でおたがいへの敬意をはぐくみ、最後には若者が一人で旅を続けていけるようになる」

司会者は首のあたりの吹き出物をこすった。ケーブルテレビで肩から上がアップで映る連中をしょっちゅう見ていると、じつに醜いものを目にすることになる。「それで老人はつねに死ぬんですね?」彼は尋ねた。

教授はうなずいた。「みんな死ぬんです。老人はたんにほかの者たちより早く死ぬにすぎない。われわれの文化の物語における高齢者は、死ぬべき運命を象徴しているんですよ。自己の滅び、あるいは英知を後世に伝えるという行為によってね。老いたキャラクターの物語は死へ向かう旅、避けられない事実に折りあいをつける旅なんです」

「つねにですか?」司会者は聞いた。

教授は控えめにひげをこすった。「そう、ときにはこういう旅の最後に老人が元気をとりもどすなにかを見出す場合もある。歩行器を放りだして踊りはじめたり、キャラクターの肉体的な限界を考えればありそうもないことをしたり。『チャーリーとチョコレート工場』ならそれもいいでしょうが。でもまあ、ここでそういうものを否定するのはよそうじゃありませんか」

ジーグラーの貸金庫があるはずのサントラスト銀行の支店は、大きくて古風な銀行らしい建物だった。大理石の階段、正面のコリント風の柱、そしておそらく地下に掘られた金庫室。力ずくをはじめとするどんな強制的な手段でも金庫室には入れないのだから、計画としては、銀行側を混乱させて、わたしがヘンリー・ウィンターズと名乗ったときに疑問を持たれないようにすることだ。

思うに、金庫室に入れてもらうのは、犯罪を自白させるとか友人を密告させるのと似ている。ちょっとした心理学の応用だ。詐欺師はこの手管を〝よきサマリア人〟と呼ぶ。警察は〝いい警官、悪い警官〟と呼ぶ。だが、名前はどうあれ、からくりは同じだ。けんか腰の敵対者が対象者を不安にさせ、脅しをかける。もう一人の共謀者が、同盟者あるいは救い手として登場する。この仕組まれた状況を利用して、対象者に〝よきサマリア人〟もしくは〝いい警官〟を信用させるのだ。

テキーラとわたしは前の晩ホテルで計画をさらい、銀行の向かいの駐車場でもう一度予行演習をした。わたしはコーヒーを飲んで神経をとぎすまそうとした。

「うまくいくかな?」テキーラは聞いた。

「これまでおれが思いついた中で最高のアイディアだ」ビュイックの助手席から降りながら、わたしは答えた。この小さな冒険にあたり、わが三五七マグナムは車で待つことになる。なにと裸になったような気がするが、銀行へチャカを持って入るほどわたしはばかではない。

記憶帳とラッキーストライクはともに突入だ。

計画では、わたしが悪い警官になる。だから、テキーラのみすぼらしいスエットシャツを着こみ、目をギョロギョロさせてころがりこむように銀行の回転ドアを通ると、高いアーチ形の天井まで届く大声を張りあげた。

「おれのクソ貸金庫がいるんだ」わたしはだれにともなく叫んだ。「どこに隠しやがった?」

わたしは一瞬だけかんしゃくを鎮め、煙草に火をつけた。

短髪でやわらかそうな手の銀行員が、心配顔でわたしのもとに駆けつけてきた。「お客さま、ここで煙草はお吸いになれません」

わたしは彼をにらみつけた。「ここで煙草はお吸いになれないだと?」質問というより咆《ほう》哮《こう》だった。

「外で吸っていただきませんと」

たっぷりと時間をとって行内の全員がわたしを見ているのを確かめ、それから気の毒な若者に全面攻撃を開始した。

「少しは行儀を覚えたらどうだ」わたしは大声でどなった。「おれはあのノルマンディーの浜で血を流したんだぞ。それなのに、おまえはおれをカーペットにションベンする犬ころみたいに歩道へ追いだそうっていうのか? どこで行儀を習ったんだ?」

行員はごくりとつばを呑みこんだ。「お客さま、ここは禁煙なんです」

わたしは煙の雲と痰のこまかい霧を彼の顔のまん前に吐きだし、すすけた肺をからにした。

「おれの貸金庫を持ってこい、でなきゃ失せろ」

テキーラは横に控えていた。彼はわたしのあとから静かに入ってきたのだ。片方の肩に、キャスターつきのダッフルバッグを二つ提げていた。

「おじいちゃん、人に話をするときはそんなんじゃだめだよ」彼はわたしの肩に手を置いて、行員とわたしのあいだに自分の体を入れた。「こちらの紳士にあやまらなくちゃ」

「いやなこった」

テキーラは両手をポケットに入れて、行員にため息をついてみせた。「ほんとうに申し訳ないです」その気になれば彼は嘘が巧みで、誠意のある態度に見えた。行員は彼のお芝居を信じたようだった。

「申し訳なくなんかないぞ。おれになりかわってあやまるとはいい度胸じゃないか、小僧め。おまえはきたないコソ泥だ、おれのものをネコババするためにここにいるんだ」

ほんの一瞬だが、彼はまごついたように見えた。「おじいちゃん」きびしい口調で言った。「公共の場所でどならなくても、ちゃんと話しあえるんだから」

「くそくらえ」わたしはテキーラを罵《ののし》った。悪い警官によって、対象者といい警官が同様に不当に扱われ、罵倒されていると見せるのに効果的だ。わたしは行員に向きなおり、彼の顔の前に火のついた煙草を突きだした。「貸金庫をよこせ。このペテン師どもは中身をかすめとろうとしているんだ。おれは中身が安全だと確認したいんだ」

「わが行の金庫室はもっとも安全性の高い――」

「黙れ、このボケナス。あれはおれのだ。ここから持っていくんだ」わたしはジーグラーの鍵を行員に突きつけた。

「おじいちゃん、ちょっと待って。約束するよ、おじいちゃんのものを見せるから」テキーラは言った。彼は行員の腕をつかみ、二人は少し離れたところでこそこそと話しはじめた。

わたしは静かにすることにした。テキーラがわたしに言うことをきかせられると思えば、行員は彼の意見を尊重する。わたしはスエットシャツの前ポケットに手を入れて、彼らの会話を聞こうとした。いつもだとこの耳は少し頼りないのだが、大理石の床のロビーなら、二人の言っていることはかなりよく聞きとれた。

「よろしいですか、ここは銀行ですので」行員が言った。「こんなふるまいをしていただくわけにはいきません。警備員を呼ぶことになりますよ」

テキーラは悲しく傷ついた表情になった。「祖父はほんとうはこんなじゃないんだ。いつもはやさしくて鷹揚な人なんです。病気のせいでこうなってる。ぼくたちの状況をわかってもらえませんか」

「ええ、でもここはビジネスの場ですから。ほかのお客さまが怯えてしまいます」

「祖父の脳はちゃんと機能してないんですよ。老人性の認知症をわずらってて、ほんとうに悲惨なんです。いつだってこわがって妄想をふくらませるし、自分になにが起きてるのか理解できないし」

「なるほど、それはお気の毒に。ご家族にとってはひじょうにつらいことですね」

「わかっていただきたいのは、祖父は攻撃的に見えるかもしれないけど、とてもか弱いんです。警備員に手をかけられたら、けがをするかもしれない」

「いや、もちろんそんなことにはなってほしくありません」

テキーラは行員のほうに身をのりだした。「おたくの責任になりますよ。よけいな面倒が起きることになる」わたしは微笑した。孫はこの種のゲームになかなか長《た》けている。「どうでしょう。自分のものを見せてもらえれば、きっと祖父は落ち着くんですが」

ちょっとためらってから、行員はうなずいた。「お客さまがご自分の貸金庫をごらんになるのは問題ありません」

「じゃあ、意見は一致しましたね」テキーラは言った。

彼はわたしのところに戻ってきた。「おじいちゃん、貸金庫を見せてもらえるよ」大声で騒いだりしなければね」

「身元確認のために、カードにご署名をお願いします」行員がわたしに言った。

わたしは煙草を口にくわえて彼からペンを受けとり、カードに判読しがたいぐにゃぐにゃを書いた。

行員はカードを見て、わたしに視線を戻した。その目は恐怖に満ち、額に汗が浮いていた。

「お客さま、このご署名は元のカードと同じには見えませんが」

「おまえはおれのパーキンソン病をからかっているのか、この無神経なちびクソ野郎が」わたしは非難の指先を彼に向け、ふだんよりもいっそう腕を震わせた。

テキーラはわたしの腕をつかんで叱った。「落ち着いて、おじいちゃん。それから、言葉にも気をつけてよ」

わたしは孫に向きなおった。「おれの署名が違うと銀行に言わせるように、おまえが弁護士に命令したんだな？　おまえの望みはみんなにおれの頭がおかしいと信じさせることだ。そうすれば、おれをどこかの施設に放りこんでなにもかも自分のものにできるからな。いいか、そうはさせないぞ。貸金庫の中身はおれが持っていく。おまえのきたない手に触れさせる前に、一緒に墓に入れてもらうんだ」

行員はわたしからあとじさった。「お客さま、所有者と証明されないかぎり、あなたを貸金庫に近づけるわけにはいきません」

「申し訳ない」テキーラが彼に言った。「祖父は自分がなにをしてるかわかってないんですよ。でも、こういう状態になったら理屈には耳を傾けない。ぼくたちは、彼の財産がちゃんと管理されてるのを確かめたいだけなんだ」

「ちゃんと墓場まで持っていくんだ。見ていろ」わたしは叫んだ。

「貸金庫のところへ連れていけば、ぜったいに静かになりますから」テキーラは行員に言った。

「カードの署名が一致しなければそれはできません」

テキーラは嘆息した。「ねえ、だれでも祖父のことは知ってるんだ。ここに貸金庫を持ってる九十の男性が何人います？」

「わたしはおじいさまを存じあげません。なにか身分証明書をお持ちですか？」

テキーラはジーグラーの社会保障カードとメディケアカードを見せた。

「運転免許証は？　パスポートは？」

「持ってないと思います」テキーラは言った。「祖父はこの二十年ほど、車も運転してないし外国へも行ってない」

「では貸金庫をお見せできるわけがないでしょう？　署名は一致しない。写真つきの身分証明書はない。主張どおりの人物だと証明できていないんですよ」

テキーラはため息をついた。「ぼくたちには鍵があるし、政府が発行した身分証明書もある。それに、祖父の手がこんなに震えていなければ、署名は一致するんだ」

「うすらとんかちめ」わたしは二人に向かってどなった。

「いいですか」テキーラは続けた。「この貸金庫は何年もだれも見てないんです。二、三日前に祖父が金庫のことで騒ぎだすまで、ぼくはあることさえ知らなかった。だけど、入っているものが彼にとって突然すごく大事になったんです」

「規則がありまして」行員は言った。「規則には従わなくてはなりません。さもないと、わたしがひじょうにやっかいなことになる」

「それはわかりますよ。でも、あなたは祖父が自分の身元を証明できないと言いました。まったくそのとおりなんだ。この人は自分というものを失いつつあるんです。祖父は力をふりしぼって、過去にしがみつこう、思い出を忘れないようにしようと努力してるんだ。だからきょうここに来たんです」テキーラの目に涙が浮かんだ。彼は洟《はな》をすすり、指で顔をこすった。「あやしいことや不正なことや間違ったことをしてくれと頼んでるんじゃありません。あなたは、ここにいる男がヘンリー・ウィンターズじゃないと本気で疑ってるわけじゃないでしょう。ぼくがお願いしてるのは、少しばかりの常識と同情をもって規則を運用してほしいってことだけなんです」

行員はためらった。「上司の許可をもらいませんと」

「ありがとうございます」テキーラは言った。「感謝します」

そのあと数分間わたしが孫になりつづけているあいだに、行員は相談しにいった。そして、上司と制服を着た二人の警備員とともに戻ってきた。

「お二人には建物から出ていただきます」上司が言った。小柄で身長はテキーラと同じくらい、青白い締まりのない顔をしていた。あごが引っこんでいて、頭と首の境目がほとんどわからない。

「話しあえばきっとわかっていただけます」テキーラは言った。

「もう話しあいました」行員が腕組みをして言った。

「あなたが貸金庫の所有者だと示す証拠にこちらが満足できない場合、金庫室にお通しするわけにはいきません」上司が言った。「規則に従う方々を守るために、一定の手続きを設けているのです」

もちろん、これは嘘だ。規則は、銀行と、貸金庫の中身から生じる銀行の利益を守るためのものだ。

持ち主が家族に貸金庫のことを知らせずに亡くなったとき、貸金庫の保管料の支払いが遅れているという通知を受けとった者はいない。銀行は、法律的に資産が放棄されたとみなされる時点まで待ち、貸金庫を開ける権利を得て、貴重品があればすべてオークションに出すのだ。

「おまえらはおれのものを盗もうっていうんだな」わたしは上司に叫んだ。本気だった。

「出ていってください、さもないと警備員に連れだされることになりますよ」上司は言った。

わたしはがっかりしてため息をついた。失敗だ。

30

車のグローブボックスに入っている三五七口径のことを思ったが、力ずくで財宝を略奪するのはむりだとわかっていた。わたしの動作はのろい、金塊の入ったバッグを持っていなくても。それに、たとえ若くて元気でも、銀行強盗の逮捕率と有罪率は百パーセントだ。最高に愚かな犯罪だ。

銀行は正面玄関が唯一の出口で、店内には間違いなく非常ベルや防犯カメラがいたるところにある。なんとか建物から出られて幹線道路に乗れたとしても、遠くまで行かないうちに止められるか封鎖に引っかかるだろう。力ずくはだめだ。自分がジーグラーの貸金庫の所有者だと銀行側を納得させられなければ、ナチがどんな財宝を隠していたにせよ、金庫室に入ったままになる。

わたしは家に帰って、メドウクレストのような施設にローズと一緒に引っ越すことを考えるのだろう、われわれの安全のために。さらなる〝転倒事故〟でローズがけがをする危険はおかせない。しまいには、わたしは鍵のかかったドアがあってマットレスにはビニールがかぶせられた区画へ入れられ、看護婦に使い捨ての大人用おむつをはかされる。そのあとは、もう死ぬだけだ。

警備員の一人が進みでてわたしの肩に手をかけた。がっくりして、わたしは外の車へ向かいかけた。

「きたならしい手を離せ」テキーラが言った。どうでもよくなったわけだから、いい警官の役まわりを降りたのだろう。

ふりむいて、あきらめろと言おうとした。すると、テキーラが上司に銀色の光るものを突きだしているのが見えた。一瞬、わたしは恐慌に駆られた。彼が銃を持ってきたと錯覚したのだ。だが、彼が握っていたものはしゃべりはじめた。

「そっちはどうなっているんだ？」テキーラのインターネット電話が詰問した。これは計画には入っていない。孫がなにをしているのか、携帯電話の相手はだれなのか、さっぱりわからなかった。

「この銀行がおじいちゃんの貸金庫を見せてくれないんだ、ぼくたちを追いだそうとしてる」テキーラは電話に向かって言った。彼の顔からやさしさがはがれおちていた。目はもう懇願してはおらず、冷たく光っていた。ジーグラーの目のように。

「なんてことだ。わたしがそっちへ行ってかたをつけなくちゃならないのか？」電話が言った。

「そうだな、くそ、先生」テキーラは言った。「そうならないといいんだが」彼は警備員たちに向かって大げさに肩をすくめてみせた。「ぼくの弁護士だ」携帯電話を示して説明した。

「そちらの責任者は?」電話が言った。

「えー、わたしだが」上司がつっかえながら答えた。

「だれが話しているのか、こちらにはわからない。だからそんなんじゃだめだ」通話の相手は叱りつけた。

「わたしは、その……」上司は間を置いた。「ええと?」

「きみはだれだ?」どうしようもなくのろまな子どもに話しかけるように、電話の声は一語一語を吐きだした。

「副支店長のアラン・パターソンです」

「そうか、では教えてあげよう、アラン・パターソン副支店長。わたしがそちらに行くことになれば、きみの名前はクソになる。じつのところ、出かけていってきみをクソと呼んでやるつもりだ。なぜなら、名前なんかどうでもいいアルバート副支店長は、吹けば飛ぶようなやつの名前をわたしに覚えるように強制したからだ」

「だれだか知らないが、わたしに向かってそんな口をきく権利はないぞ」パターソンはなんとか骨のあるところを見せようとした。

「こいつ、ぶくぶく太っているだろう、血を吸う虫ケラみたいに」電話は言った。「短小ペニスの丸ぽちゃが権力をひけらかしているわけだ」

「ああ、でぶだ」テキーラは言った。「それにあごなしだ」

「あごなしの声だと思ったよ」

警備員の一人がくすっと笑い、それは、でぶのあごなし副支店長アラン・パターソンを怒らせたようだった。「これになんの意味があるんだ？」彼はテキーラにどなった。

「こういう意味だ」電話が言った。「横領という不法行為を聞いたことがあるか？　おまえのものではないものを奪った場合、その損害を弁償しなくてはならない。精神的苦痛の意図的加害という不法行為を聞いたことは？　か弱い老人がきみの銀行に入ってきて、きみが彼をコケにしたら、きみは自分の与えた苦痛に対して賠償しなければならない。これでも足りないというのなら、われわれは州法および連邦法の中で、さまざまな違法老人差別を見つけられるはずだ。法定の損害だからな、きみはほんとうに払わなくちゃならないぞ」

「ちょっと、そんな必要はないだろう」副支店長は口ごもるようにして反論した。額には汗の玉が浮いていた。

「そのあごなしクソ野郎はいまわたしの話を邪魔したか？」電話が聞いた。

「いや、えー、申し訳ない」

「きみが申し訳なかろうが、そんなことはどうだっていい。黙ってろ」電話の声は命じた。

「さて、きみの銀行は保険をかけているだろう。きみの愚行か過失で顧客に損害を与えるという、じゅうぶん予見できる状況に備えて。たとえば、きみが貸金庫から締めだそうとしているその高齢者がジョージ・クルーニーで、きみの銀行で『オーシャンズ11』ごっこをしているのなら、彼を貸金庫に近づけた場合の過失については保障されるだろう。しかし、保険会社は意図的な不法行為、たとえばさっき指摘したような横領や精神的苦痛の意図的加害については保障してくれないぞ。意味がわかるか?」

副支店長は助けを求めてテキーラを見た。

「ぼくを見るな」テキーラは言った。「質問に答えろ」

「よく意味がわからない」パターソンは低いかすれ声で答えた。

「こういう意味だ。その老人に自分のものを見せないなら、わたしはきみを訴える。きみの自宅を差し押さえる」電話は金切り声でどなった。「きみのあごなしのガキどもを大学に行かせるための蓄えがあれば、そいつを差し押さえる。終わったら、家族はキャットフードを食べるしかなくなるだろう。じっさい、きみのしていることには刑事事件の意味合いもあるかもしれない。つまり、きみは刑務所の飯を食うということだ。検事局に友人がいるんだ。たぶん、きょうの午後彼とゴルフをするから、お年寄りに盗みを働く人間に法のもとでなにができるか、いろいろと話しあえるはずだ」

「盗みなど――」パターソンは首を絞められたようにぜいぜい言った。「働いていない」

「それは必要ないと思うよ」テキーラがなだめるような口調で穏やかに口をはさんだ。「ミスター・パターソンは聞きわけてくれるだろう」

パターソンは二人の警備員を見た。彼らは副支店長からあとじさっていた。彼は行員を見た。行員はカウンターの奥へ避難していた。行内のだれもがわたしたちを見ていた。朝の商談は墓場の沈黙にとってかわられていた。

パターソンのぽっちゃりした頬に一粒の涙が流れ、かすかにはみだしたあごの線をつたい、首から落ちてシャツのえりをぬらした。

「諸君」副支店長は警備員たちに言った。「わたしにはカードの署名はほぼ明瞭に一致しているように見える。金庫室からミスター・ウィンターズの貸金庫を出そう」

「こうなると思ったよ」電話が言った。

31

二人の警備員が、貸金庫の中を見られる小さな事務室へわたしとテキーラを案内した。

「これを持ちあげるのにわたしたち三人がかりだった」パターソンが言った。「ほんとうに重い。いったいなにを入れているんです?」

「おまえには関係ない」わたしは言った。「出ていけ」

パターソンは自分の鍵で貸金庫の二つのロックのうち一つを開けて、われわれを二人きりにして出ていった。

「なにを待ってるの？」テキーラが聞いた。「開けようよ」

わたしは貸金庫のふたを指でたたいた。「あの電話はなんだったんだ？　計画にはなかったぞ」

「デウス・エクス・マキナ（困難な場面に現れて強引で不自然な解決をつける人や事件）」テキーラはそう言って笑った。「機械じかけの神だよ」インターネット電話を振ってみせた。

「かつぐんじゃない」わたしは叱った。

「ピートだよ、ルームメイトの。万一のときの代替オプションがいると思ったんだ」

「おれたちはいい警官と悪い警官をやるはずだった。計画はちゃんとあった」

「ぼくのは、じいちゃんの計画がうまくいかなかったときのバックアップだよ」

わたしは彼をにらんだ。「ピートの母親は息子があんな口をきいているのを知っているのか？」

「そのクソ金庫を開けようよ、じいちゃん」

「こざかしいやつめ」わたしは鍵をまわした。貸金庫は開いた。中には八本の金の延べ棒が入っており、それぞれ八インチ×三インチの大きさで、ナチドイツの鉤十字《かぎじゅうじ》が刻印されていた。

わたしはひゅうと口笛を吹いた。テキーラは目をまん丸にして見つめた。

「ほんとうにお宝があったなんて信じられない」テキーラは言った。「見つけたかったけど、心の奥底では、なんていうか、マクガフィンじゃないかと思ってた」

「もっと早く行くべきだったな」わたしは言った。「朝食メニューは十時半で終わりだ」

「マクドナルドのマフィンの話じゃないよ。ぼく、金っていうのは、その、精神的ななにか、象徴的ななにかだと思ってたんだ」（マクガフィンは映画や本の思わせぶりな仕掛けのこと）

「空想の金《きん》を探すために、おれがわざわざ国を半分横断するとでも思うのか？」

「いや、じいちゃんが金はあると考えてるのはわかってたけど、金ていうのは意義を求めるじいちゃんの気持ちの象徴だと思ったんだよ。衰えに直面しながらもまだ戦時中の体験を理解しようとしてたり、パパに起きたことを合理的に説明しようとしてたりするいまの人生の、意義を探してるのかなって」

　わたしは眉をひそめた。「なんだって？」

「ほら、つまり、じいちゃんが探索の旅に出なくちゃならなかったのは、心の奥底ではロマンチストだからなんだ。でも、ぼくはなにも見つからないだろうと思ってた。だって、結局そこに意味はないんだもの」

　わたしは鼻を鳴らした。「こんなばかげた話は聞いたことがない。金は金で、しかもここにある」

　テキーラは腕を組み、その顔にいらだちがよぎった。

「おれもそれに近い気持ちだったとは思うよ」わたしは言った。「とにかくこれがうまくいくとは考えていなかった」

わたしは金の延べ棒を手にとった。小さくて、キャンディバーより少し大きい程度だ。すっぽりと手におさまる。だが、重かった。二十五ポンドくらいありそうだ。

「でも本物で、ここにある。そしていまはおれたちのものだ」わたしは言った。「だから、バッグに入れて、つかまらずにここから運びだせるかやってみよう」

32

金の延べ棒は映画の中では決して重く見えない。テレビの登場人物たちはいつも延べ棒を投げあっては上着のポケットに詰めこんでいる。

だが、本物を持ちはこぶのはもう少したいへんだ。荷物の半分の四本は重ねると単行本一冊ほどのかさだが、百科事典一セットほどの重さがある。だから、キャスターつきバッグはいい考えだった。

われわれは貸金庫をからにして——延べ棒一本を持つたびにわたしは重さに息を荒くした——鍵をかけ、行員に返した。二百ポンド(約九十キログラム)分軽くなっていることに気づいたに相違ないが、彼の知ったことではない。

行員がなにも言わなかったことにほっとしたが、意外ではなかった。貸金庫の利用者に対する銀行のサービスは、中身をほかの人間に見せないようにすることだ。出し入れは所有者の問題で、銀行のではない。彼らはわたしを所有者と認めたのだから、いまはよそを向いているはずだ。

テキーラはダッフルバッグを引きずってロビーを二往復しなければならなかった。積荷の重さでキャスターがきしんだ。駐車場で、わたしも手伝ってビュイックのトランクに積んだ。この重労働でテキーラは疲れ果て、車の横に寄りかかると空気を求めてあえいだ。

「重さはどのくらいあると思う?」彼は尋ねた。

「たぶん全部で二百ポンドほどだ」わたしは言った。「もしかしたらもっと」

テキーラは眉を動かしてみせ、一声うなって運転席に乗りこんだ。わたしも乗った。ビュイックが駐車場を出たときには、うまく逃げおおせたと思えた。サイレンも閃くライトも地平線には見えず、だれもわれわれを追って銀行から駆けだしてはこない。

貸金庫にたどり着くまでの騒動からロビーを通って重いバッグを運びだすまで、われわれは本日の防犯カメラのビデオでもっとも目を引く存在だろう。だが、見返りを考えればとる価値のあるリスクだった。

「一ポンドは十六オンスだ」テキーラは言った。「そして金《きん》は商品市場で一オンス約九百五十ドルで取引されてる」

「すると、なかなかたいした収穫だったな？」

「三百万ドルとちょっとだよ、いかがわしい故売屋みたいなところを通じて売らなくちゃならないと、いくらか少なくなるけど。とは言っても、朝一番の仕事にしちゃ悪くないね」

わたしはバックミラーに目をやった。「まだ仕事は終わっていないかもしれないぞ。どうやらお友だちがいるようだ」
二、三台置いて、窓がスモークガラスになった黒いシボレー・セダンがついてきている。銀行の前から車を出したときに現れ、そのあとずっと後ろにいる。
「間違いない？」テキーラは聞いた。

「きのうもあの車を見たと思う」前方の信号が変わろうとしていた。「急げ、左折しろ」

「でも、ぼく地図アプリのナビを使ってるんだよ。迷子になっちゃう」

「黙って曲がれ、ばか」

ビュイックは尻を振りながら高速で交差点を曲がった。その瞬間、信号が黄色から赤になった。車の勢いで振られた体をシートベルトが締めつけた。あとであざになるだろう。シボレーは赤信号を無視した。走ってきた別の車は衝突しないように急ブレーキを踏み、抗議のクラクションが後ろから聞こえてきた。

「尾行がいる、やはりな」

テキーラは不安そうにわたしを見た。「警察を呼ぼうか？」

わたしは鼻で笑った。「三百万ドル分の盗んだ金がトランクに入った状態でか？　いい考えだな。ぜひそうしよう」

「わかったよ、じゃあどうしたらいい？」

「どうすると思う？」わたしは尋ねた。「やつをまくんだ」

テキーラはバックミラーを一瞥《いちべつ》してアクセルを踏んだ。「ぼく、カーチェイスなんてやったことないよ。どうしたらいいのかな」

彼は車列の隙間を縫ってビュイックを進め、あやうくおんぼろのプリムス・ハッチバックとぶつかりかけた。

「できるだけスピードを上げろ」わたしは言った。「それから、なににもぶつからないようにしろ」

こちらがまた黄信号をすり抜けると、尾行車もついてきた。

「まけるかどうかわからないよ」テキーラは言った。

グローブボックスを開けて拳銃を出した。追跡者の車のタイヤを撃ちぬくか、フロントガラスに穴を開けてドライバーの顔に弾をめりこませるか。わたしは窓を下げはじめた。

「なにをする気、じいちゃん？　逮捕されちゃうよ。でなきゃ、殺される」

たぶんそうだろう。わたしはもはや警官ではないし、車の窓から身をのりだして車列に向かって発砲するのは不謹慎とみなされるはずだ。銃をホルスターにおさめて記憶帳をつかんだ。なにかしがみつくものが必要だ。

「曲がり角でまこう」わたしは言った。「ハンドブレーキでドリフトさせる方法を知っているか?」

「えーと、ゲームでやったことはある」

孫はついにちゃんとした運転のしかたを学ばなかった。ブライアンはフランに教えさせたのだ。わたしは平静で落ち着いた口調を心がけた。テキーラを必要以上に怯えさせたくない。

「スピードを出して交差点の角に行き、急ハンドルを切り、ハンドブレーキを引いて後輪をロックさせろ。それでタイヤが地面を噛まなくなり、車体の後部がスピンしながらターンする。ハンドルを反対方向に戻してスピンを制御しろ。そして正しい方向に向いたらブレーキを解除してアクセルを踏む。わかったか?」

「わかったと思う」まったく自信のない口ぶりだった。テキーラはパニックで目をむいてバックミラーをのぞき、あやうくレンジローバーのサイドミラーを引きはがすところだった。

「どの交差点? いつやればいい?」

わたしは周囲を見た。かつてはセントルイスの街をかなりよく知っていたが、情報を更新しつづけることができなかった。自分がどこにいるのか、さっぱりわからない。

「どこでもいい。好きなところで曲がれ。とくにどこかをめざすわけじゃない、シボレーから離れればいいんだ。ドリフト・ターンをちゃんとやれば、おれたちは角を曲がってやつは通りすぎる」

「オーケイ。やるよ。ちくしょう、やってやる」

彼はハンドブレーキを握った。その手が震えているのが見えた。テキーラは歯をくいしばり、汗をかいていた。尾行車を振りきれるほど彼の運転はうまくない。むりにやれば、車は横転してわれわれは死ぬだろう。

「よせ」わたしは言った。

「え？」

「危険すぎる。まずいアイディアだった」

テキーラは一瞬道路から目を離してわたしを見た。「ぼくできるよ、じいちゃん」

「カーチェイスは、尾行しているやつと対決するよりも危険だ」わたしは説明した。「それに、交通違反で逮捕されたらどのみちお宝はなくすことになる。スピードを落として、制限速度で運転しろ」

彼はアクセルから足を離した。「じゃあどうすればいい？」

「この先のどこかに入れ」

テキーラは近くにあったレストランの駐車場にビュイックを入れた。わたしとテキーラは車から降りた。

「手を上着の下に入れるんだ、銃を持っているみたいに」わたしは命じた。

黒いセダンはあとから駐車場に入ってきて停止した。窓はフロントガラスにいたるまでサングラスのレンズのように暗いので、だれが運転しているのかわからない。

わたしはパーカのジッパーを下ろして前を開け、ホルスターに差しているものがドライバーに見えるようにした。

シボレーはしばしエンジンをふかしたまま止まっていた。わたしは手を三五七マグナムの台尻にあてた。車の事故で死にたくはないが、ローレンス・カインドのように死にたくもない。

そこに立って駐車場の向こうをにらみ、一トンのデトロイト産の鋼鉄との勝ち目のない対決を前に、自分を時代遅れのじじいだと感じた。辺境の地が、アウトレットモールとゴルフ場になってしまったカウボーイのように。ドライバーがアクセルを踏めば、わたしはぺちゃんこになる。よけられるほど俊足でも身軽でもないし、仁王立ちしたままあの野郎に銃を向けるのは無益でばかげている。

自分は死のうとしている、それについてできることはなにもない。

だから、わたしは片手で最後の弱々しい抵抗を示して立ちつくしていた。すると、ドライバーは黒いシボレーのギヤをリバースに入れて道路へバックし、走り去った。

「ナンバーを見たか?」わたしはテキーラに聞いた。

「いや、車の後ろは見えなかった」

フロントバンパーにナンバープレートはなかった。セントルイスのあるミズーリ州では車の前後にナンバーをつけることになっているが、テネシー州では後ろだけでいい。

わたしはテキーラのパーカの袖で目から汗をぬぐい、くすりと笑った。「じつはいま一瞬、あいつは死神で、おれを迎えにきたんだというばかな考えが浮かんだ」

テキーラは首を振った。「ぼくは日曜学校の優等生じゃなかったかもしれないけど、死神がろくでもないシボレー・マリブに乗ってないことぐらいわかるよ」

33

テキーラはホテルに戻りたがった。

「おまえは頭が少し足りないにちがいない」わたしは言った。

われわれは五、六時間どこという目的地もなく走りまわり、黒のシボレーやほかの車に尾行されていないのを確かめた。

「荷物がまだ部屋の中だよ」彼は反論した。

わたしはかまわなかった。「置いていくんだ」

「ノートパソコンもある。大学の授業のノートだって」

「大丈夫だ。ホテルの従業員が見つけてくれる。送ってもらえばいい」

彼は訴えるようなまなざしでわたしを見た。「じいちゃん、ぼくもう一度ヤエルに会いたいんだよ」

理由は彼女だろうと思っていた。わたしはため息をついた。だが、女のせいで頭が働かなくなる男は、孫だけではない。

「ビリー、わからないのか？　彼女はずっと絡んでいたんだ。あのシボレーを運転していたのが彼女じゃなかったとしても、間違いなくドライバーとぐるだ」

「ありえないよ。ここでぼくたちがなにをするか、彼女にはひとことも話してないんだ。ジーグラーのことも、銀行のことも、知るわけがないよ」

テキーラはわかっていない。ヤエルは、テキーラからジーグラーや銀行についての情報を聞く必要はなかったのだ。彼女はアヴラム・シルヴァーのもとで働いており、彼はすべてを知っている。そもそも、われわれをセントルイスへ導く手がかりを与えたのはシルヴァーだ。わたしは傲慢にも、自分がつっついたからシルヴァーはジーグラーの居所をうっかりもらしたのだと思っていた。しかし、あのずる賢いタヌキはわざと口をすべらせたのだ。最初からずっと、彼はわたしを操っていた。

シルヴァーはジーグラーにかんするウィーゼンタール・センターの資料を持っている。最初の捜査をおこない、すでに一度金《きん》を奪おうとして失敗している。電話で話したときから、彼が財宝目当てで〝ヘンリー・ウィンターズ〟を追跡調査していることはほぼ確実だとわたしは思っていた。

シルヴァーはメドウクレストや貸金庫の件を知っていたにちがいない。だが、貸金庫の鍵には手を出せなかった。ジーグラーの居室に入る名目がなかったからだ。それにたとえ鍵を手に入れたとしても、貸金庫を見せるように銀行を説得する手段がなかった。

弱い無害な老人なら、ほかの人々が行けない多くの場所へ疑いを抱かれずに行けるので、彼はわたしを利用したのだ。高齢者なら、閉鎖された認知症患者の区画を訪ねても場違いにならない。高齢者なら、銀行員にヘンリー・ウィンターズだと信じさせて貸金庫に近づける。そしてアヴラム・シルヴァーは完璧な高齢者を見つけた。金塊を奪うだけの才覚はあるが、鈍くて頭が混乱しているので、自分が利用されていることには気づかない。

もう、イスラエル人は鍵を入手する方法に悩んだり、貸金庫に近づくのに苦労したりしなくてよくなった。金はビュイックのトランクの中に完全に無防備な状態でしまわれており、アヴラム・シルヴァーと三百万ドルの金塊のあいだに立ちふさがる唯一の障害は、まぬけなじじいと恋わずらいの孫だけだ。

イスラエル人は尾行する必要すらない。すべての段階でわれわれがどこへ行くか、こちらが知る前に知っていた。彼らはつねに先行しており、おそらくわれわれがセントルイスにいるあいだずっと見張っていたのだ。たぶん、テキーラのガールフレンドが黒いシボレーの尾行者だ。たんに、こちらの動きを確認していただけかもしれないが。

しかし、いまの彼女はおとりだ。わたしとテキーラがホテルへ戻れば、罠が閉じる。

「ばかなこと言わないでよ」テキーラは言い張った。「ヤエルはスパイじゃない。じいちゃんは彼女を知らないから」

わたしは孫の肩をつかんで揺さぶった。「頼むから、テキーラ、おまえがあの娘と会ったのは二日前なんだ。彼女の同胞たちはトランクの中身のためにおれたちを殺すぞ」

彼はわたしの腕を払いのけた。「運転中に押さないでよ」

「どうしようもないばか者めが」わたしは言った。だが、ずっとばかだったのはわたしのほうだ。そして孫は父親に――それにじっさいのところ祖母に――あまりにも似ており、自分の望むこと以外はしようとしない。運転しているのは彼なのだから、彼の向かうところへ行くしかないのだ。

わたしはため息をついた。「あそこへ戻るなら、おれのやりかたに従うんだ」

「どんなやりかた？」

わたしのやりかたとは、分別を働かせてちょっとした用心をすることだ。ホテルの駐車場に車で入るところは見られたくない。追跡者たちはきっとあそこで見張っているだろう。もちろんヤエルが警告を発しているだろうが、テキーラが正しくて彼女はシルヴァーと無関係である可能性もわずかながらある。いずれにしても、気づかれないように出入りしなければ。戻るのは夕方まで待った。そのころには、ホテルを見張っている連中はわれわれが帰ってこないと見切りをつけているかもしれない。それに、暗ければ徒歩で行くテキーラを見つけるのはむずかしい。

われわれはホテルから数ブロックの周囲をぐるぐるまわり、駐車中の車に追跡者がすわっていないか、張り込みをしていないか確認した。とにかく、少しでもあやしく思えるものはないか鵜の目鷹の目だった。

尾行はついていないらしく、この二時間で見た黒いシボレーは一台だけで、窓はスモークガラスではなくフロントバンパーにミズーリ州のナンバープレートがついていた。どうやら異状なしらしい。

ところが、エンバシー・スイートの前を通りすぎると、三台のパトカーがライトを点滅させて止まっているのが見えた。

「なんだと思う?」テキーラは尋ねた。

「見にいくのはまずそうだ」わたしは言った。「ここから離れよう」

「ちょっと待って」テキーラはハンドルをたたいた。「おそらく麻薬関係の手入れか窃盗だよ。警官がまわりにいれば、悪党は怯えて近づかないかもしれない」

気に入らなかったが、彼は強情だ。テキーラはへまをしでかし、わたしが尻拭いをするはめになるだろう。

トランクに金を積んだまま車を離れるわけにはいかないので、テキーラはホテルから二、三ブロック先に止めた。彼が中に入って荷物をとり、ヤエルにさよならを言ってからチェックアウトする。わたしはエンジンをアイドリングさせ、三五七マグナムを手にして待つ。「あの子とあまりぐずぐずするんじゃないぞ」わたしはテキーラに注意した。「この金塊を売ってそのカネを無事に銀行に預けるまで長生きできて、それでもまだ彼女に未練があるなら、飛行機のチケットを渡してニューヨークへ会いにきてもらえばいい。ホテルに入ってから出るまで二、三分ですませろ」

「大丈夫だよ、じいちゃん」テキーラは車を降りながら言った。わたしは信じなかった。

待っているあいだに四本煙草を吸った。五本目に火をつけていたとき、テキーラが荷物を持ってホテルから出てきたが、一人ではなかった。もう一人の男が一緒に歩いていた。

わたしは目を細めたが、弱った視力では、一緒にいるのがメンフィスの殺人課刑事ランドール・ジェニングズだと、近くに来るまでわからなかった。そして、孫が泣いているのには、わたしのいる助手席の窓のすぐ横に二人が立つまで気づかなかった。

34

わたしの頭はめまぐるしく、少なくとも可能なかぎりめまぐるしく回転した。パニックが腹の底からこみあげてきて、長いこと眠っていた刑事の勘が背筋を這いあがり、頭蓋骨の内側で警報を鳴らした。

妄想について主治医がなんと言っていたか、思い出そうとした。記憶帳を出して見ようとしたが、両手がひどく震えてページをめくれなかった。

だれかが殺されなければ、ジェニングズはわれわれを捜しにはこないはずだ。こちらが途方もない計画を実行しているあいだに、メンフィスでなにかが起きたにちがいない。

刑事はわたしの車のボンネットに寄りかかり、ワックスをかけた表面に指の跡をつけた。

「あんたに会うたびに人が死ぬのはどうしてだろうな、バック?」彼は聞いた。

脳裏に一つの光景が閃いた。怒れるイズカク・スタインブラットの巨体が、刃がぎざぎざの長いナイフを手にフランの家の私道を歩いていく。

わたしは車を降り、寄りかかったドアの枠を指の節《ふし》が白くなるほどぎゅっとつかんだ。煙草を投げ捨て、つばを呑んだ。

「なにが起きたのか話せ」低い声で言い、答えに対して身がまえた。

「あんたのホテルのメイドが昼前に一一一六号室のベッドで女の死体を見つけた」ジェニングズは告げた。

わたしはほっとして息を吐き、ドアにもたれかかった。

「まあ、女の死体の大部分はベッドにあった」ジェニングズは説明をくわえた。「だが、一部はシンクにもあった。トイレにも」

テキーラがすすり泣いた。彼の反応からして、死体はイスラエル人のガールフレンドだったのだろう。悲しむべきことだ。軍隊での訓練やイデオロギーにもかかわらず、引きしまった硬い筋肉にもかかわらず、ほかの大勢のユダヤ人と同じようにヤエルも犠牲者として生涯を終えたとは。

「ニュースを聞いてうれしそうだな」ジェニングズは言った。

うれしくなどなかった。刑事の本能が、固まった血の海の中にとぐろを巻くヤエルの白いイヤフォンコードについて、ささやきかけていた。切り裂かれて内臓を抜かれた胴体から突きだした、長い日に焼けた脚について語っていた。

「ほっとしたんだ、たぶん」わたしはジェニングズに言った。「きみを見たとき、妻になにかあったと知らせにきたのかと思った」

「ああ、そうなのか?」ジェニングズは言った。「なぜだ? あんたたちは彼女も殺したのか?」

いくらか非難するような響きがあり、これはわたしに言わせれば、警官に話をするのをやめて弁護士を呼ぶ合図だ。だが、メンフィスの知りあいの刑事弁護士は全員死んでいる。どのみち、彼らはたいした助けにはならなかっただろう。だれもわたしを好いてはいなかった。テキーラはビュイックの後部座席に荷物を置き、運転席のドアに倒れかかると、めそめそした声を出した。いまはあまり役に立ちそうもないが、責めることはできない。死んだ娘を本気で好きだったのだ。


被害者の家族が悪い知らせを聞く場面を、何度となく見てきたのを思い出した。そして、ブライアンのことを聞いたときローズがどんな様子だったか、ホロコーストの生き残りであるヤエルの祖母がエンバシー・スイートで起きたことを知ったらどうなるかを思った。

「きみはここでなにをしているんだ、ランドール?」わたしは尋ねた。

ジェニングズは舗道につばを吐いた。「こっちが先に聞いたと思うが、バック」

わたしは彼をにらんだ。「観光だ。そろそろセントルイスの有名なアーチを見てもいいころだと思ってね」

「たわごとはよせ、バック」

「ここはきみの管轄じゃないぞ」わたしはうなるように言った。「ホテルの死体はきみがあれこれ聞きまわる問題じゃない」

「警察の連携は昔よりよくなっているんだ」ジェニングズは言った。「おととい、おれはツイッターであんたたちを知らないかと広範囲の法執行機関の人間に呼びかけた。すると、けさセントルイスの知りあいの警官からフェイスブックにメッセージがあったんだ。殺人があったばかりのホテルにあんたたちが泊まっているってね」

「きみの使う言葉の多くは、おれにはちんぷんかんぷんだ」

ジェニングズは身をのりだして、太った尻でわたしのビュイックの横をこすった。「いまのは、あんたたちおまぬけ二人組は最近殺人事件の現場近くにやたらと現れるから、おれがあんたたちを疑うべきじゃない理由があれば早急に説明するべきだって意味だよ」

黙秘する権利があると刑事はまだ言っていないが、それはわたしがなにか言わなくてはいけないということではない。

ジェニングズはこの沈黙を二つの死とわたしとの関係を説明する機会と考え、一つ一つ指を折って数えあげた。ローレンス・カインドは夜遅くわが家を訪ねてきた次の日にはらわたを抜かれた。あの娘の部屋に上がっていくテキーラを数人のホテル従業員が目撃した翌日に、彼女は一種の解剖の実験台にされた。二件の殺しはともにナイフが使われ、死体はどちらもはらわたを抜かれて血が流れるままに放置されていた。これらの殺人はつながっているという考えにはどんな警官もうなずくだろうし、テキーラとわたしは二人の被害者に共通する知人だ。

「あんたがおれの立場だったら、いままさにおれが考えていることを考えているはずだし、していることをしているはずだ。わかるだろう」ジェニングズは言った。

わたしは眉をひそめた。彼の言うとおりかもしれない。

「きみはおれの評判を知っている」わたしは言った。「おれたちがだれも殺していないと言ったら、信じてくれるべきだ」

彼は口ひげをこすった。「バック、あんたの評判は早撃ちの名手としてだ。おれが聞いた話のほぼすべては、結局あんたがだれかを撃ち殺して終わる。あんたはおれが会っただれよりも多くの人間を殺しているが、おれはこれまで大勢の人間を殺した大勢の人間に会っているんだぞ」

「内務調査部は全部適切な発砲だったとみなしている」わたしは言った。「おれの記録に非の打ちどころはない」

わたし自身が千人の容疑者たちに見せてきたにちがいない、おなじみの懐疑的な警官の冷笑をランドール・ジェニングズは浮かべた。彼はわれわれが情報を隠しているのをよく知っており、それがなんなのか突きとめるまで離れないだろう。

「なにか聞くたびに嘘をつくのをやめてくれれば、もっとあんたを信用する気になるんだがね」

「グーグルで調べてみたらどうだ」わたしは提案した。

彼は手でぽんと額をたたいた。「あのことであんたは怒っているのか？　冗談じゃない、いまは真剣な話なんだ」

「あのときおれは真剣だった」

「セントルイスの警察も真剣だ。被害者とつきあっていた男がいないか彼らが捜しているのは、あんたもおれもわかっている。だから、別の可能性を示す情報があるなら、いまが打ち明けるべきときだぞ」

わたしは震える手でまた煙草に火をつけた。「死亡時刻はわかっているのか？」

「検死官が二時間前に遺体を運んでいった。報告書が上がってくるまで確定はできないだろう。だが、たぶんけさの八時半から十時のあいだだな」

「だったら、おれたちではありえない」わたしは言った。「八時半には、街の反対側にいて銀行を襲っていた」

テキーラは目をむいて息を詰まらせたが、ジェニングズはただ首を振って汗がしみたシャツのえりをいじった。「おふざけはたいがいにしろ」

けさ、テキーラとわたしは七時ごろホテルの一階で朝食を食べ、そのあと正面玄関から出た。フロントの奥に、ロビー全体を写していると思われる防犯カメラがあり、八時より前にホテルを出るわれわれをおそらく捉えていることを思い出した。その点について、ジェニングズに尋ねた。

「おれの知るかぎり、まだだれもチェックしていないな」彼は車のボンネットに寄りかかり、その重みで車体が沈んだ。

「きみがおれたちを犯人だなんて思っていないのはわかっている。そうでなければ、この会話は取調室でしているはずだ」わたしは言った。

彼は体重を片足から片足へ移し、ビュイックもそれとともに動いた。「あんたの言うとおりなのかもしれない。だが、あんたの知っていることをすべて知ったとおれが納得するまでは、離れないからな。どうも臭うんだ」

彼は車から離れてちょっと首をかしげ、さらに二、三歩後ろへ下がった。

「バック？　気のせいかもしれないが、あんたの車は後ろが少し下がっていないか？」

「気のせいだろう」わたしはなにげないふりを装《よそお》って答えた。テキーラを見た。彼は息を止めていた。

「トランクを開けて中を見せてくれないか？」

「だめだ」わたしは言った。「銀行からかっさらってきた略奪品でいっぱいだから」

ジェニングズは腕を組んだ。「二人の人間が死んで、おれは犯人がまたやらかす前にとっつかまえようとしているんだ。いやみをこいてる場合じゃないぞ」

わたしは笑った。「おれは八十八年も生きているんだ、刑事さん。そしていやみをこくのはいつだろうとグッドタイミングだと知っている」

「トランクを開けてくれないか、バック?」

わたしはテキーラに車に乗れと合図した。「きみにはセントルイスで車の中を調べる権利はないはずだぞ、ランドール」

彼は嘆息した。「お願いしているんだよ。どうして殺人事件の捜査をこんなに妨害するのかわからない」

「なぜなら、きみはやっぱりくそ野郎だからだ」わたしは答えた。「そして、おれはやっぱりきみが好きじゃない」

「これで終わりにはしないぞ」彼は指を突きつけた。

わたしは助手席に乗りこんでドアを閉めた。

「行こう」孫に言った。「これ以上のやっかいごとはたくさんだ」

ジェニングズは腰に手をあてて立ちつくし、走り去るわれわれを見送っていた。

35

「一度だけしか聞かない」州間高速道路五五号線を時速七十マイルで南へ向かいながら、わたしはテキーラに言った。大豆畑が窓の外を過ぎては後方へ消えていく。

「あの娘を殺したのか？」

「殺してない」

孫の顔は対向車線のトラックのヘッドライトで照らしだされていた。わたしは彼をじっと見つめた。目はまだ赤くうるんでおり、下唇はかすかに震えている。わたしがこれまで思ってきたよりもテキーラが狡猾《こうかつ》な役者でないかぎり、彼はサイコキラーではない。

「おまえを信じるよ」

「よかった。じいちゃんはどうなの？　彼女を殺した？」

「ばかな。だれかを切り裂く体力なんかないのは知っているだろう」

「だけど、できたら殺したかったんじゃないの？」彼の声は聞きとれないほど低く、泣いたせいでかすれていた。前から感じやすい子だった。

「まさか。そんなわけがない」わたしは答えた。

それはほんとうだった。わたしは戦争で四人を殺し、勤務中に十二人を殺した。だが、一度として楽しみが目的だったことはない。まあその、楽しみだけが目的だったことはない。わたしは変質者ではない。認めよう、一九四六年にハインリヒ・ジーグラーを追跡したときには、カミソリの刃を使ってじわじわと殺してやることを考えていたかもしれない。しかし、至近距離で殺して相手の血だのなんだのがこっちの体に飛び散るような状況が、好みかどうかはわからない。

それに、一度として女を殺してはいない。

「じいちゃんを信じるよ」テキーラは言ったが、かすれ声でもそこにたっぷりとこめられた皮肉は感じられた。

自分にあざができない程度に軽く、彼の腕をたたいた。「おれをからかうんじゃないぞ、小僧」

「彼女が好きだったんだ」鼻水が出はじめ、テキーラはシャツの袖でぬぐおうとした。

「だれがやったのか、突きとめよう」

「突きとめられる？」

わたしはうなずいた。「突きとめなくちゃならない」

「カインドが殺されたあと、ぼくたちは自分たちのことに専念して、あとは警察にまかせればいいって思ってたみたいじゃない？」

黒のシボレーがいないかどうか、わたしはバックミラーをのぞいた。セントルイスを出てから五分おきにそうしている。なぜかはわからない。だれが尾行しているにしろ、州間高速道路をついてくる必要はない。われわれはメンフィスでかんたんに見つけられるのだから。

「いまは事情が違う。ヤエルが死ぬ前の晩、おまえはホテルの彼女の部屋に入るのを目撃されている。そして翌日メイドが死体を発見した。女が殺された場合、警察はとにかく恋人をしょっぴくんだ」

「でも、彼女が殺される前にホテルを出るぼくたちが写った防犯カメラは?」

「そのテープを持っているのか?」

「いや」

「だれがそのテープを持っている?」

「ホテルじゃないかな。でなければセントルイス警察?」

わたしはうなずいた。「おまえが唯一の容疑者なら、きっとだれかがその証拠をどこかに置き忘れる。そしてみんなが都合よくその存在を忘れて、おまえを哀れな生贄《いけにえ》にする。きれいな白人の娘が変質者に切り殺され、行きずりの恋人にアリバイがなく、事件が未解決の場合、殺人課の刑事はだれだって政治的な非難を避けたがるんだ。おまえに罪をかぶせようとするだろう」

テキーラの目が一瞬道路から離れて、非難するようにわたしをにらんだ。「じいちゃんはそうしたの? まっとうに解決できなかった事件を終わらせるために、無罪を証明する証拠をなくした?」

「そんなふうに見るな。おれはだれよりもまっとうに仕事をしてきたんだ」

彼ははぐらかされないぞというようなり声をもらし、わたしは知らんぷりをした。

「とにかく、少なくとももう一ヵ所はホテルへの入口があるはずだ。従業員用か、荷下ろし用か」わたしは言った。「犯人が正面玄関から入っていれば、こんなラッキーなことはない。

防犯カメラのテープで顔がわかるからな。だが、おそらく犯人はフロントの前を通るほど愚かではないだろう」

テキーラはまたうなった。

「そして、もちろんおまえはフロントを通ってカメラに写っているかもしれないが、別の入口から入りなおしてヤエルを殺すことができた。だから、どのみち防犯カメラは無実の証明にはならない」

「こじつけに聞こえるね」

「刑事のやりかただよ。事実を収集してもっともありそうなストーリーを組み立て、それにもとづいて有罪を導きだす。精確な科学とは違うんだ」

テキーラは顔をしかめた。孫にとっては、だれかに罪を着せるもう一つの方便と思えたのだろう。彼が正しいのかもしれない。しかし殺人は、頭も運もいい犯人が、有罪を決定づける証拠を残さないことで勝てるゲームであってはいけないのだ。ときどき、証拠にはちょっとしたさじ加減がいる。

証言を撤回しろと目撃者を脅して犯人が逃げおおせるのを目にしたり、川から凶器を引きあげられなかったせいで有罪判決を得られなかったりするのがどれほどくやしいか、テキーラにはわからない。

おそらくテキーラの倫理観は、法律がそうしろと言うなら殺人犯を釈放しなければならないと命じるのだろう。だが、ハンドルを握る指の節《ふし》は白くなっているし、あごはくいしばっている。もしヤエルを殺した犯人に手をかけられるなら彼がなにをしたいか、わたしにはわかる。

どこか深いところで、カレッジボーイのおしゃべりや法律家の弁舌の下で、彼は討論会や訴訟手続きではおさまらない闘争がこの世にはあることを理解しているのだ。ある種の問題はみずからの手によって解決するしかないことを知っている。だが、わたしもテキーラもそのことを話しあいたくはなかった。だから、もう少し気詰まりではない話題を選んだ。

「ゆうべ、あの子と性交したか？」

彼はあんぐりと口を開けた。「くそ、なんだよ、そりゃ？」

「質問に答えろ。警察は検死解剖をするだろう。現場検証もする。なにが見つかるのか知っておく必要があるんだ。さあ、ヤエルと性交したのか？」

彼はまばたきして涙を払った。「ああ。ぼくたち、その……うん」

「コンドームを使ったか？」

彼の顔が赤くなった。「ああ、いつだって使う」

「よかった。おまえのお母さんはほっとするだろう」

「ちくしょう、まったく、じいちゃん」テキーラは鼻水を拭いた。

「使ったコンドームは、おまえが出ていくとき部屋にあったのか？」

「どういうこと?」

「エンドテーブルの上に置きっぱなしか？　ゴミ箱に捨てたか?」

「トイレに流したと思う」

「思う?」

「トイレに流した」

「そうか、少なくともいたるところにおまえのＤＮＡを残してきたわけじゃないな」

「それ、大事なの?」

「さあな。おれが警官だったころにはＤＮＡの証拠は採用してなかった。だが、死体に精液がまきちらされていたら、陪審員の心証はえらく悪くなる」

死体か陪審員か、どちらかの言葉に彼は身震いし、鼻をクスンといわせた。

「セントルイス警察はまだおまえのことを知らないんだろう。そうでなければ、一日じゅう街をうろついていたあいだにおれたちをつかまえたはずだ」わたしは言った。「ランドール・ジェニングズは、自分が知っていると思っていることをセントルイス警察に伝えていないにちがいない」

テキーラは片手をハンドルから離して、うわのそらで髪をかきあげた。「どうしてかな?」

「彼は、ローレンス・カインド殺しをおれかおまえに押しつけたいんだ。そして自分の手で逮捕したい、セントルイスのおまわりと手柄を分けあうんじゃなくて。組織同士の連携なんてそんなものだ」

テキーラは下唇を噛んだ。「それでぼくたちには時間ができる?」

「たいしては」わたしは答えた。「だが、いい知らせがある。真犯人を見つけるのはそれほどむずかしくないはずだ」

「どうして?」

「なぜなら、向こうがおれたちを探しにくるからさ」

36

ランドール・ジェニングズにはセントルイスで車のトランクを調べる権利はなかったが、だからといってこちらにたいした余裕があるわけではない。

容疑者の自宅に入るために、警察は捜索を許可する令状を判事からもらわなくてはならない。それは、私有財産の不法な押収や捜索を禁じる憲法修正第四条で保障されている。

相当な理由がある場合のみ、令状がなくても住居に入ることが許される。つまり、捜索時に当該住居で犯罪がおこなわれていると理性的な人間なら信じることを、警察は立証しなくてはならない。

家宅捜索が令状も理由もなしにおこなわれた場合、捜索は違法となり、ドラッグであれ盗品であれ死体であれ、どんな証拠も汚染されているとみなされて容疑者の不利には使えない。つまり、悪いやつは野放しになるということだ。

だが、車輛は違う。法律上、車輛は住居と違って公共の場だ。だから、車輛内でのプライバシーの権利は、たとえ鍵のかかったトランクでも相当制限されている。自動車の捜索にかんしては、警察はかなり自由に直感で動くことができる。

ドライバーがびくびくしていると警官が考えた場合。容疑者が武器らしきものを持っているように見えた場合。パトカーを目にしたとき、容疑者が怯えや動揺といった反応を示した場合。ウィンカーを出さずに車線変更した場合。そういった例はどれも、理由としてはじゅうぶんだ。

法廷で、ドライバーが黒人だから車を止めさせたとまぬけなパトロール警官が大声でのたまうことがある。そういうときには、いらだたしくも、判事は車のトランクから発見された十ポンドの純粋なアフガン製ヘロインを証拠として採用できなくなる。かくして、被告側弁護士はラップソングの歌詞に英雄としてその名を留めることになるのだ。

だが、警官に容疑の合理的な根拠をはっきりと述べるだけの頭があれば、たいていの車輛捜索は法廷で通用する。

ゆえに、金《きん》が車内にあるかぎり、われわれはいつ法執行機関に捜索されてもおかしくないわけだ。自宅にブツを運びこんでしまえば、いくらかは安全だろう。捜索令状をとれるほどの証拠を、ジェニングズはまだ集めていないはずだから。とはいえ、自宅までの道のりは長い。われわれは弱い立場にある。

金を見つけたら、警官は押収するだろう。ジーグラーの貸金庫を開けた方法はどうしたって違法だ。厳密には銀行強盗の定義に入らないが、国が保障している銀行への詐欺行為であることは間違いない。重大な犯罪だ。

それに、刑事責任を逃《のが》れられたとしても、ナチの金塊が公《おおやけ》の目に触れてしまえば、われわれのものにはならない。ホロコーストの生存者に渡るか、慈善団体に寄付されるかで、こっちの努力は水の泡になる。

ジェニングズが共謀者のような小さな笑みをわたしに向けたこと、わたしが彼の立場だったら彼が考えるように考え、彼のしていることをするだろうと言ったことを考えた。自分がジェニングズの立場だったらどうするかは、わかっていた。

まずは、メンフィス市内のビュイックを全部署緊急手配する。それから、近隣の警察の親しい人間にも捜索を頼む。そうすれば、だれかがどこかでわれわれを見つけて車を止めさせ、中を調べることになる。

わたしは窓の外を眺めて煙草をふかした。論理は容赦なく一つの方向へ向かっているが、それは好ましい方向ではなかった。これは思い切った手を打たなければなるまい。

「この車を捨てないとだめだ」わたしはテキーラに言った。「別の足がいる」

「なんだって？　じいちゃんはこいつがお気に入りじゃないか」

「そうだ。だが、遅かれ早かれ、人は愛するものを失うんだ」

彼は目もとをぬぐった。「ああ、そうだね」

しばし沈黙が流れた。そして、テキーラは言った。「どうする？　止めてある車の窓を割って点火装置をショートさせて動かす？　銃で脅してカージャックする？」

「そうだな。盗んだ車でドライブするのは、おまわりに止められないようにするにはいい方法だ」

テキーラは指でハンドルをたたいた。わたしにいらいらしたとき、彼の祖母がやるのと同じだ。「わかったよ。じゃあ、じいちゃんのプランは？」

プランと呼べるかどうか知らないが、わたしの考えはビュイックを道路からはずれた場所に隠して、レンタカーを借りるというものだった。

テキーラはたいしていい考えだとは思わなかったようだ。「でも、車を借りるには免許証を見せなくちゃならないだろう？　ふつう、向こうはそれをコピーすると思う。それに、レンタル料を払うのにクレジットカードを使えば追跡されるんじゃない？」

「情報を得るには、警察は令状をとらなくてはならない」わたしは言った。「うまくいけば、ジェニングズが判事のところへ行く前に家に着いて金を隠せる」

われわれはミズーリ州ケープジラードーで五五号線を降りた。たいした街ではないが、地方空港がある。つまり、車を借りてビュイックを空港の長期駐車場にしばらくのあいだ置いておけるということだ。

最初にウォルマートに寄り、金を入れて運ぶためにバックパックを四つ買った。百ポンドのダッフルバック二個はテキーラが楽に動きまわるには重すぎる。そのあと、わたしが空港で財宝とビュイックとともに待っているあいだに、テキーラは近くのレンタカー屋に行った。彼は紫のフォルクスワーゲン・ジェッタに乗って戻ってきた。四ドアで借りられたのはこれだけだったと彼は言ったが、わたしを怒らせるためにわざと選んだのではないかと思った。

青いライトを点滅させるパトカーに追われることなく、われわれはメンフィスに入った。自宅の前を過ぎてブロックをひとまわりするように、わたしは孫に命じた。

「家の正面は警察が見張っているだろうし、バックパックを中へ運ぶのを見られなくない。だから、おまえは裏からフェンスを越えてこっそり運びこめ」

「五十ポンドを背負ってフェンスを越えろっていうの？」

「そんなに体がなまってるのか？」

彼は少し黙った。「いいや、できると思うよ」

「よし」わたしは裏口の鍵を渡した。「警報装置を解除するのを忘れるな。身を低くして動くんだ。ドアの内側にバックパックを置いてこい。そのあと表へまわっておれたちが手ぶらで入っていくところを警官たちに見せてから、屋根裏に隠そう」

「ずいぶん警察をごまかそうとするんだね、じいちゃん。ほんとうにうまくいくと思う？ほんとうにだれか見張ってるのかな？」

ほんとうにカインドとヤエルは死んだのだし、銀行を出たわれわれをほんとうにだれかが尾行していたのだ。

「そんなに危険なら、ほとぼりがさめるまで金を別の貸金庫に入れておいたら？」

「だめだ。ジェニングズがおれたちを追っている。このバックパックを銀行に持ちこむのを警官が見たら、判事に申し立てるのにかなり興味深い証拠になる。おれたちが殺人の現場をうろついていた状況からすると、貸金庫の捜索令状をとるのはじゅうぶん可能だろう。それに見られずに家に入れれば、金は少なくとも警察からは安全だ。しかし、もう一度動かすのはあぶなすぎる」

テキーラはさらに少しぼやいたが、バックパックの一つをトランクから出してフェンスの向こうへ投げ落とし、それから自分がフェンスを登った。それを緊迫した十分のあいだに四度くりかえし、汗びっしょりになって車内に戻ってきた。

「いまいましい木のフェンスで手に引っかき傷ができちゃった」フォルクスワーゲンを家の正面へまわしながら、彼は言った。

「運動したほうがいい。おまえの体は締まりがないぞ」

フォルクスワーゲンが私道に入ったとき、わたしは家の前に黒い車が止まっているのをテキーラに示した。「だれかが張り込んでいる」目を細くしたが、暗すぎてだれが運転席にすわっているのかは見えなかった。

テキーラはバックミラーをのぞいた。「あのシボレー？」

「いや。トヨタだ」

ガレージの明かりをつけ、われわれが一泊用の軽いバッグを持って家に入るところを見張りが確実に目にするようにした。

安全な室内まで来ると、テキーラは屋根裏に通じる折りたたみ式のはしごを下ろし、金を隠した。

「あの車、まだ表にいる？」

終わると、彼は尋ねた。

わたしはうなずいた。「お客さんに南部のおもてなしをするべきだろう」

二人で玄関を出た。わたしは三五七マグナムを抜き、テキーラはクローゼットで見つけたわたしの古いゴルフクラブをバットのように構えていた。外は暗く、車は陰に止まっていた。わたしは運転席のドアを銃でこつこつとたたいた。ドアが開き、わたしは驚いてあとじさると発砲姿勢をとった。足を踏んばり、右腕を肩まで上げて左手を三五七の台尻に添えた。指は引き金にかけていた。

ドアが開いて車内灯がつき、ドライバーが武装していないのが見えた。どうやら、彼女はわれわれを待っていて眠ってしまい、起こされてぎょっとした拍子にドアのハンドルをつかんだらしい。

「こんばんは、ミスター・シャッツ」彼女は車から降りてきた。「ようやくお目にかかれてよかったわ」

わたしは銃を下げた。「やあ、ミセス・カインド」

37

フェリシア・カインドはソファのわたしの定席に腰かけていた。わたしは室内を歩きまわり、テキーラは安楽椅子の一つにすわっていた。彼は敵意に満ちた目でフェリシアを見た。唇をきっと結び、手はしっかりとわたしのゴルフクラブを握っていた。

彼女は葬式のときのようなととのった身なりではなかった。少なくとも二、三時間は車の中で待っていたのだ。だが、美しいことに変わりはなかった。彼女を見ると、バイオリン・コンチェルトやルネサンスの絵画を形容するときによく使われる華麗な形容詞が思い浮かぶ。テキーラが着ているような前開きジッパーの綿パーカを着ているが、ぶかぶかではない。体にぴったりしているので、服の下に銃を隠してはいないとわかる。髪はシートクッションでつぶれていたために乱れており、ベッドから起きだしたばかりのように見える。化粧はしていないが、肌にはしみ一つないのでそのほうがいいくらいだ。そして、彼女はわたしをなんとも不安にさせた。フェリシアが危険なのは、水がぬれているというのと同じだ。そのつもりがあるかないかは問題ではなく、たんに本来備わっている資質なのだ。

彼女が目の縁を赤くしてこちらを見たので、わたしはもう少しで胸がつぶれそうになった。

「あなた、怒っているみたい」

「なぜわかったんだ、メスブタ？　頭に銃を突きつけられたからか？」テキーラは、きつく巻いたばねのようにいまにも弾けそうだ。声はくいしばった歯のあいだからもれていた。ゴルフクラブの先をフェリシアの頭にめりこませてやりたいと思っているのがわかる。ローズの居間でそんな騒ぎを起こさせたら、妻は決して許してくれないだろう。

「なぜおれたちをつけまわしていたのか、さっさと説明したほうがいい」わたしはフェリシアに言った。

彼女は目を瞠《みは》った。「つけまわす？　いいえ、わたしは待っていただけよ。お話ししなければならなかったの、ミスター・シャッツ」

「だったら、話せ。聴こうじゃないか」

「夫が殺された事件の捜査がどうなっているのか、あなたに探りだしていただけないかと思って。ランドール・ジェニングズは何度電話してても折りかえしてこなくて、ちゃんと事件にとりくんでいるのかどうかわからないの」

「おれが彼の立場なら、同じことをしている」

彼女の目がうるみはじめた。「でも、なぜ？　どうして彼はわたしと話そうとしないの？　なぜなにも知らせてくれないの？」

「捜査の状況を容疑者に知らせるのは、警察にとって望ましくない」

彼女はぽかんと口を開け、そのまま二度まばたきした。「容疑者？　わたしが？」

「まぬけなふりをするのは、これまではうまくいっただろう」テキーラは椅子から立って彼女にのしかかるようにした。「頭が鈍そうな驚いた顔をして髪を振り乱していれば、みんなが駆けつけてちやほやしてくれるんだ」

「なにをおっしゃっているのかさっぱりわからないわ」

「お芝居はもういい、レディ」テキーラは言った。「それを魅力的だと思う時期は終わった。きっと牧師さんはそのかまととぶりにまいってたんだろう。だから、カーペットに臓物をまきちらされることになったんだ」

「もうよせ」わたしはテキーラを制した。「すわれ」孫は神経がまいっていて、みんながヤエルを殺した犯人に見えている。まずい。妄想に駆られながらもなお理性を働かせる能力をなくしているとしたら、われわれ二人とも脳がちゃんと機能していないことになる。

「この女の正体はわかってる」彼は言いつのった。「黒後家蜘蛛。妖婦《ファム・ファタル》。こういう話にはいつだって彼女みたいな女が出てくるんだ」

わたしはゴルフクラブをつかみ、テキーラに放すように目くばせした。彼はまた椅子にすわった。孫にはわたしが考えるのを助けてもらわなくてはならないのに、彼はハンフリー・ボガートきどりときた。

「また殺人があった」わたしはフェリシアに説明した。「二つの事件はつながっているらしく、しかもなぜかおれたちにもつながっているらしいんだ。だから、こっちはちょっと神経質になっている」

「別の殺人のことなんて知らないわ」彼女はまだ結婚指輪のはまっている手で顔をあおいだ。

わたしは納得しなかった。「なにか知っていることがあるなら吐いてしまったほうがいいぞ」

「なんでもお話しするわ」

わたしは腕組みをした。「生命保険のことから始めよう」

「そうだ」テキーラはうなるように言った。「善良な牧師が永遠の眠りについたとき、あんたが得る見返りはなんだ?」

「たいしてないの、五万ドルよ。税金もかかるし。それに、わたしたちは教会の所有する家に住んでいる、いいえ、住んでいたの。二週間後には出ていってくれと言われたわ。わたしは仕事についていないの。三年間フルタイムの牧師の妻だったのよ。これからどうしたらいいのかわからない」

「あなたが彼のために出した葬式からすると、間違いなく裕福に見えたが」

「保険が葬儀の費用をまかなってくれたの、でもそれは領収書を出してからの話よ。だから、現金では払えなかった。教会もたくさん払ってくれたの。殺人が起きたことに大勢の信徒が困惑していたから、執事たちは立派なお葬式を出せば面目が保《たも》てると思ったのよ」

彼女の言い分はもっともに聞こえたが、ほんとうだということにはならない。きれいな女は信用されやすいから、うまい嘘つきになる。

わたしはテキーラを見た。彼は椅子の腕をぎゅっとつかんでいた。

「T・アデルフォード・プラットを知っているか?」わたしはフェリシアに尋ねた。

「ラリーが死んだあと、連絡してきたわ。ラリーにお金を貸しているから、生命保険金をよこせと言うの。借金を払わなければならないとしたら、お金はなにも残らなくなるわ。争っても、弁護士費用でどのみちすっからかんになる。保険金は、今後生活していけるだけの額じゃないし、カジノにお金をとられたら、この先どうしたらいいのかわからない。わたし、カジノの人たちがラリーを殺したにちがいないと思うの、でなければ……」

続きを待ったが、彼女は黙りこんだ。わたしはその沈黙を破った。「いままでの話のどこに、おれが関係してくるのかな?」

「お見せするわ」フェリシアはハンドバッグを開けた。家に入ってきたとき彼女が持っているのに気づいたはずだが、中をあらためようとは思わなかった。

「銃だ！」テキーラは叫び、椅子から飛びだして彼女の手からバッグをひったくった。フェリシアは小さな金切り声を上げて、テキーラからいちばん遠いソファの端に身を縮めた。

テキーラはバッグの中を調べた。

「銃はあるか？」わたしは聞いた。

「いや」

「だったら、それを返してすわれ」

彼は抗議しかけたが、言われたとおりにした。

フェリシアは気をとりなおしたが、涙が頬をつたっていた。ハンドバッグに手を入れて、スパイラル式のメモ帳を出した。わたしが持ち歩いている記憶帳とよく似ていた。

彼女は最初から三分の一あたりをめくり、探していた箇所を見つけてわたしにさしだした。ページのいちばん上に、なめらかな走り書きで小さく〈バルーク・シャッツについて忘れてはいけないこと〉と書かれていた。

「気を配る教区民がとてもたくさんいたので、ラリーは覚え書きを作らないといけなかったの。みなさんの生活がどうなっているか思い出すために」彼女は言った。「デスクの中にこういうメモ帳が何十冊も入っていたわ。わたしは読んではいけないんでしょう。彼のプライバシーに立ちいっていることになるから。でも、あまりにも突然死んでしまったので、残された思い出の品はこれだけなの」

わたしは自分についてカインドが書いたことを読み、メモ帳を返した。

「夫婦の友だち、それにわたしの知っている人はみんな、教会に関係しているわ」彼女は言った。「いまその人たちのところへ行くわけにはいかない。夫はあなたを信頼していたし、わたしにはほかに頼る人がいないの。だれがラリーを殺したのか、あなたに突きとめていただきたいのよ」

「どうして?」

彼女は日焼けした長い脚を組んだ。「わたしが生命保険金を必要としているというあなたの目のつけどころはほぼ正しいわ。殺人がラリーの仕事に関係しているのなら、わたしは州の労働者災害補償金制度から二十万ドル受けとる資格がある。でも、だれがなんのために殺したのかわかるまで、申し立てができないのよ」

わたしはなにも言わなかった。彼女は脚をほどいて組みなおした。

「夫になにがあったのか突きとめるのを手伝ってくだされば、補償金から相当額をお支払いするわ。お願い、ミスター・シャッツ、この街とここで起きたことから逃《のが》れるために、そのお金がいるの。自分の人生をなんとか立てなおす、たった一度のチャンスなの」

フェリシアの言うことはほんとうらしく聞こえた。一方で、彼女はわたしの家の外をうろついており、夫が殺されたあと、もっともらしいというか、人を動かさずにはおかない話をでっちあげる時間はたっぷりとあった。

考えていたとき、電話が鳴った。

「きっと妻だろう」わたしはフェリシアに言って受話器を手にした。

そうではなかった。

「よう、バックくん」ランドール・ジェニングズだった。「無事に家に帰ったと聞いたんで、電話してみようと思ったんだ」こうして、彼はわたしの家を見張っていることを伝えた。

「途中で窮屈なカブトムシを拾ったじゃないか」

わたしの顔を見て、テキーラは相手が祖母ではないことを察したらしく、尋ねるようなしぐさをした。わたしは手を上げて、静かにするように伝えた。

「なんのことがわからないな」ジェニングズに言った。

「フォルクスワーゲンだよ。新しい車」

「そうか、わかったよ。おれを見張らせているんだな」

「なに、あんたの安全を守りたいだけだ」

「失礼するよ、ランドール」わたしは電話を切ろうとした。

「ちょっと待てよ、バック」彼は咳ばらいをした。「電話したのは、ローレンス・カインド事件について尋問するために、お友だちのノリス・フィーリーをしょっぴいたと伝えたかったからだ」

わたしは驚いた。ジェニングズはあからさまにテキーラを犯人にしたがっていた。ところが、いまはノリスを取り調べようとしている。手当たりしだい疑っているのか、わたしには見当のつかない手のこんだ計画があるのか、どちらかだろう。

「かつて、あんたは取調室の魔術師と言われていたそうだな」ジェニングズは親しげな口調を崩さずに続けた。「来て、ここにいる丸ぽちゃ坊やにちょいと揺さぶりをかけてみたらどうだ、昔とった杵柄《きねづか》で」

彼がなにをもくろんでいるのか、さっぱりわからなかった。「おれの手助けがいると言いたいのか、ランドール?」

「いいや。だが、こいつが自白すればあんたの人生は楽になるんじゃないかと思ってね。それに、ダンスに誘われないとあんたがうんと気を悪くするのはわかっているんだ」

その点、ジェニングズは間違ってはいない。しかし、心の底から彼がわたしによかれと思っているというのは疑わしい。どんな罠を仕掛けようとしているのか考えたが、彼の策略は見通せない。わたしは不安になってきた。

フェリシア・カインドがダウンタウンまで車で送ってくれることになり、わたしはテキーラを金の延べ棒とともに家に残した。彼はフェリシアを信用できないと言い張り、仲間はずれにされることに怒ったが、三百万ドル分の金《きん》を見張りもなしに置いていけないのはわかっていて、しぶしぶ従った。

それに、テキーラを警察に行かせれば罪を負わされるような気がした。ジェニングズの罠は彼を狙ったものかもしれず、ヤエルとの関係は孫を弱い立場に追いこんでいる。未婚の男女が、結婚の絆もなく合意の上でセックスをした事実を検事が立証すれば、テネシー州の陪審団のほとんどが殺人で有罪と宣言するだろう。

だが、犯行の一部始終を写したビデオテープのような強力な証拠を陪審団が見ないかぎり、牧師の未亡人を有罪にするのはひじょうにむずかしい。少なくとも、夫に不実だったとだれかが証言しないかぎり、有罪にするのは困難だ。一方で不貞が明るみに出れば、彼女が殺人にかかわっていようといまいと、陪審団は死刑を宣告する。

「ラリーを裏切ったことは？」フェリシアの小さなトヨタでポプラ・アヴェニューを走っていたとき、わたしは尋ねた。

彼女の反応には、その正直さを確信させるのにじゅうぶんな本物のショックと怒りがあらわれているように見えた。どうしてそんなことを言いだせるのか、自分が牧師の妻であって、公然たるキリスト教徒であることを理解しているのか、と彼女は詰問した。さらに、自分にそんなことができると想像するだけでも、残酷でひどい人間だと言った。さらに、わたしについてほかにも似たようなことを言った。あまりとりあわないようにした。

窓を少し開けて煙草に火をつけ、フェリシアが落ち着くのを待った。彼女が叫ぶのをやめると、わたしは言った。

「それがほんとうであるかぎり、あなたは大丈夫だ。だが、不貞ととられるどんな材料でも身に覚えがあるなら、弁護士なしで警察署から五百フィート以内に近づいてはいけない」

「わたしは夫を愛していたわ、ミスター・シャッツ。そして彼の仕事を信じていた」フェリシアの声はかすれて低く、まだ怒りに満ちていたが、罪ある者がにじませる恐怖の影はなかった。

「むずかしい状況になるだろうが、真実があきらかになるまで、あなたは疑われてもがまんしなければならない。中流階級の白人が殺されてそれが明白な強盗でなければ、たいていは配偶者に疑いがかかる。だが、あなたが彼を殺していないというなら、あなたのカネを手に入れようじゃないか」

「どなったりしてごめんなさい、ミスター・シャッツ。それから、あなたとお孫さんを脅かしてごめんなさい。あなたはこんどのことではなんの罪もないのに」

わたしはかぶりを振った。「罪のない人間はいない」

堕落した賭博狂ローレンス・カインドのわたしにかんする記述

バック・シャッツがとても好きだ、たとえ彼はこちらを嫌っているようでも。会った瞬間にバックはわたしを罪人と見抜いた。だから、彼はわたしを偽物、ペテン師だと信じている。バックはわたしと同じく、いや、わたし以上に直感で人間を判断する訓練を受けているのだから、その判断は真剣に受けとめよう。ゆえに、彼の評価が正確かどうか考えるのはこちらにかかってくる。

わたしは正確ではないと思う。

バックは、敬神の念を個人を律する精神と結びつけている。古代ユダヤの伝統に深く根ざした世界観だ。ユダヤ人はキリストを介する贖《あがな》いを信じないので、ハラハー、すなわち日常生活のあらゆる面を規定する六百以上の聖書の掟の抜粋を遵守することで、この世の理想を追求している。

わたしの見るかぎり、バックは掟を厳守するユダヤ人ではないが、彼の価値観は民族の信仰によって形づくられている。彼は人間をその行動によって判断し、その信じるところにはほとんど注意を払わない。信心深い人間は修道士の生活、ラビの生活を送るべきだと考えている。

ユダヤ人にとって、聖職者は学者であり、思索家であり、書物の人でなくてはならない。しかし、わたしはそういう人間ではないし、福音派の牧師に必要とされる生きかたでもない。

わたしは信仰の人、キリストの言葉の伝道者だ。だが、誘惑に屈する弱い罪びとでもある。自分がそれ以外の何者でもないことを告白し、この罪にもかかわらずキリストはわたしを救済してくださること、欠点を抱えているにもかかわらず救われていることを、信徒たちに話す。

福音主義者は学習や研究によってではなく、啓示によって神の人となる。罪に溺れたからといって、キリストの言葉を伝道するわたしの信憑性に曇りが生じるわけではない。キリストに助けていただいてわたしが向こう岸へたどり着いた事実によって、神の栄光は証明されている。

ほぼたどり着いた、とするべきだろうか。

まだもがいていないとは言えない。まだよろけていないとは言えない。でも、それもまた神のご意志であり、それはわたしが行かねばならない旅なのだ。バックはこのことでわたしを裁きたがっているが、キリストはわたしの歩く道にともにおられる。そして、わたしのあやまちをお許しくださる。

この苦しみは神のご意志なのだ、なぜなら信徒がわたしの助言を求めるとき、彼らは学者やラビからの忠告を求めてはいない。求めているのは、罪と誘惑を知り、恩寵への道を見出すためにそれらを退《しりぞ》けようとする闘いの重荷を知る人間からの忠告なのだ。

イエスとともにはりつけにされた悪人、罪人について、わたしはよく説教する。彼の受けた刑罰は正しくふさわしいもの、〝おこないに対する当然の報い〟だ。しかし、彼はキリストに許しを乞うて言った。「イエスよ、あなたの御国《みくに》においでになるときには、わたしを思い出してください」

するとイエスはこう約束した。「あなたはきょうわたしと一緒に楽園にいる」

イエスはわたしたちの心をご存じだ。そしてわたしたちが罪びとであり、ふたたび罪をおかすことをご存じだ。わたしたちは罪から生まれ、それを血と骨と肉の中に抱えている。行動によって罪を一掃することはできない。イエスの血によってのみ、清められることができる。そして、赦しを求めれば、主は与えてくださる。

バックは規律と誠実さについて人々を導くことができると思う。わたしたちはいまよりも善良になれるし、またそうならなければならないと、彼は思いおこさせる。だが、信仰と赦しについては、彼には学ぶべきことがたくさんある。

つまずいたときには起こしてくださるイエス・キリストがいらっしゃることに、永遠に感謝する。だが、バックが最期を迎えるときには、一人きりで深淵と向かいあうことになるのではないかと、わたしは心配している。

38

わたしがフェリシア・カインドと刑事司法センターに入ってきたのを見て、ランドール・ジェニングズは大いに気分を害したようだった。

「彼女はここでなにをしているんだ?」怒ってフェリシアを指さした。

「被害者の妻が捜査担当の刑事を訪ねることに不都合があるなんて思わなかったわ」彼女は言った。

「おれがいたころは、犯罪の被害者に少しは敬意をもって接したものだが」わたしはつけくわえた。「いまでもそれは変わらないと思っていたよ」

「たわごとを並べやがって、とぼけるんじゃない」ジェニングズは言った。「あんたは容疑者の一人を連れてきた、ただおれにいやがらせをするためだけにな」

フェリシアは息を呑んで、さっきわたしの家で見せたのと同じ、目を瞠《みは》るショックの表情を浮かべてみせた。この驚きの模写にはひじょうに説得力があるので、嘘だと知らなければわたしもだまされたにちがいない。彼女から聞いた話の中に真実はどれだけあるのだろう。彼女が殺したとは思わない。フェリシアを見るのは楽しいが、わたしのお気に入りの容疑者でないのは確かだ。とはいえ、信用するわけにはいかない。

「このすてきな牧師夫人がか？」わたしはとまどったふりをした。「きみがそっちの方向を考えているとは思わなかった。ノリス・フィーリーが逮捕されたんじゃなかったのか？」

「ノリス・フィーリーは重要参考人として留置している」ジェニングズは答えた。

わたしは頭をかいた。「それは容疑者とは違うのか？」

ジェニングズの口ひげが逆立ったように見えた。「あんたは承知の上でおれを愚弄している。この根性悪の老いぼれじじいが」

しかし、わたしの承知しているかぎりでは、ジェニングズにはなにもしていない。自分かテキーラがはめられる結果になりさえしなければ、彼の捜査を邪魔するつもりはまったくない。ひょっとすると、署に連れてきたせいで、フェリシアが自白した場合に証拠としての価値がそこなわれるのではないかと、ジェニングズは恐れているのかもしれない。だが、そこなわれる理由がわからない。わたしが殺人課にいたころ、被害者の配偶者は定期的に署に来ては捜査の進行状況を尋ねたものだ。それで法律的な問題が起きたことは一度もない。たとえ、配偶者たちを逮捕する結果になったとしても。わたしは謝罪ともつかないことを口にしてから、話題をノリスに戻した。

「彼は役に立つことはなにもしゃべっていない」ジェニングズは言った。「だが、あんたのことを好いているようだ。信頼しているかもしれない。それに、昔あんたは取調室でたいしたものだったという噂を聞いている」

かつて、わたしは何人かの口を割らせたし、意志の弱い連中をうまく説き伏せて罪を認めさせる才能があった。だが、ノリスがかんたんに口を割るとは思えないし、頑強に抵抗する容疑者に対するわたしのテクニックには、丸めた電話帳をぞんぶんに活用することも含まれていた。

「二人だけで彼と会いたい」わたしは言った。ノリスに探りを入れているさいちゅうに、ジェニングズともやりあわなければならないのは困る。

刑事はフェリシアと外で待っていることになった。二人には話すことがいっぱいあるだろう。わたしは取調室に入った。

少なくともここは、わたしが働いていたころとあまり変わっていなかった。スチール製のテーブルをはさんで、ボルトでコンクリートの床に固定されたスチール製の椅子が二つ。外側からしか開かないドア。テレビだと、取調室にはたいてい尋問の様子を見られるマジックミラーがある。かならずマイクとカメラがあり、どんな供述も記録できるようになっている。そして舞台はだいたいサンフランシスコあたりだ。だが、メンフィスはいまだに古いやりかたにしがみついており、ここの設備はたんなる四面のがっしりした壁だ。自白を引きだす過程は野蛮になる場合もあり、室内で起きることを見ていてほしいと思う者はだれもいない。

尋問のビデオか録音の記録があれば、被告側弁護士にはコピーする権利がある。コピーしたら、弁護士は警察の手法を精査し、裁判で依頼人の供述を採用しないように働きかける理由を探す。だから、有能な警官はみな、取調室で起こることの唯一の記録は署名入りの自白調書だけであるべきだと知っている。

わたしはテーブルに寄りかかって、自分の縄張りに帰ってきた大きな満足感を味わった。ノリスは後ろ手に手錠をかけられてすわっており、鎖は椅子の背にまわされていた。わたしはうれしかった。また彼と握手したくなかったからだ。

椅子はもっとふくよかではない人間を想定して配置されており、ノリスの腹はテーブルの端に押しつけられていた。

「気分がよくなさそうだな、ノリス」わたしは言った。

「バック……」わたしを見てほっとした彼は微笑した。「ありがたや、来てくれたか。困ったことになってしまって」

ラッキーストライクに火をつけて、箱をテーブルの上に置いた。「まったくそのとおりだな」

一本勧めたが、ノリスはむっとしたようだった。

わたしはポケットから記憶帳を出して煙草の箱の横に置き、空白のページを開いた。そして三五七マグナムをホルスターから抜いて、ノリスによく見えるように記憶帳の横に置いた。

「助けてほしい」彼は言った。「ランドール・ジェニングズはわたしをローレンス・カインド殺しの犯人に仕立てようとしているんだ」

「それも一つの見かただ」わたしは言った。「しかし、彼がきみをしょっぴいたのは、きみがあの気の毒な男を殺した犯人だからかもしれない」

ノリスの顔がまのびして唖然とした表情になったが、わたしは信じなかった。「まさか本気じゃないだろう」

「ときには本気のこともあるんだ」わたしは三五七を手にして弾倉を回転させた。「だが、この相棒はつねに本気だ」

ノリスは薄笑いを浮かべた。「なあ、バック、脅かさないでくれよ。わたしたちは友だちじゃないか。あなたの家で食事もした」

「ラリー・カインドもうちで食事をした。あのかわいそうなイスラエル人の娘とも食事をした」

「イスラエル人の娘?」

取調室で長時間ひどい目にあうと、容疑者の嘘が臭うようになると言う警官もいる。ノリスはひどく臭った。彼はなにかを知っている。まず間違いない。圧力をかけることにした。

「犯行時刻に、きみがセントルイスにいたことを確認できるんだ。記録がある。きみが行った場所はすべてGHBに記録されている」

「なんだって?」彼の汗ばんだ顔が本物のとまどいの表情になった。

わたしはそのものの名前を忘れ、間違ったことを言ったのだ。記憶帳をぱらぱらとめくりながら、さりげなさを装《よそお》った。

「GEDだ」

「バック、なんの意味かわからない」

「いまいましいナビのコンピューターだ」

「GPSのことか？　それならわたしの車にはついていない」

わたしは彼をにらみつけ、嘘を言っているかどうか探ろうとした。嘘でないなら、どうやらはったりは大失敗だ。よくわかっていないものについて、でたらめを言った報いだ。

「やめておけ」わたしは言った。『セントルイスにいたのはわかっている』

ノリスは椅子の上で身を縮めた。「わたしはだれも殺していない」

その答えは意外だった。メンフィスを離れたことを否定すると思っていたのだ。

「だったら、向こうでなにをしていた？」

「話す必要はない」

確定だ。ノリスはセントルイスに行っていた。驚きを顔に出さないようにつとめた。まだ知らなかった情報を与えていることに彼が気づけば、口を閉ざしてしまう。だから、わたしは指でスチール製のテーブルをとんとんとたたきながら相手を見つめつづけた。

「なあ、わたしたちは敵同士じゃないんだ」ノリスは言った。「ここから出してくれれば、おたがいに協力しあえるじゃないか」

「おれにその気が、あるいはその力があるとしておこうか。きみはおれになにをしてくれる?」

ノリスは答えられなかった。テーブルに目を落として、慎重にこちらの視線を避けた。

「ノリス」長い沈黙のあとで、わたしは言った。「いまの最上の策は、やったことを認めることだ」

「なにもやっていない」彼は言い張った。「ジェニングズはぬれぎぬを着せようとしているんだ」

ジェニングズが疑わしい行動に出ているという考えを、完全に払拭はできない。わたしとテキーラをはめようとしているという疑惑があるし、わたしとノリスを一緒の部屋に入れることでなにをもくろんでいるのかも、まだよくわからない。

「なぜジェニングズがきみに罪を着せようとする?」

「ここじゃ説明できない。彼が聞いているかもしれない」

「だれもなにも聞いていないよ、ノリス」

「いや、聞いている。これは罠だ」

ジェニングズよりノリスを信用するわけにはいかない。あの刑事に対して疑惑と個人的な敵意はあっても、彼は間違ったことをしているようには見えない。わたしは孫がやっていないのを知っているが、ジェニングズがテキーラを疑うのは客観的に見て妥当といえる。それに、ヤエルが殺されたときセントルイスにいたと認める前から、ノリスはわたしの容疑者リストに載っていた。刑事への警戒をゆるめるのはまだ早いし、彼がテキーラに罪を着せる可能性も除外できない。しかし、ジェニングズが不正に捜査をおこなっている証拠はないし、犯人追跡では少なくともわたしより数歩先を行っている。

「ただ、ジムのためになにかしたかったんだ、エミリーを守ってやりたかった」ノリスは言った。「これはフェアじゃない」

わたしは顔をしかめた。「おれに助けてほしいなら、セントルイスでなにをしていたのか話すんだ」

「あなたと同じことだと思う」

「ジーグラーがあそこにいるのをどうやって知った？」

わたしがナチの名を口にすると、ノリスは全身をぶるっとさせた。そして、天井にあるエアコンの通気孔にさっと目をやった。この男は映画の見すぎだ。「あなたが思っているほど、わたしはばかじゃないんだ」

そうかもしれない。だが、わたしは自宅の屋根裏に三百万ドル分の金《きん》を隠しているし、彼は手錠で椅子に拘束されている。だから、やはり彼はあまり利口ではない。

ノリスは歯をむき出し、小さなフェレットのような顔をくしゃくしゃにした。「あなたは手に入れた、そうなんだろう？　わたしも取り分をもらいたいんだ」

わたしは同情したふりをして額にしわを寄せ、煙草の箱をすべらせた。

「きみがこれから行くところでは、こいつはカネと同様に役に立つ」

「バック、ふざけるのはたいがいにしよう。わたしがここで不当な扱いを受けているのはわかっているじゃないか。助けてくれ、お願いだ。家へ帰りたいんだ」

だが、たとえそう望んだとしても、どうしたら彼を助けられるのかわからない。そして、わたしの望みはランドール・ジェニングズに仕事をさせることだ。少なくとも、彼がノリス・フィーリーを相手にしているかぎりは。

「きみはカインドを脅していた。そしてヤエルが殺されたときセントルイスにいた。どこから見ても立派な容疑者だ。刑事がきみのしわざだと言うのなら、おれもほかに考えようがない」

「ここに置いていかないでくれ」だれも助けにきてくれないと知って、彼はめそめそしはじめた。「妻のことを考えてくれ。父親を亡くしたばかりなんだ」

「きみのために、奥さんの様子は見ておこう」どのみち、長い目で見れば彼がいないほうがエミリーは幸せだという気がした。もちろん、同じことをフェリシア・カインドについても考えていたかもしれない。彼女は夫が死んだあとつらい思いをしているようだ。エミリーもそうかもしれない。だが、わたしはカインドの父親が葬式で泣いていたのを思い出した。カインド殺しの容疑者であるノリス・フィーリーに同情は感じない。

「こんちくしょうめ、ずっとおれをはめようとしてきたんだな」彼は叫んだ。「神に誓って、思い知らせてやる」

「神経科の医者に診てもらったほうがいいぞ」わたしは言った。「おれの主治医が、妄想は認知症の初期症状だと言っていた」

「おまえたちはぐるなんだ、くそったれめ。捨てごまになんかされないぞ」ノリスの目が上の通気孔のほうに向いた。「聞こえるか?」上に向かって彼はどなった。「みじめな捨てごまになんかされるもんか」

わたしは立ちあがって自分の所持品を集め、ドアをたたいた。ジェニングズが外側から開け、わたしは天井に向かって叫ぶノリスを残して部屋を出た。

「なにかわかったか?」刑事は尋ねた。

「いや」わたしはフェリシアを見た。彼女の表情は不可解だった。「そっちは?」

ジェニングズは控えめに肩をすくめた。「いや、とくには」

わたしはため息をついた。「では、ブロンドのべっぴんさんを連れて失礼するかな」

39

「ノリス・ファッキング・フィーリー」

警察署でなにがあったかわたしが話したあと、テキーラは頭から湯気をたてて、ノリスをどうしてやるつもりかしゃべりつづけていた。怒るだろうと予想はしていたが、しばらくまくしたてて一晩寝れば落ち着くだろうとわたしは思った。孫はうちに留まって、父親のかつての部屋で寝た。

だが、翌朝も彼は険悪な口調で罵《ののし》りつづけ、一日じゅう家の中を歩きまわって、だれがそばにいても派手な悪口雑言《あっこうぞうごん》はやまなかった。

ノリスの丸っこい頭をニキビみたいにつぶしてやるとか、太っちょのちびすけが血反吐《ちへど》を吐くまで腹を殴りつけてやるとか。シャベルでノリスを殴り殺し、そのシャベルでやつを森の中に埋めてやるとか。ゆっくりと時間をかけていたぶり、魚のうろこ落としとねじまわしを使ってくそったれの手と足の指を彫刻してやり、顔から鼻や耳をそぎ落としてからさらに重要な部分にとりかかってやるとか。

ローズとフランがやってきてこういう計画を聞かされ、大いに動転したが、テキーラはまったく意に介さなかった。

「サイコキラーの疑いをかけられているときに口にするべきことじゃないぞ」わたしは注意した。

彼はこちらの意を汲まなかった。「サイコキラーはノリスだ。だから、ぼくはやつの頭の皮をはいで、尻にロウソクを突っこんで、首をハロウィーンのランタンにしてやるんだ」

「ノリスは殺人犯として逮捕されているわけじゃない。重要参考人として留置されているだけだ」

テキーラは頭をかいた。「重要参考人て、そりゃいったいなんだよ?」

わたしは嘆息してソファに腰を下ろした。「彼がやったのかどうか、だれも確信が持てないということだ。いったいどうなっているのかおれにもわからないんだ、ビリー。屋根裏には三百万ドル分の金塊があり、殺人犯はいまだに野放しになっているかもしれない。ノリスが財宝のことを警察に話さないでいる唯一の理由は、おれたちから分け前をもらえるとまだ思っているからだ」

テキーラは、吊り鉤《かぎ》とアセチレン・トーチでなにをしてやりたいか、カミソリで人間の眼球をどうしてやれるかを話した。

孫という存在に恵まれていないすべての人を、わたしは気の毒に思った。

「解決に手を貸す気はあるのか?」わたしは聞いた。「おまえはおれを助けてくれるものだと思っていたが、いまは一人でやっているような気がする」

「ぼくはヤエルのことでぼろぼろなんだ」

わたしは腕組みをした。「だったら、ばかなまねをしていないで、だれが彼女を殺したのか突きとめたらどうだ？」

「だって、やりかたがわからないよ」

「ノリスがやったと考える理由をあげることから始めればいい。頭の皮をはぐ前の立派な第一歩だぞ」

「一目瞭然じゃないか？」

「そうじゃないと考えてみるんだ。最初から話してみろ」

「よし。ノリスは牧師を殺そうと考える。カインドがお宝の自分の取り分を奪いとろうとしてると思ってるからだ、いい？」

「おまえの筋書きだ」

「わかったよ、ノリスはカインドに分け前をやりたくないとじいちゃんに話した。じいちゃんは財宝なんかないと言った。カインドが夕食に現れたときノリスは動揺して、あきらかな脅し文句を吐いた」

わたしはうなずいた。

「そのあとノリスは教会でカインドと対決して彼を殺した」

ここが引っかかる点で、テキーラにもそう言った。ノリス・フィーリーについては喜んでいろいろなことを信じるが、彼が白兵戦の達人であるとは信じがたい。平和主義者のキリスト教徒だったにしろ、ローレンス・カインドはノリスよりも強く敏捷《びんしょう》だった。ヤエルだってそうだったはずだ。ノリスはあの娘よりゆうに八十ポンドは重いとはいえ、そのほとんどは脂肪だ。そして、彼女はきりりと引きしまっていてイスラエル軍の訓練を受けていた。

「おそらくノリスは彼女を不意打ちしたんだ、後ろから頭を殴ったんだよ」テキーラは言った。

そうだろうとも。〝おそらく〟ばかりで、はっきりした答えを知る方法はない。検死報告書を見る手立てがないからだ。もしかしたら、ジェニングズが見られるようにはからってくれるかもしれない。もしかしたら、彼は本気でわたしに捜査を手伝ってほしいのかもしれない。だが、刑事がなにをたくらんでいるのかはわからないし、彼は友だちではない。なりゆきが予測できないなら、ジェニングズに頼みごとをするのはまずいだろう。

頭が痛いのは、ノリスが両方の殺人をやった可能性もあるということだ。どちらの事件でもアリバイはないし、ヤエルが殺されたときセントルイスにいたというのは、彼を容疑者リストのトップに押しあげる事実だ。しかし、それでも彼の有罪を確信することはどうていできない。

いずれにしろ、たとえノリスが潔白でも、彼の容疑が晴れればジェニングズの関心はまたテキーラに向くだろうし、自由の身になったらすぐにノリスは財宝を狙いはじめるはずだ。事態が落ち着くまで、やつには署でおとなしくしていてもらおう。

「ノリスのしわざだと思わないなら、ほかにだれがやったっていうのさ?」テキーラは尋ねた。「フェリシアが関係していたかもしれないとは思うよ。自分で手は下さなかっただろうけど。ああいうきれいな女は喜んでかわりにやってくれる男の一人や二人、いつだって見つけられるんだ」

自分がつきあった女たちについて孫はあまり話さないが、いまの口ぶりから、愛してくれていると思っていた美人からさんざんな目にあわされたことが推測できた。彼から見ると、あの未亡人はあきらかに他人を利用して操る女なのだろう。テキーラは自分の先入観をこの問題に持ちこんでいるが、かならずしも間違っているわけではない。わたしはフェリシア・カインドがランドール・ジェニングズをたぶらかすのを見たし、そんな彼女にはじつに説得力があった。どれほど誠実に聞こえようと、あの女が話したことを一つでも信じこむのは愚かというものだ。

「T・アデルフォード・プラットについてはどうだ?」

「彼がカインドを殺して、それからぼくたちの財宝を狙おうとするわけがある? カインドがぼくたちからもらったあとで、それをぶんどればすむ話じゃない?」テキーラは言った。

「カインドを殺せば、プラットはフェリシアに生命保険金から借金を返せと言える」

「そうだけど、どうしてプラットがヤエルを殺すの？」

「おれたちがカインドを殺したように見せかけるためか、彼に金《きん》を渡すようにおれたちを脅すためだろう」

「やったのが自分だってこっちに教えなかったら、そんなことしても意味がないよね？」

テキーラの言うとおりだ。プラットが来て自分がやったと告げなければ、ヤエルを殺しても、彼にカネを払えという脅しにはならない。それに、プラットがセントルイスにいたと信じる理由もいまのところない。

「例のイスラエル人たちはどう？」テキーラは尋ねた。

その説はさらにぐっと弱く感じられる。ヤエルの死は、彼女がイズカク・スタインブラットおよびアヴラム・シルヴァーのもとで働いていないことを示すと思われるが、確かめる方法はない。もしかしたら、役割を果たしたあとでヤエルは消されたのかもしれない。彼らの存在を暴露しかねない駒、金塊の分け前を与えなければならない小物だったのかもしれない。

わたしはこの考えをテキーラに話した。

「ぼくはそうは思わないな」彼は言った。「話したとき、シルヴァーは不平ばかりの負け犬みたいだった。あれが殺しも辞さない黒幕だとは考えられないよ。それに、ユダヤちんぽこ《イズ・コリク》を疑う唯一の理由は、でかいってことだけだ」

「ばかでかい」わたしは言った。

「そうだね。東欧のユダヤ人村出身のプロレスラーみたいだ。だけど、スパイは目立たないはずなのに、あいつはブルドーザー並みに人目を引く。スタインブラットは自分で言ってるとおりの人間だと思うな。そしてアヴラム・シルヴァーはおまぬけだ。じいちゃんのイスラエルへの先入観はばかげてるよ」

わたしは煙草に火をつけてちょっと考えた。スタインブラットはわれわれがシルヴァーと話した直後にメンフィスに現れた。その日にカインドが殺された。スタインブラットはまた、カインド殺しに必要なかなりの身体能力を持っている。人殺しを追っている目には、ロシア人の大男はそれらしく見える。アメリカ自由人権協会のような連中は決めつけだと言うだろうが、人殺しのように見える人間はたいてい人殺しだ。

異例なのは、罪をおかす手段と動機を持っている人間が何人もいるにもかかわらず、一人も殺人者として直感的にしっくりこないことだ。広く信じられているのとは逆で、たいていの殺人にはたいした謎がない。小説やテレビドラマでは、警官はいつも不可解な動機を解明しようとするし、登場人物には裏がある。しかし、ほんとうの殺人事件はあさましくてまぬけでこまやかさに欠け、刑事が会う人間の大半はまさに見かけどおりだ。なるほどと思わせる策略をめぐらせる頭や想像力がクズにあるなら、そもそもクズにはなっていない。

「ママが言ってたけど、今晩スタインブラットは、コミュニティセンターで北米ユダヤ人連盟向けにイスラエルについての講演をするんだって」テキーラは言った。「彼がなにを話すのか、聞く価値はあるよ。行くべきなんじゃないかな」

行けば、少なくともスタインブラットが本物のイスラエル政府の広報担当に見えるかどうか、確かめる機会になるだろう。

「ばあさんを連れていく」わたしはテキーラに言った。「おまえは行くな。知りあいの前で恥ずかしい思いをさせられるのはごめんだ」

40

テキーラはわたしたち夫婦をユダヤ人コミュニティセンターまで車で送り、文句は言ったが講演までは残らなかった。彼には家で財宝の番をしていてほしかったし、その不穏な発言でこれ以上祖母を困らせるわけにはいかない。わたしは孫のことが心配になっていた。たとえ彼の頭がちゃんと働いていたとしても、われわれは手に余るトラブルを抱えているように思える。刑事の勘が一日じゅうささやきかけていたが、なんなのかわからない。よくないことが起ころうとしているのが感じられるのに、どんなことなのか、どこからやってくるのか、見当がつかなかった。

それに先まわりするためには孫の手助けが必要なのだが、もはやテキーラの判断力は信頼できない。すすり泣いたりわめいたりしていないときでも、声音から感情的になっているのがわかる。ロースクール進学適性試験や銀行の副支店長を撃破したときのあの冷静でよどみのない論理性は、いまの状況で役に立つはずなのだが、彼の思考はあきらかに曇っている。それに、孫を危険な目にあわせるのも心配だった。あのろくでもないちびすけは、息子の唯一の形見なのだ。

とりあえずは、スタインブラットが離散民省の連絡役にすぎないとはっきりして、彼が容疑者リストからはずれてくれるのを期待していた。目がさめたら、やつがあのでかい両手を広げてベッドの脇に立っているのは願いさげだ。

コミュニティセンターは混雑していた。中高年のユダヤ人が、ふだん土曜の夜にメンフィスの街でやることはたいしてない。だから、ほぼ全員がスタインブラットの講演とこういうときにセンターが出す無料の軽食を目当てに出てきている。大勢の知りあいがロビーでおしゃべりしていた。

立ったりすわったりすると痛いくせに、ローズは車椅子はいらないと言い張り、ゴムの脚が四本ついたスチール製ステッキの助けを借りて歩いた。

「こんなものをついているから、みんなが見ている」彼女は言った。「間違いなく、フレッド・アステアが持ち歩くしろものじゃないわね」

わたしは微笑した。「いやいや、おれはいまジンジャー・ロジャースの気分だよ。名コンビ復活だ」

「もう、バックったら」

だが、彼女の言うとおりみんなが見ていた。健康上の問題はわが世代にとってはビッグニュースだ、スケジュールのほとんどがおたがいの葬式で埋まっているのだから。

エスター・カッツがロビーの向こうからわたしたちを見つけ、よたよたとあいさつに来た。彼女は以前ローズのカード遊びの仲間だったが、ぼけはじめて参加できなくなった。

「入院していたと聞いたわよ」エスターが耳にしていたことには驚かない。だが、覚えていたことは驚き以外のなにものでもない。

ローズはうなずいた。

「重傷なの?」エスターは心配そうに眉をひそめた。

「どうでもいいだろう?」わたしは口を出した。

「あら、ただ、嫁にプディングを作るように頼んだほうがいいのかどうかと思って」

ローズの顔がけわしくなった。「わたしの健康がそれとどういう関係があるの?」

エスターは口を開きかけて、なにを言おうとしたのか気づいた。遺族を弔問するとき、ユダヤ人は料理を持っていくのがしきたりだ。ローズが近々死ぬ予定かどうか、彼女は聞きたかったのだ。

このような質問が不適切なことを突然認識してエスターは言葉をなくし、ぽかんと口を開けたまま立ちつくした。母親が口の中に魚を吐きだしてくれるのを待つペンギンの赤ん坊みたいだ、とわたしは思った。そのあと、アニマルプラネット・チャンネルをこんなに見るのはやめたほうがいいなと思った。

「プディングだなんて、あなたって思いやりがあるのね、エスター」ローズが言って、やさしく友人の手に触れた。「わたしたち、あなたのときには売れ残りのベーグルを途中で買っていくつもりだったのよ」

人生においてわたしはいくつか間違った決断を下したかもしれないが、結婚相手だけは間違わなかった。

そのあとしばらく、さまざまな友人知人とそこそこ愛想よくおしゃべりし、やがて人々はイズカク・スタインブラットがイスラエルについてなにを話すか聞くためにホールへ集まりはじめた。

ローズとわたしも席についた。ホールの正面にあるステージには、マイクを置いた演台、椅子三つ、アメリカとイスラエルの国旗が用意されていた。椅子の二つにはセンターの所長とユダヤ人連盟の女性会長がすわっていた。三番目の空いた椅子にはスタインブラットがすわるのだろう。

女性会長が腕時計を見て所長になにかささやいた。所長はうなずいて立ちあがり、ズボンのしわを直してから演台の前へ歩いてきた。

「こんばんは、みなさん。さきほどゲストとお話ししてきましたが、今宵はじつに有意義な機会となるでしょう。イズカク・スタインブラットはまことに温かく魅力のある人物で、イスラエル政府がここへ彼を派遣してわたしたちとともに過ごせることを、心からうれしく思います」

　そのあと彼は二、三分、ユダヤ人連盟への寄付を呼びかけた。連盟は、ほかの多くのユダヤ人団体と同じくバーナード・マドフ（巨額詐欺事件を起こしたユダヤ系アメリカ人実業家）事件で投資したカネをなくし、資金難にあえいでいる。地元のユダヤ婦人グループは、連盟の援助がなくなったためにイスラエル訪問旅行をキャンセルしなければならなかった。

　所長はいかめしい厳粛な顔で続けた。もちろん言うまでもなく、ユダヤ人社会に対して政府の救済策はないだろう。わたしはローズに、ホロコーストにまつわるジョークをささやいた。少し声が大きかったにちがいない、まわりの人たちがわたしを見て顔をしかめた。

　所長はさらに続けた。ユダヤ人社会はみずからを救済しなければならない。全員が被害を受けているのはわかっているが、寄付は奢侈《しゃし》ではない、困難なときに与えるのはもっとも大切で大きな善行《ミツバー》である。

　彼は間を置いて腕時計を見た。

「さて、イズカクはそろそろ講演の準備ができているでしょう」

　連盟の女性会長が立ちあがり、二人がささやきあうあいだ所長は手でマイクをおおっていた。

　そして、女性会長は舞台裏へ消えた。

「みなさんはたいへん忍耐強い聴衆でいらっしゃる。あと数分いただければ、楽しい夜の始まりです」

　あのあてにならないイスラエル人の大男はメンフィスを袖にしたのだ。あるいはもっと悪いことに、わたしの家でテキーラを殺しているのか。最初から、あのくそ野郎におかしなところがあるのはわかっていた。

　連盟の会長がステージに戻ってきて所長になにか言った。彼女は動転しているようだった。二人は舞台裏に下がった。聴衆はざわつきはじめた。

「どうしたのかしらね?」ローズが聞いた。

　わたしは妻を落ち着かせようとしたが、自分がぴりぴりしていることに彼女が気づいているのは知っていた。

　そのときホールの照明がつき、ユダヤ人連盟のロゴつきのゴルフシャツを着た若い男が後ろのドアから入ってくると、わたしを呼んだ。

「シャッツ刑事、ちょっと来て手を貸していただけますか?」

「断る」わたしは叫びかえし、聴衆は笑いだした。だが、ローズが例の鋭いひじでわたしを突いたので腰を上げ、自分も立とうとする彼女に手を貸した。

「ミセス・シャッツ、あなたはしばらくお席にいてください」ゴルフシャツの男が言った。

「バック、いったいどうしたの？」彼女は聞いた。

「心配するな」わたしは気もそぞろに妻をなだめた。「大丈夫だよ」

だが、自分では信じていなかった。

ロビーへ行くと、センターの所長が待っていた。ゴルフシャツの男はまたホールに入り、医師だということだけわたしが知っている男を聴衆の中から連れてきた。

「ご協力に感謝します」所長が言った。

わたしは医師を見た。彼もやはりとまどっており、そのことにわたしは慰められた。ホールに沿って舞台裏へ続く廊下を、所長は先導して進んだ。そのあいだ、彼はショック状態寸前の人間特有の早口で神経質な調子でしゃべりつづけ、こんなことは初めてだ、どうしたらいいかあなたがたが知っているといいのだが、と言った。

ユダヤ人連盟の会長は楽屋のドアのところですわりこんでいた。蛍光灯のせいかもしれないが、彼女の顔色はあきらかに蒼白だった。医師とわたしは視線をかわし、それから楽屋のドアを見た。わたしはノブに手をのばし、ちょっとためらってから、指紋をつけずに開けられるようにセーターの袖に入れているティッシュを出した。

ドアを開けて最初に気づいたのは、臭いだった。殺戮現場で嗅いだことのある、銅を含んだような湿った臭い。ふだんは奉献《ハヌカー》の祭の衣装でも掛けておく壁の金属製フックに、ついさっきまでイズカク・スタインブラットだったとおぼしき大きく毛深い死体が吊るされていた。しかし、死体はめった切りにされているので、そばまで行かなければ彼だと確認するのはむずかしい。そしてわたしは中に入るつもりはなかった。床が血で滑りそうだったからだ。

　犯人は足を上にしてスタインブラットを吊るしていた。フックは子どもでも手が届く高さなので、スタインブラットの頭、肩、腕は床の上にあった。つまり、犯人はスタインブラットの全体重を持ちあげなくてもよかったわけだが、それでもあそこに吊るすのは元気な大人の男でもかなりがんばらなくてはなるまい。

　さらにすごいのは、犯人が吊るしたとき、スタインブラットは生きていたにちがいないことだった。なぜなら、壁じゅうに動脈血が飛び散っており、動脈血は心臓がまだ動いていなければ飛び散らないからだ。

「さかさに吊るしてのどをかき切ったんだ」医師がつぶやいた。

「どうやら犯人にはユーモアのセンスがあるようだな」わたしは言った。

　大男のユダヤ人はユダヤの掟に従って処理されていた。

　そしてほかの事件と同じく、胴体は切り裂かれて内臓がリノリウムの床にこぼれだしていた。

「彼をなんとかできますか?」所長が医師に聞いた。「心肺機能蘇生《CPR》とか?」

「いや」医師は口ごもった。「むりだ」

「CPRは患者の肺がまだ胸の中にあるときでないと、効果がない」わたしは言った。

医師はうなずいた。「うむ、そうだ」

「どうしたらいいでしょう?」連盟の会長が尋ねた。

「だれかがここに入りましたか? なにかにさわりましたか?」

彼女はノーと答えた。

「よし」わたしはドアを閉めた。「警察を呼んで、来るまでだれにもなににもさわらせないようにしてください」

彼女はうなずいた。「そのあいだ、わたしたちはどうすればいいでしょう?」

「おれが今晩ここへ出かけてきたのは、無料のケーキがふるまわれると思ったからだが」

彼女の目がどんよりした。「ええ、講演のあと軽食を出す予定でしたけど」

「けっこう。一切れ持ってきていただけるかな? それにダイエットコークも。あなたはどうです、先生?」

医師は軽く肩をすくめた。「いただきますか」

「そうこなくちゃ」わたしはうなずいた。「先生にもケーキだ」

「それからスプライトも、もしあれば」医師はつけくわえた。

わたしは煙草に火をつけた。ユダヤ人コミュニティセンターはわたしがおおむね禁煙を守る唯一の場所だが、いまは酌量の余地のある状況だ。

所長と会長がそそくさと犯行現場から退散していくと、わたしは周囲を見まわした。いま立っている廊下の突き当たりには〈非常口〉と書かれたドアがある。犯人は、スタインブラットを惨殺したあとあのドアを通って駐車場へ出たのだ。

ローズはロビーの人ごみの中におり、講演が中止になるとはなにごとが起きたのだろうと噂していた。

妻はわたしを見て、煙草に不満そうな視線を向けた。「どうなっているのか話してくれるつもり？」

あたりを一瞥《いちべつ》してだれも聞いていないのを確かめてから、わたしは彼女の耳に顔を近づけた。

「ユダヤ《イズ》・ちんぽこ《コック》が割礼を受けた」

41

殺人課の鑑識チームは、地元のルーヴァビッチ派のラビの監督のもと、現場でやるべきことをしていた。ラビが来たのは、ユダヤ教にもとづいて、埋葬のために肉のひとかけら、血の一滴も残さず集められるようにするためだった。

刑事たちでさえ犯人が作りだした惨状にはショックを受けていたが、若いラドは一人だけ目に見える反応を示さなかった。タルムード学院の学生だったときに、エルサレムの爆弾テロの現場で何度もつらい責務を果たしたことがあると、彼はわたしに語った。

ランドール・ジェニングズは、イズカク・スタインブラットの無惨な死体を眺めて考えこんでいた。

「ノリス・フィーリーはこれについてはほぼ鉄壁のアリバイがある」彼は言った。

「ノリスはまだ留置場にいるのか?」わたしは聞いた。

「ああ、だがじきに釈放だ」

「手下がいるのかもしれないぞ」

ジェニングズはくすっと笑った。「やつのほうが手下だろう」

わたしはうなずいた。「じゃあ、T・アデルフォード・プラットが黒幕だと思うんだな?」

「いいや」

わたしたちはじっと見つめあった。彼の言わんとしていることがわかった。

「それは違うぞ、ランドール」

「いまの時点ではあんたの言葉は信用できない。あんたの孫は三人全員と知りあいだった。ローレンス・カインド殺しのほかの容疑者はこの男とはつながりがなく、ホテルで殺された娘ともない。それに、どの殺人現場の近くにもバック・シャッツとその孫がいた。おれはかけなくてもいい手間をかけてきたんだ、疑わしい点を好意的に解釈してね。だが、客観的に見れば筋の通る答えは一つしかない」

「孫はだれも殺していない」

「スタインブラットが殺されたとき彼がどこにいたか、説明できるのか?」

「七時ごろ、おれと妻をセンターの正面玄関で降ろした。そのあと家へ帰った」

「家へ帰ったとどうして知っている?」

「とにかく知っているんだ」

「おれの立場になってみろよ、バック。わかっている事実をどうつなぎあわせる?」

わたしはなにも言わなかった。

「ローレンス・カインドは真夜中にあんたの家に来た。これはふつうの社交的訪問じゃない、おれはそう思う。あんたたちはおそらく言い争いをした。翌日、彼は死んだ。あんたの孫にはアリバイがない」

「カインドには敵が大勢いた」

「セントルイスの娘はよそから街を訪れていた。敵はいなかった。それどころか、あんたの孫以外に知りあいもいなかっただろう。そして、彼女は同じようなナイフさばきで殺され、同じようにはらわたを抜かれていた」

「殺人者がおれたちを尾行していたんだろう、きっと」

ジェニングズは眉をひそめた。「なぜ犯人はあんたたちをセントルイスまで尾行して、孫の一夜の相手をホテルの部屋で惨殺したんだ?」

金《きん》のためだ、とわたしは思った。いまいましい金のためだ。

だが、口に出してはこう言った。「わからない」

「まったくだ。そしてこんどはこの男だ。そして現場を見てくれ。この被害者は、ユダヤ教の食物の規定にある動物の処理のしかたで殺されている。そんなことをだれが知っている、ユダヤ人の犯人以外に?」

「だれだって知っているさ」わたしは言った。「常識だ」

「ローレンス・カインドがチュニカ郡で作った借金の取立屋どもが、ユダヤ教の掟にある動物の殺しかたを知っていると思うか? 夫を殺すためにフェリシア・カインドが雇ったかもしれない黒人の落ちこぼれヒットマンが、そんなことを知っていると思うか? そして、なんだってそういう連中がわざわざイズカク・スタインブラットを殺すんだ?」

その答えは明白だった。「テキーラをはめるためだ」

「なぜあんたの孫をはめるんだ?」

わたしがなにも言わなかったので、ジェニングズは続けた。

「おれはこの殺しを見た。全部の殺しを見た。そして、この犯人が頭のいいやつだとわかっている。スタインブラットの血は全部流れだしている、床に、そして壁に。だが廊下にはまったく血痕がないし、血まみれの人間が走りまわっているのを見た人間もいない。ホシはおそらくスモックかカバーオールを着て、替えの靴も持ってきていた。そして血のついたものはビニール袋に入れた。だからしみ一つない姿で出ていけたんだ。こうして、刑事の孫である天才弁護士は殺人をやりとげた。くわえて、前の二件の殺しも同じだった。現場は血だらけの惨状だったが、血のついた足跡もなければ、出ていくとき血が垂れた跡もなかった」

「テキーラがやったんじゃないとおれは知っている。スタインブラットが殺されたとき、彼はおれの家にいたんだ」

「どうしてわかる?」

「所長に遺体を見せられた直後に孫に電話して、なにが起きたか話した」

「家の電話でか?」

わたしはちょっと考えた。「いや、テキーラの携帯だ」

ジェニングズは眉をひそめた。「だったら、彼はどこにでもいた可能性がある」

「そうかもしれない。でも、孫はおれの家にいたんだ」

「そうだとしても、あんたの家はここから車で五分たらずだ。遺体が発見される前に戻れたはずだ」

ジェニングズの言うとおりだ。わたしは一声うなった。

ジェニングズはため息をついた。「いいか、あの若者は父親をなくしている。つらい体験だ。わかるだろう、そういう喪失のあと、決して元に戻れない人間もいるんだ」

彼はわたしが感情的な反応をするように仕向けている。「その話を持ちだす必要はないだろう」

「要するに、そういう体験をした人間はたがが
はずれるんだよ。そしておれの目から見ると、これが唯一の筋の通る説なんだ。あんたがまだおれに話していないことがあれば別だがね」

金のことを打ち明けてジェニングズに渡してしまい、ほかの人間に疑惑を向けさせることもできる。だが、お宝を失わずにこの窮地を切りぬける方法がなにかあるはずだ。ただし、なにも思いつかない。

「孫を逮捕するつもりか?」わたしは聞いた。

「とにかく彼と話をしたいね。明日まで待つよ、警察畑のよしみで。あんたが孫を逃がしたりしないと信じている。昼飯どきまでに署へ連れてきてくれ、手錠をかけて連行されるような目にあわせたくないのならな。さもないと、おれたちのほうから行く。証拠はたんまりあるんだ」

わたしはまたうなった。「すべて状況証拠だ」しかし自分自身、状況証拠をもとに有罪の山を築いてきた。

ジェニングズはわたしの肩をたたいたが、わたしはその手を払った。

「それまでに弁護士を頼んでおいたほうがいいんじゃないか」彼は言った。

忘れたくないこと

ブライアンが殺された夏、テキーラは帰省することもできたが、大学に残っていた。表向きの理由は単位をとるための研修だったが、おもには男子学生社交クラブの友人たちとばか騒ぎをしていたかったからだ。午後はプールで遊び、夜はそのときつきあっていた女の子といちゃいちゃしていたかったのだ。

ある晩、テキーラは家に電話してきた。父親は外で近所の知りあいと話していて出なかった。どうということはない、次に電話してきたときに話せばいいのだ。それから十五時間後、テキーラは葬式のために帰郷の途についていた。ユダヤ人は死者を葬るにあたってはすばやいのだ。

葬儀のあいだテキーラはずっと泣いていた。墓地でも泣いていた。父親の棺に土の最初のひとすくいを落とすのは彼の役目だった。役目を果たすと、墓地の駐車場へ走っていって吐いた。

それから一週間、家には服喪期間の弔問客が出入りしていた。ローズとフランとわたしは彼らを迎え、フランの両親も来ていた。その一週間のほとんど、テキーラは自分の寝室に閉じこもっていた。

一日に二度、午前七時と午後七時にシナゴーグに行って嘆く者の祈りであるカディーシュを唱えるときだけ、外に出てきた。

両親のためであれ、子どものためであれ、ユダヤ人の男は一年間喪に服さなければならない。そして、礼拝に行って神の名を称えるのは息子の務めだった。テキーラはむしろ天に向かって怒りをぶつけていたかったにちがいない。従順に掟に従いながらも、このような義務を課す伝統に対して、自分だけの深い憤《いきどお》りを感じているようだった。わたしの知るかぎりでは、服喪の務めを果たしたあと、彼は二度とシナゴーグに足を踏みいれてはいない。

礼拝をすませると、テキーラは怒りを抱えてむっつりと家に帰ってきて、弔問客のあいだをかきわけるようにして部屋に戻って閉じこもった。七日間の服喪期間の背後にある考えは、友人たちが訪れて家族を奪われた者たちを支えるというものだ。だが、ユダヤ人は無料の食物のあるところならどこにでも引き寄せられる傾向があり、必然的に家は見知らぬ人間であふれかえっていた。慰めというよりは、もはや重荷だった。

三日目に、家の戸口と自分の寝室のあいだのどこかで、テキーラはだれかが気にくわないことを言うのを耳にした。いま、シャッツ家では死者への敬意はあまりうるさく言われないが、冗談を言うのは遺族がそばにいないときに限るだけの礼儀は持ちあわせている。それに、きっとテキーラはだれかに感情をぶつける機会を探していたのだろう。

そこでテキーラは相手の男が床に倒れるまで殴りつけた。次に起きあがろうとするのをやめるまで蹴りつけた。それからキッチンへ行ってナイフを探しはじめた。そのとき友人たちがあいだに入り、テキーラを落ち着かせるためにどこかへ引っぱっていった。そのかんに、ほかの人々がけがをした男を家から運びだした。

ランドール・ジェニングズがどういう結論を出したがろうと、わたしは孫がいい子であることを知っている。だが、私情をまじえずに状況を見れば、刑事の言うことにも一理あると認めないわけにはいかない。

42

迎えにくるように頼もうと、わたしはテキーラに電話した。彼の携帯が六回鳴ったところで留守電に切り替わった。家の電話にもかけたが、だれも出なかった。

わたしとローズは友人の車に乗せてもらった。玄関のドアにはしっかりと鍵がかかっており、警報装置も作動していた。紫のフォルクスワーゲンはまだ私道にあった。そしてテキーラはいなくなっていた。

すべての窓を慎重に調べたが、押し入った形跡はなかった。自分ではしごを登って屋根裏に金《きん》があるかどうか見ることはできなかったが、だれも登ってはいないようだ。もう一度テキーラの携帯にかけたが、やはり応答はない。彼の母親に電話した。彼女は息子の居所を知らなかった。わたしは家の部屋をすべて調べた。テキーラからのメモも伝言もなかった。争った跡もなかった。わたしの三五七マグナムが消えていた。

ソファに腰を降ろした。もしかしたらジェニングズが嘘をついていて、わたしがまだ現場にいるうちにテキーラを警官たちに連行させたのかもしれない。彼らがナイトスタンドの上の銃を見つけて、証拠として持ち去ったのかもしれない。

もしかしたら、テキーラは鉄槌が打ちおろされるのを察して、逃げることにしたのだろうか。しかし、わたしには彼が潔白だという確信があり、それは潔白な人間がすることとは思えなかった。

真犯人がテキーラを誘拐したという可能性もある。家の中はまったく荒らされていないが、ほかの被害者たちも抵抗した様子はなかった。テキーラを失踪させるのは、彼に罪を着せる最後の一手として筋が通る。

スタインブラットを殺害した直後に犯人がここへ来たという考えには、大いにうなずける。無実の人間をはめる場合、嫌疑を晴らすために当人がそこらでぐずぐずしていたらだいなしだ。スタインブラットが殺されるのと同時にテキーラが姿を消すのだから、第三者の目にはテキーラがやって逃亡したと映るだろう。警察は彼の失踪を罪の告白とみなして、ほかの手がかりを追わなくなる。

テキーラは目立たない場所に埋められて、どこかのジョギング愛好者か飼い犬が死体を発見するまで殺人事件の捜査はストップするだろう。そのころには、別の容疑者をさし示す確たる証拠をつなぎあわせようとしても手遅れだ。だが、テキーラはたぶんまだ生きている、少なくとも犯人が財宝を手にするまでは。そう考えて、わたしは自分を慰めようとした。犯人がすでに金を手にしていれば別だが、わたしが自分で屋根裏を調べるすべはない。

またテキーラの携帯にかけたが、応答はなかった。

ローズはセントルイスで殺された娘のことは知らず、テキーラがいま容疑者になっていることも知らない。だから、彼がいなくてもとくに気にしなかった。わたしは、妻を心配させるのはやめておいた。居間にすわってFOXニュースを見ながら、テキーラが帰ってくるように祈った。

真夜中過ぎに、ソファで眠りこんでしまった。三時ごろ、黒のシボレー・マリブが私道に入ってきて目がさめた。

43

眠い目をこすって暗いキッチンへ歩いていき、朝食用のテーブルの上に身をのりだして窓の外をのぞいた。

シボレーはガレージの前に止まった。車の後部が見えて、黄色いナンバープレートをつけているようだった。ということは、ミシシッピ州のナンバーだ。数字は読めなかった。

ドアが開いて、運転席から男のシルエットが降りてきた。照明は私道の端にある街灯だけで、わたしの視界はぼやけていたので、目を細めてもドライバーがだれなのかわからなかった。

だが、暗闇に近いにもかかわらず、男が左手に銃を持っているのはわかった。自分の三五七があればと思った。

シボレーのトランクが開いて、ドライバーがそこから別の男を乱暴に外に出し、地面の上に投げ落とした。トランクに入っていた男は、手首と足首を縛られているか、手錠をはめられているようだ。

その男はもがこうとしたが、ドライバーは銃で頭を殴り、車の前をまわって彼をガレージへ引きずっていった。

つかまっているのはテキーラにちがいないと思った。運転者はおそらくプラットだ。借金の取立屋はテキーラを家から誘拐してどこかへ連れていき、われわれが金《きん》を持っていることを認めるまで殴りつけたのだろう。そしていま、金を奪うために戻ってきたのだ。

わたしは受話器をとり、ランドール・ジェニングズに電話しようとした。だが、警察が現れれば、孫は警官と追いつめられた犯人の対決のただなかに置かれると気づいた。警官の能力への信頼はとうてい百パーセントとはいえず、人質がいる状況を彼らが安全に解決できるのかどうかわからない。かといって、自分のほうがうまくやれると思うのはばかげている。虚弱だし、武器はないし、頭がぼけている。孫と金塊を交換する交渉すら、能力を超えているだろう。しかし、警察を呼んで事態をエスカレートさせるのはあまりにも危険だ。

わたしは玄関を出てできるだけ静かにドアを閉め、スリッパのまま湿った芝生の上を歩いていった。

近くで見ると、私道にあるシボレーはセントルイスで尾行していた車とは少し違う気がした。あのシボレーの窓はスモークガラスだったのをはっきり覚えているが、私道に止まっている車の窓は透明のふつうのガラスだ。

それに、この車はフロントバンパーにミシシッピのナンバープレートをつけている。セントルイスの尾行車は車の前にプレートがなかった。犯人がこの二日間で窓全部を入れ替える理由を考えようとしたが、思いつかなかった。

わたしは、ドライバーが捕虜を引きずっていったガレージへ向かった。そして、T・アデルフォード・プラットを見た。だが、彼はダクトテープで縛られて床にころがっているはうだった。テキーラがプラットの顔の前でわたしの銃を振っていた。

「いったいこれはなんだ？」わたしは詰問した。

「このくそったれを自白させようとしてるんだ」テキーラは答えた。

「おれはだれにもなんにもしてねえ」T・アデルフォード・プラットが言った。茶色い腐った歯は砕かれ、鼻は横に曲がってつぶれていた。左目の白い部分は血で真っ赤だった。一瞬わたしは感心したが、すぐにどれほどやっかいな事態になったかを悟った。

「いったいなにをしたんだ、ビリー？」わたしは彼のほうに手をさしだし、自分の銃を受けとった。

「じいちゃんの電話でスタインブラットが死んだって聞いてすぐに、プラットが犯人にちがいないってわかったんだ。ぼくたち、このうすのろにはスタインブラットは財宝と関係があるって話したけど、ノリス・フィーリーとフェリシア・カインドはイスラエル人のことはなにも知らない。だから、タクシーを呼んでチュニカ郡へ行ってこいつをつかまえたんだよ。そうしたら、セントルイスでぼくたちをつけまわしたのと同じシボレーに乗ってるのがわかった」

「おれはセントルイスには一度も行ってねえ」プラットがわめいた。

「おまえは彼をチュニカでつかまえたのか?」

「そうだよ。カジノから出てくるところを」

わたしは頭の中で計算したが、辻褄が合わないと思った。「スタインブラットが殺されてから二十分もたたないうちに、おれはおまえに電話したんだ。プラットがチュニカにいたなら、確実なアリバイがある。彼が犯人のはずはない」

テキーラはプラットの腹に蹴りを入れた。「こいつがやったんだ、くそったれが。わたしがやりましたと言え」

プラットはうめいた。

「ローレンス・カインドを殺したのか?」わたしは聞いた。

プラットはガレージのコンクリートの床にぺっと血を吐いた。「冗談じゃねえ」

「フェリシア・カインドは、おまえが彼女の保険金を狙っていたと言っていたぞ」

「ちくしょう、だれからだってどこからだって払わせようとするさ。それがおれのいまいましい仕事なんだよ、ボケカス」

テキーラはまたプラットを踏みつけようとして足を上げたが、わたしはやめるように合図した。

「おまえがカインドを殺す前には集めようにもカネはなかった。そして彼が死んだら、生命保険のおかげで集めるカネができた」

「いや、あんたは誤解してる。カジノは死んだ男の資産の債権者なんだ。女房は生命保険金の受取人だ。この保険金は遺産じゃねえから、こっちはびた一文とれねえ」

わたしはテキーラを見た。「そうなのか？」

「知るかよ」彼は言った。でかしたぞ、ニューヨーク大学ロースクール。

「なあ、おれは会計係なんだよ。期限を過ぎても払われねえカネを扱ってる」プラットは間を置き、鼻が詰まったようなうめき声をもらした。体内のどこかが液体でふくれているように聞こえた。だが、また話しだしたときには、南部の田舎者のアクセントはその声からほとんど消えていた。「まず、おれは支払い期限を過ぎても払いがないのを確認し、これ以上賭博でカネを貸さないように歯止めをかける。それから債務者に電話して言い訳を聞く。法的措置をとると言って脅し、手紙を送り、いくらかでも回収できるかどうか試す。連中が払わなきゃ、ボスにメールを送って借金を帳消しにするか、法的措置をとるか決めてくれと伝える」

「あんたはこぶしにものを言わせる役目なんじゃないのか」わたしは言った。

「ああ。そう匂わせた。合法的に回収できない負債の支払いを、せめて一部だけでも、あんたを脅して引きだせないかと思ったんだ。折られた足やつぶされた指についての話を、ギャンブラーたちはさんざん聞いてる。ラスベガス郊外の砂漠にある穴についてもな。おれの仕事じゃ、こわがらせておいて損はないんだ。ここらあたりの信心家ぶったキリスト教徒は、カジノの借金を払うべきだとは考えない。だから、たいていの場合、貸したカネを法廷でとりもどそうとするのはむだ骨に終わる。負け犬どもが怯えていれば、むりな借金をしようとはしないし、借りたカネを踏み倒そうともしないだろう」

「嘘だ、嘘だ、嘘だ」テキーラの目に涙があふれた。「人はいつだって賭博の借金で殺されてる」

「おれたちはやらない」プラットは主張した。「シルヴァー・ガルチ・サルーン&カジノはミシシッピ州の許可を得て営業してるんだ。もしおれたちがちょっとでも非合法なまねをやろうとすれば、州はたちどころに営業停止にする。ローレンス・カインドがつくったけちな借金のせいで殺しなんかしたら、商売がまるごとあぶない橋を渡ることになるんだ。それに、おれはだれも殺したりなんかしない。なぜって、借金が返ってこなくてやばくなるのはおれのケツじゃないんだ。カインドの借金を許可したのはおれじゃない。踏み倒した本人がぶっ殺されたとき、いくらかとれるかもしれないと思えたやつに揺さぶりをかけただけだ」

「じいちゃん、こいつは黒いシボレー・マリブに乗ってるんだ。犯人に間違いないよ」

「まさか、冗談だろ」プラットは言った。「もしおれが極悪非道の人殺しの親玉なら、このちびの三下《さんした》にたたきのめされて自分の車のトランクに詰めこまれるなんてことがあるか？」

プラットの言い分は、ほんとうらしく聞こえた。「世の中には掃いて捨てるほどシボレーがある」わたしは孫に言った。

考えていたのは、テキーラはスタインブラットを殺してからチュニカ郡へ行ってプラットをさらってくることもできたということだ。だが、頭からそんな考えを追いはらおうとした。わたしは自分の孫を知っている。殺してなどいないと、絶対的に知っている。

そうだ、考えられるシナリオはほかにいくつもある。プラット、ノリス、フェリシアは個々のアリバイがあるかもしれないが、それぞれに共謀者がいた可能性がある。三人のうち二人がぐるなのかもしれない。あるいは、殺し屋を使ったのかもしれない。ふつう殺し屋はサイコキラーのような凄惨な殺しはしないものだが、カネさえ払えばたいていのことは交渉可能だ。

しかし、殺しはやっていないにしても、プラットをつかまえてきたことでテキーラはかなり広範囲にわたる犯罪に手を染めてしまった。少なくとも、誘拐、車の重窃盗、そして暴行だ。それに州境を越えてプラットをさらってきたから、連邦に対する罪もおかしたことになる、さらに銃を使用したので、銃規制にかんする連邦法違反にも引っかかる。へたをすると、三十年か四十年の禁固をくらうかもしれない。

また、真犯人が野放しになっているかぎり、さらにはわれわれがハインリヒ・ジーグラーの財宝を持っているかぎり、わたしの愛する人々が危険にさらされる。いまは安全策をとらなければならない。そしてテキーラを守らなければならない。

わたしはため息をついた。「好きなように捜査をしめくくるためにだれかをはめたことはあるかと、おれに聞いたのを覚えているな?」

「覚えてるけど」

「いいか、前には一度もやったことはない。しかし、いまがそのときのようだ。屋根裏から金を下ろしてこい」

忘れたくないこと

ヘルムノの絶滅収容所をあとにして、わたしはウージの古いビルの地下にあるじめじめした小さな酒場を見つけ、ぐらつくスツールに腰を落ち着けてまずい濁ったウオッカで暗い気分をまぎらわせた。

客はほかに一人しかおらず、それは長年の苦労を顔の深いしわに刻んだ猫背のポーランド人だった。彼はしばしわたしを見つめ、ランプの灯った店内でそのよどんだ黄色い目は燐のように光っていた。わたしは無視していたが、彼は近づいてきて口を開いた。

「アメリカ人《アメリカーナ》?」

相手を見ずにうなずいた。

「だったらよかった」彼は英語で言った。「おれはドイツ人が大嫌いだ。やつらは嘘のかたまりだ」

「くそのかたまりさ」わたしは言った。

「おれはクシシュトフだ」酔っぱらいは名乗った。

「バックだ」

「ああ。ブック。いいね。アメリカ人らしい名前だ。カウボーイみたいだ」

「そうだな」

「ドイツ人はそんな名前じゃない」

「違うな」

「ドイツ人はでかい約束をひっさげてくる。われわれのために働け、クシシュトフ。看守になれ。そこでおれはやつらのために働く。そして、いまはどうだ？　またどん百姓だ。やつらが来る前と同じだが、いまはもっとひどい。なにも育たない、ジャガイモすら。軍靴や戦車であまりにも踏み荒らされて、いい土がはがれちまった。この十のこと、なんていった？」

「表土か？」

「そうだ。表土がはがれちまった。畑は使われてない。金欠《きんけつ》なのに、飲んで使っちまう。もう少ししたら、飢えちまうだろう。最低の世の中だ」

「日本人でないのを感謝するんだな」わたしは言った。

「そうだ、でなきゃユダヤ人でないのをな」クシシュトフはそう言って笑った。「おれは看守だった、近くのユダヤ人収容所の。すばらしいぞ、とドイツ人は約束する。給料はいい。食いものはたっぷりある。女がほしけりゃ、とれ。そのあと、やつらはユダヤ人をトレブリンカへ送ることにして、なにもかもなくなる」

「ヘルムノで看守をやっていたのか？」

「ああ、ドイツ野郎が仕事をとりあげるまでな。いま、世の中はこれ以上悪くなりようがない」

だが、三十分後、クシシュトフにとって世の中はもっと悪くなった。わたしが外へ連れだして、彼の顔がぐにゃぐにゃになって鼻がめりこんで口が声も出ないずたずたの穴になるまで、ぶん殴ったからだ。

わたしは彼を通りに倒れたままにして立ち去った。血が丸石の溝をつたって流れていた。地元の警察がつかまえにくる前に、わたしは町をずらかった。数日後、故国への船を予約した。警官になった。そして、いまはどうだ？

44

ランドール・ジェニングズはキッチンのテーブルの前にすわって、二百ポンドのナチの金塊を見つめていた。テキーラは腕組みをしてドアのところに立っていた。

孫はせめて金の延べ棒二本をとっておきたがったが、自分たちの話はできるかぎり真実に近いほうがいいとわたしにはわかっていた。それに、われわれがなにか持っているかぎり、犯人は追ってくるだろう。だから、テキーラは反対したが、延べ棒は八本全部テーブルにのっていた。

T・アデルフォード・プラットは床の上で体を丸めて血を流していた。手足はまだダクトテープで縛られていた。

「カインドが殺された理由を知りたければ、これがそうだ」わたしはジェニングズに言った。ジーグラーが何者で、どうやって財宝を持ってヨーロッパから逃げだしたかは説明してあった。われわれがセントルイスにいた理由と、どうやって金《きん》を手に入れたかも、銀行から盗んだ部分を省いて話した。

「ジム・ウォレスはずっと財宝のことを知っていたが、ジーグラーを逃がしたのを恥じていたのでだれにももらさなかった。死を目前にして初めて、口を開いたんだ。おれに話し、ほかにもノリス・フィーリーとローレンス・カインドに話していた」

ジェニングズはプラットを見て、それから延べ棒に刻印された鉤十字《かぎじゅうじ》を見た。彼は目をこすった。疲れているようだ。わたしは非番で自宅にいた彼を呼びだしたのだ。

「この男は話にどう絡んでくるんだ?」彼は聞いた。

「こいつはチュニカ郡にあるシルヴァー・ガルチ・カジノの取立屋だ。ローレンス・カインドは彼にカネを借りていて、賭けの負債は財宝の取り分で払うと約束していた」

「で、こいつが殺人犯なのか?」

「その可能性はある」わたしは言った。それはまあほんとうだ。「こいつが嗅ぎまわっているのを見つけた。押し入ろうとしていたんだ」

「嘘だ」プラットは叫んだ。

「おまえには黙っている権利があるんだぞ、まぬけ」ジェニングズは言った。

これでプラットは貝のように口を閉ざした。弁護士の同席なしでなにか言わないだけの頭はあるらしい。けっこうなことだ。

「とにかく」わたしは続けた。「おれたちはこいつが外で嗅ぎまわっている物音を聞き、テキーラが殴ったんだ。しかし、きみも知ってのとおり、イズカク・スタインブラットの身に起きたことでおれたちは気が動転していたし、おとなしくなるまでこいつが武器を持っているかどうかわからなかった」

「で、スタインブラットはどう関係してくるのかな？」ジェニングズは尋ねた。

わたしはアヴラム・シルヴァーのことと、スタインブラットがこっちへ着いたのは、シルヴァーへの電話ともカインド殺しともタイミングが合っていたことを話した。そして、スタインブラットと財宝とのつながりをわれわれがプラットに伝えたことも説明した。わたしは初めて、スタインブラットの死もヤエルの死も自分のせいだったにちがいないと気づいた。

「イスラエルはなにも関係がなかったんだ」わたしは悲しい気持ちでかぶりを振った。「彼らが死んだのは、犯人がわれわれとの結びつきを疑ったからだ」

ジェニングズはしばらく考えているようだった。「あんたの勝ちを認めざるをえないな」やがて、そう言った。「孫を容疑者からはずせるような筋書きをあんたが持ちだしてくるとは思っていなかった。だが、どうやらそうなりそうだ」

こうなると思っていた。三百万ドル分の合理的な疑いをキッチンのテーブルに積んだあとでは、どんな検事も裁判に持ちこもうとは思わないだろう。

「言ったように、孫は無実だ」

「だが、事情を聞く必要がある」

「二、三日したらニューヨークの大学へ戻るんだ」

ジェニングズは口ひげをこすった。気に入らないだろうが、彼に打てる手はあまりない。

「おれが呼んだらすぐさまこっちへ来るほうがいいぞ」

テキーラはバックパックに金の延べ棒を詰めて、ジェニングズの車のトランクに運ぶのを手伝った。そのあと、不機嫌に家の中へ戻っていった。ドアがぴしゃりと閉まった。

ジェニングズはプラットのダクトテープを切って本物の手錠をかけていた。刑事は取立屋の後頭部に手をあてがい、茶色の覆面パトカーの後部座席に彼を乗せた。

「あのみじめなちび公はあんたがしてくれたことに感謝すらしていない」ジェニングズは家のほうにぐいと頭を振って、孫のことだと示した。「あんたは財宝をいただいて、やつに殺人の罪を着せることだってできたんだ」

「あれはおれのたった一人の跡取りだ。だれかがシャッツの名前を引き継いでくれないと困る」

「そんなセンチメンタルなタイプだとは思わなかったよ」

「ああ、そうだな。ときにはきみを驚かせることもあるんだ」

ジェニングズはわたしの肩をたたいて車に乗りこんだ。

わたしは煙草に火をつけて芝生の上に立ち、通りを遠ざかっていくお宝を見送った。

45

財宝を指のあいだからこぼしてしまうのは、がっくりくる体験だった。打ち負かされたような、出し抜かれたような気分で、気に入らなかった。

だが、その価値はあったと思う。プラットかだれかが仕組んだトラブルから、テキーラを救いだすことができた。そして、老いぼれて弱ってぼけたために、もうできない肉弾戦ゲームから自分自身が脱けだすことができた。

ラッキーストライクをひと吸いして、家のほうへ向きを変えた。そのとき、怒ったアブのようなものが左腰に命中して貫通するのを感じた。しばらくしてやっと、撃たれたにちがいないと気づいた。

周囲にはだれもいないが、何者かがかなり遠くからライフルでわたしを撃ったのだ。ノリス・フィーリーが釈放されたあとまっすぐここへ来て、一晩じゅう暗闇の中でわたしが狙いやすい位置に立つのを待っていたにちがいない。

なにが起きたのか体が気づき、熱い激痛がほとばしった。自分が倒れかかっているのがわかった。そのとき、こうむった傷の恐るべき意味をわたしの思考はほとんど素通りしていた。

地面にぶつかったらどうなるかということに、完全に気をとられていた。

この年齢で倒れて頭を打ったら、それは致命傷になる。たぶん、両腕で衝撃をやわらげるだけの強さもすばやさもわたしにはない。そして骨はもろくなっているから、頭蓋骨は卵の殻のように割れてしまう。

それが、〈ワシントン・ポスト〉の発行人キャサリン・グレアムに起きたことだ。彼女はパワフルな人間であふれた街でも、もっともパワフルな一人だった。リチャード・ニクソンを倒した。だが、平らでない舗道でつまずいて死んだ。わたしはそうなりたくない。

自分がショック状態になりかけているのが感じられた。血はシャツをぐっしょりとぬらしている。パンツにも滲《にじ》んでいる。抗凝血剤は発作から守ってくれるが、出血するときは量が半端でなく、しかも止まらない。

わたしはできるかぎりひざを曲げてなんとかしゃがむような姿勢になると、両腕をのばしてせいいっぱい体重を受けとめた。それから注意して芝生の上に横になった。これ以上ダメージを増やさずに地面に到達できたので、あとは銃創からの出血で無事に死ぬだけだ。

テキーラに助けてくれと叫ぶことも考えたが、ナチの狙撃手が負傷させた男を開《ひら》けた場所に放置して助けを求めさせ、救いにきた者を撃ち殺したのを思い出した。ノリスはまだそのへんに隠れて、待ちかまえているかもしれない。孫を殺される危険をおかすわけにはいかない。そんな喪失には二度と耐えられない。たとえ生きているのはあと数分でも。わたしは口を閉じたままでいた。

　両手の感覚がなくなってきたので、ポケットの中の記憶帳を出そうとしたが、そこにはなかった。家の中に置いてきたのだろう。だが、携帯はあった。忘れていた。緊急スピードダイヤルのボタンを押した。

「911です」相手が答えた。

　住所を告げ、撃たれたと言った。それから、わざわざ切らずに電話を芝生の上に落とした。これから行くところでは、携帯電話の通話時間に制限はないだろう。

　体の下の芝生はやわらかくてみずみずしかった。いつもの春のように。わたしが若かったころのように。自分で手入れをしていたころのように。たとえわたしがいなくても、これからもそうであるように。テキーラのためになりそうな隠喩がここにはある。金《きん》は道を遠ざかっていき、老人は無関心な土に血を流し、世界はなにごともなかったかのごとく続いていく。彼が受けとるべき教訓だ、例の教授がテレビで話していたとおり。たいした慰めにはならなかった。おおむね、わたしはただただ怒っていた。だが弱りすぎていてわめくことができなかったので、目を閉じた。

　サイレンの音が聞こえたと思ったが、そのあとのことはあまり覚えていない。

46

気がつくと、暗い場所にいて暑かった。だから、地獄にいるのだろうと思った。しかし、じつのところまだメンフィスにいた。

よりくわしく言えば、地域医療センターの高齢者用ＩＣＵにいた。目が暗闇に慣れてきて最初のパニックが消えると、ベッドの横で明滅しているモニターが見え、ビープ音が聞こえた。壁の高いところにテレビがあるのも見えた。ベネチアン・ブラインドがかかった窓と、隙間からもれてくるわずかな光も見えた。そして病院の臭いがした、小便と死の臭いが。つまり、耳も目も前よりもたいして悪くなく、脳もまだ大部分は機能しているようだ。

慎重に体の各部分を確かめてダメージを探った。鼻に酸素の管が通されているが、のどに栄養チューブはない。だから、意識がなかったのはせいぜい一日か二日だろう。腕は二本あるし、指も全部ある。点滴の管がつながれて、右手の甲にテープで留めてある。少しちくちくする。尿管カテーテルもちくちくする。わたしは死ぬほど病院が嫌いだ。

まだ足があるのは感じられるし、足の指も動かせる。腰の骨が砕けたかどうか確かめるために、左右の脚を上げ下げしようとした。砕けていたらたいへんだ。この年齢なので、人工股関節置換手術のようなおおごとには耐えられない。だから、そういう骨折をしたら永久に車椅子生活になってしまう。両方の脚が上がったので、ほっとした。だが、左脚を上げたとき脇腹に激痛が走り、みっともないことに思わず叫び声を上げた。

その声で、ベッドの横の肘掛け椅子でうたた寝をしていたローズが目をさました。

「どうしたの、バック?」心配のあまり、顔のしわがふだんよりさらに深くなっていた。

「撃たれたのを忘れていたらしい」わたしは言った。

病院のガウンをたくしあげて傷を見た。へその左側の腹が二十針ほど縫合されていて、背中側の傷も同じくらいの大きさのようだ。被甲ライフル弾がいかに鮮やかに人体を貫通するか前に聞いたことがあったが、そのとおりだったらしい。

少し前に、半分覚醒したのをかすかに覚えている。薬物のかすみの向こうで、手術着の上に白衣を着た男がベッドの端に立っていた。いつもの主治医ではなかった。

「あんたはとても幸運だった。こういう重大な外傷は抗凝血剤を服用している患者にはきわめて危険で、ふつうは命とりになるんだ」外科医は言っていた。「そして、高齢の患者は重傷を負うと、すぐに心臓の代償機能を失ってしまう。合衆国南東部でピカ一の血管外科医がいる病院に運びこまれなかったら、あんたは死んでいただろう」

「何様のつもりだ?」わたしは彼に非難の指を突きつけた。そして、また意識を失ったのだった。

「おれは死ぬのか?」ローズに尋ねた。

「ええ」彼女は答えた。「いますぐじゃないけど。でもとにかく、弾の飛んでくるほうには行かないようにしないとね」

その忠告はもっともだが、わたしはむっとした。

「バック、お医者さんたちと話したけど、たとえ回復しても、日常生活は前よりもたいへんだろうって。そろそろ今後の暮らしをどうするか、話しあうべきだと思うの」

「おれはここを退院して家へ戻る。そして、これまでどおりの暮らしを続ける」

ローズは腕組みをした。「いいえ、そうはいかないわ。こんどは違う」

わたしは手につけられている点滴の管に触れた。「なにをしたんだ?」うなるように尋ねた。

「人と会って、ヴァルハラ・エステートという介護つきアパートの入居金を払ったわ。あなたのソファを置く部屋もあるし、あなたが見るケーブルテレビのチャンネルも全部入るの。居住者用の駐車場もあるから、ビュイックも持っていけるわ。そこに家を売ってもらって、そのお金をあとの支払いにあてるのよ」

「ヴァルハラには行けない」わたしは言った。「あそこはナチの天国だ」(北欧神話。ヴァルハラは英雄が迎えられる宮殿)

恩知らずの芝生と私道の端に配達される新聞を、あきらめるのはいやだった。窓から日がさんさんとさしこむキッチンテーブルでとるコーヒーとオートミールの朝食を、あきらめるのはいやだった。ブライアンがかつて暮らした部屋と、子どものころわたしが読み聞かせた本が並ぶ棚を、あきらめるのはいやだった。

「わたしだってあなたと同じ気持ちよ。でも、どうしろっていうの？」ローズは尋ねた。彼女はいま意地悪を言っているだけではなく、その声には本物の怒りと悲しみがあった。「寝た姿勢から起きあがるだけで苦労するって言われているのよ。少なくとも何ヵ月も、もしかしたらずっと。わたしにはあなたをベッドから立たせることなんてできない」

「自分でなんとかしてみせる」

「どうやってかわからないわ。それに、その小さな穴はあなたの体を突き抜けているのよ。あの外科医は全部を縫いあわせなくちゃならなかった。だから、回復の途中でまた開いてしまうかもしれないの。そして回復には時間がかかるわ、抗凝血剤のせいで。看護婦さんに面倒を見てもらわなくちゃならないの」

「ベイビー、ほかにも道はあるよ」だが、本気でそう思ってはいなかった。

「こんどのこれを解決するために使える魔法の宝はないのよ、バック」ローズは言った。「たとえあったとしても、どうしようもないんじゃない。もう自分で自分の面倒を見られないのよ、それは変えようがないもの」

ほかに言うべきことを考えようとしたが、なにもなかったので口を閉じたままでいた。ローズはわたしの手をとって握った。しばし、わたしたちはそうしていた。

忘れたくないこと

そのあと少ししてテキーラが面会にきた。わたしの私物を詰めた小型バッグを家から持ってきてくれた。わたしは中を見たが、終わってしまった生活の遺品をいじる気はしなかった。

「ここでこれをどうしろっていうんだ？」ラッキーストライクの箱をとりだして聞いた。

「さあ、でもいつでも持ってるじゃない。手もとになかったらいやだろうと思ってさ」

ベッドの横のエンドテーブルに煙草を置いたあと、バッグの中に記憶帳があるのを見つけた。

「これを持ってきてくれたのはありがたい」

「ぼく、なにもかもだめにしちゃったね、じいちゃん？」

「いや。おまえがプラットを誘拐する前に、すべてはもう終わっていたんだ。ジェニングズはおまえをカインドとスタインブラット殺しで挙げる気だった。どのみち、おまえを逮捕させないためには金《きん》をあきらめるしかなかったよ」わたしの怒りは、流れだした多くの血とともに消えうせていた。

「でも、思ったように自分を抑えられなかった」

「そこから学べばいい」

テキーラは黙りこみ、わたしは沈黙を放っておいたが、やがてこう言った。「宝探しは、意味を追い求めたり受け継いだものを理解したりするための方法だと、おまえは思っていたな？」

「うん。でも、明白なものにむりやり象徴性を見つけようとするのは間違いかもしれないね」

「いや、おまえは正しかったと思う。おれがハインリヒ・ジーグラーを追ったのには理由がある。だが、おまえが考えているような理由じゃない。いいか、ジーグラーは死神なんだ。一九四四年に、おれは雨と泥の中で彼に立ち向かった。あの冷たく非情な目をのぞきこんだとき、彼が死神だとわかった。そしておれはもう一度彼を探しにいった。死神を追いかけなければならなかったからだ。しっかり立って向かいあわなければならなかった。死神がこっちを見つけるのを、ただ待ってはいられなかったんだ。自分とおまえのばあさんに起きていることに対して、おまえの父親に起きたことに対して、責任をとらせなければならなかった。ハインリヒ・ジーグラーは、おれにとって蒼ざめた馬の乗り手にもっとも近い存在だったんだ。だが、見つけてみたら彼はおれたちと同じようにすりきれて、からっぽだったよ」

そういう哀れな事例をたくさん見ている。老人ホームのやわらかい椅子に沈みこんで失った機会についてくよくよ考え、どうしてこんなことになったのかといぶかっている人々。もしそれが来るのが見えたら、われわれは逃げたはずだ。一九四四年に泥の中で血を流していたとき、わたしには街の腐った魂をのぞきこまずにすむ機会が、息子の棺に土をかけずにすむ機会が、自分と愛するローズが衰えていくのを見ずにすむ機会があった。あきらめさえすればよかったのだ。しかし、あまりにも強情っぱりだったので、前に進んでさらに六十年以上を生きた。そして結局、やわで愚かな男に自宅の芝生の上で撃たれるはめになった。

「そうだね」テキーラは言った。「でも、金のことは?」

「おかしいな。おまえはほんとうにあるとは信じていなかったと言っていた。そうだったのかもしれない。金の延べ棒は確かにあった、だがおれが自分に必要だと思っていたものはあの銀行にはなかった。おれたちは自分でついた嘘を追ってセントルイスへ行ったんだ。あそこの金庫から運びだしたのは、死だけだった」

「これで終わりのはずはないよ。じいちゃんは病院に入って、金はなくなって、ヤエルを殺した犯人はいまだにつかまってないなんて」

「どんな話も終わりは同じなんだ。そこにいたる前に、たいてい話をやめるだけだ」

「そしていつまでも幸せに暮らしましたとさ」テキーラは言った。

「楽しい考えだ」わたしは言った。「ほんとうにそうだったらいいだろうな」

47

夜中に、病院のベッドで汗をかいて目をさまし、一瞬どこにいるのかわからなかった。点滴で鎮痛剤が送りこまれているにもかかわらず、脇腹はうずくように痛んだ。てのひらは汗でべっとりとして、目はむずがゆい。監視されているような気がしたが、見えるのはベッドの横の椅子にすわっているテキーフのシルエットだけだ。

わたしは目を細めた。テキーラのシルエットはいつもより幅が広く背も高い。

「やあ、バック」ランドール・ジェニングズの声が言った。「起こして悪かったな」

「どのみち起きていた」わたしは言った。「ここでなにをしている？」

彼が椅子を寄せたので、窓のブラインドからもれるぼんやりした光でその顔が見えた。

「撃たれたと聞いたので、どうしたかと思ってね」

「じっさいよりひどく見えるんだ」わたしは嘘をつき、手ぶりで傷を示した。「入って抜けた。ほぼ肉をやられただけだ」

「刑事司法センターじゃ、老バック・シャッツは不滅だと噂しているよ」

「それはどうかな。左へあと一インチずれていたら、弾は当たらなかっただろう。右へあと一インチずれていたら、内臓はめちゃくちゃだったと医者は言っている。以前だれかに、賢いよりも幸運であるほうがいいと言われた。おれは半々というところかな」

彼は大きく息を吐いて、少し悲しげにわたしのほうに上体をかがめた。少なくとも、暗い病室の薄明かりの中ではそう見えた。「伝説は、つねにそれを創る男たちよりも大きくなるらしい」

わたしはうなずいた。「それに、おれはかつてほどの大きさではないしな」

「共通の友人であるミスター・プラットは幸運でもなく賢くもなかった。気の毒に、やつは生きのびられなかったよ。医者たちは助けようとがんばったんだが、少し前に人工呼吸器をはずした」

「なんのことだ」

「頭部の傷が致命的だった。鈍器損傷ってやつだ」ジェニングズは自分の頭を示した。

すばやく考えをめぐらせた。「孫はどこにいる?」

刑事は芝居がかったため息をついた。「下にいるよ、おれの車の後部座席に。ぜんぜんうれしくはないが、彼をプラット殺しで挙げなくちゃならない。この状況ではどうしようもないね」

「そんなはずはない」わたしは反論した。「きみに引き渡したときプラットはけがをしていたが、重傷じゃなかった」

ジェニングズは肩をすくめた。「どうかな、おれになにが言える？　頭のけがはおかしなことになりかねない。ときには、脳が出血しはじめるまでそんなにひどく見えないんだ。おれは医者じゃない。わかっているのは、彼がおれの車の中で発作みたいなものを起こして、病院へ連れていくまでに意識がなくなっちまったことだけだ」

「おかしい。ありえない。死ぬほど殴られたらどんなふうになるか、おれは何度も見ている。あいつを手荒く扱ったかもしれないが、頭をめりこませたりはしなかった」

「なぜ言い争う、バック？」ジェニングズは聞いた。「やつは死んだんだ。検死もしている。それに対してなにが言える？」

彼は身をのりだしてわたしの肩をつかんだ。「テキーラのことはあまり心配するな、バック。検事は故殺を認めるよ、そうしたら三年ぐらいで自由の身だ。状況を考えれば、起訴はとりさげられるかもしれないし、判事が執行猶予をつけるかもしれない。たとえ二年ぐらい食らっても、なんとか人生をとりもどせるさ。あの罪のない人たちを無惨に殺したやつを排除したところで、彼を責める者はいないよ」

「そう」大丈夫だと、自分を納得させようとした。「そうだな」

わたしのせいだ。わたしがテキーラをナチ狩りに引きずりこんだ。手助けなしにはほんとうの問題から逃げられなかったからだ。そしていま、かわいそうな孫はいくつもの殺人事件にがんじがらめになって刑務所行きさに直面している。

「わかってほしいんだ。おれたちに意見の相違はあるが、こうするのはうれしくもなんともない。おれに言わせれば、テキーラはヒーローだ。だが、このよごれた街で警官をしているのは、クソの川をケツまでどっぷりつかって渡るようなものだ。まっとうでいる唯一の方法は、規則どおりに仕事をすることさ」

それはこちらもよく知っている。不承不承の同意のうめきを、わたしはもらした。

「取調室であの子を誘導して不利な供述をさせたりはしないよ。プラットは邪悪な卑劣漢だし、テキーラは立派な警官の家族の出だ。おれたちが悪いようにはしないから」ジェニングズは保証した。

孫を逮捕してくれたことがどれほどありがたいか刑事に礼を言いながら、わたしは悲しくベッドの中で身を縮めた。脇腹が痛い、どうしたらもっと鎮痛剤をもらえるだろう。

「もちろん、別の方向に行く可能性もある」ジェニングズは言った。薄暗い部屋で顔に影がかかっただけかもしれないが、口調は同じでも彼の表情からはやさしさが消えうせていた。

「どういう意味だ?」わたしは聞いた。

「メンフィスで起きた三件の殺しの犯人として、彼を起訴せざるをえないかもしれない。セントルイスの娘の件は向こうの警察にやらせるかな。そして両方の署が順番に、自白するまで彼を締めあげる」

「なにを言っているんだ」どういう話なのかだんだんとわかりはじめたが、わたしは彼の口から聞きたかった。

「わかりやすく説明してやろう」ジェニングズは寛大な笑みを浮かべた。「テキーラはカインドがあんたにカネをせがむのを見た、それが動機だ。彼はまた、生きているヤエルをホテルで最後に見た人間でもある。そして、カインドの葬式であんたたち二人がスタインブフットと口論していたのを覚えている証人もいる。なによりも、テキーラがプラットを襲った現行犯であることをおれは知っている。プラットが最初の三人を殺した可能性について、あんたはおもしろい話をしてくれた。だが、あんたの孫が四人全部をやったのかもしれないじゃないか。なあ、バック、おれが事実をどうつなぎあわせるかによって、ウィリアム・T・シャッツは連続殺人犯を阻止した男にもなれば、連続殺人犯本人にもなるんだ」

傷の痛みで目がくらむようだった。縫合した一針一針が肉にくいこむのを感じた。少なくとも、いま意識は完全にはっきりしている。全身がばねのように張りつめているのがわかる。だが、その感覚は肉体がついている嘘なのだ。いまほどわたしがもろく弱いことはなく、ジェニングズの冷ややかで抑揚のない口調は間違いようのない脅しを含んでいた。

「こんどはなにがほしいんだ、ジェニングズ？」

「ほしいものはもう手に入れた。こんどは、それをずっと持っていられるようにしたい」

「金《きん》か」

「そのとおり。ナチの財宝についてなにも言わなくても、一連の不快な事件はすべて説明がつくと思うんだ。はるかにつまらないことのためにでも、人間は殺しあう。ときには、なんの理由もなく」

わたしはため息をついた。「まっとうでいる唯一の方法は、規則どおりに仕事をすることだと言わなかったか？」

ジェニングズは笑った。「おれが言ったのは、このよごれた街で警官をしているのは、クソの川をケツまでどっぷりつかって渡るようなものだってことさ。クソの川にはまっとうなものはなに一つないよ、バック。それに、おれには払わなくちゃならない請求書がある」

「クソの川か」暗闇で目を細くして、彼をもっとよく見ようとした。頭の中で刑事の勘が、無意識の警報装置が叫びだしていた。妄想は老人性認知症の初期症状だと主治医は言っていたが、この警戒心がそのせいだとは思わない。「ノリス・フィーリーはどうする？」

ジェニングズはすわったまま顔を近づけてきた。「あんたを撃ったのが彼だというのははかなりはっきりしている。ジム・ウォレスの遺産をめぐる口論が原因だろう。ローレンス・カインド殺しの罪をかぶせると脅せば、彼は金のことはしゃべらないはずだ」

ジェニングズはピースをはめてみせた。しかし問題は、この事件のピースは動かしかたしだいでいかようにでもはまるということだ。みんなが手段と動機と機会を持っている。

テレビドラマでは、殺人者はつねに間違いをおかして、無実の者はつねに嫌疑が晴れる。だが、現実の殺人事件のほとんどは状況に流されがちで、その状況はかならずしも正しい方向を指してはいない。ジェニングズにとっては、合理的に成り立つ筋書きを組み立てることのほうが、事実より大事なのだ。真実は、融通のきく相対的なものだ。

「罪の大部分は死んだやつにかぶせておいて、殺人容疑をかけると脅せばテキーラとフィーリーは金のことは口をつぐみ、あまり重大でない罪を認めるというわけだ」わたしは言った。「そしてきみの説が公式の真実となれば、金塊は消えうせるだけだ。うまくいきそうだが、だれがあの人々を殺したのか説明がついていない」

ジェニングズは頭をかいた。「プラットだ、違うか？」

「それを信じているのか？」

「信じてはいけないか？ 筋が通る。じゅうぶんだ」彼はちょっと黙って、とまどったふりをした。「プラットが全部の殺しをやったと、あんたが言ったんじゃなかったか？ あんたは伝説のバック・シャッツだ。おれは信じるよ」

ジェニングズは痛いところを突いた。つい最近、借金の取立屋に罪をかぶせようとしたばかりなので、強情な真実の探求者のふりをするのは間が悪い。

しかし、ここでは二、三の気のきいた嘘よりも大きな罪が進行中であり、ジェニングズはチップをあちこちに動かしながらこっそりカネを隠そうとしている。

わたしが考えていたのは、メンフィスからセントルイスまで信号待ちをのぞけば五時間のドライブだということだ。われわれがヤエルの殺されたホテルにチェックインしていたことを、ジェニングズはセントルイス警察から聞いたと言った。だが、メイドが殺されたヤエルを発見した昼ごろからジェニングズがロビーでテキーラと会った五時半までは、彼がメンフィスからセントルイスへ車で来る時間としてはぎりぎりだ。セントルイス警察は死体発見の直後にジェニングズに連絡しなければならなかったはずだし、ジェニングズは車の屋根に青いライトをつけてアクセルを踏みっぱなしで飛ばさなければならなかったはずだ。

不可能ではないだろう。だが、もっとありそうなのは、殺人に先立ってジェニングズがすでにセントルイスにいたということだ。そして、くそ、わたしは頭に致命傷を受けた人間がどんなだか知っている。

「おれたちはプラットを殴り殺したりしなかった」わたしは言った。「きみに託したとき、彼は死にかけてはいなかった」

「どうしてそこに戻ってばかりいるのかな、バック。やつは死んだんだ、誓うよ」

ジェニングズが茶色の覆面パトカーの後部座席にプラットを押しこみ、通りを走り去った場面を思い出した。だが、曲がり角に着いたとき、もしかしたらジェニングズはポプラ・アヴェニューへ曲がらなかったのではないだろうか。そうはせず、彼は車を止めてダッシュボードの下に手をのばした。そこには、スコープつきの狩猟用ライフルが吊るされていたのではないだろうか。

そして彼は湿った芝生の上にしゃがみ、周囲を見て目撃者がいないことを確認した。それからライフルの銃床を肩にあてがい、ひじをひざに置いて、引き金をしぼった。

ジェニングズがトランクを開けて、重いバックパック四つの上にライフルを投げ、次にタイヤレンチか金の延べ棒の一本を手にとるのを想像した。彼がプラットの頭にそれを振りおろすのを想像した。

わたしはベッドの上に身を起こし、脇腹が悲鳴を上げても苦痛に顔をしかめまいとした。

「プラットが死んだという事実を疑っているんじゃない。だが、彼を殺したのはおれたちじゃない」

ジェニングズは一瞬沈黙し、それからゆっくりと笑みを浮かべた。それを見て、わたしは確信した。

「もっと早く気づかなかったのにはがっかりしたよ。伝説の男の名が泣くぜ。だがやっぱり、あんたはおれが思っていたよりもはるかにしぶといやつだ」

彼が否定するのをやめた理由は一つしかない。

「ここへ来たのは仕事を終わらせるためだな」

「そうだよ、バック」彼はまた口ひげをこすった。「あんたがおれの立場なら、同じことをしているだろう」

48

生き残るための第一の掟は状況を知ることだ。つねに周囲を把握することが肝要だ。

少なくとも四人を殺して、いまわたしを殺しにきた男と暗い部屋にすわっている。体には弾の開けた穴があり、縫合されているが血がじくじくと滲《にじ》み出ているし、クソみたいに痛む。そのために投与された鎮痛剤が、そもそもまったく鋭敏ではない反射神経をさらに鈍らせている。

記憶帳とボールペンは横のエンドテーブルの上に、服用するはずのたくさんの薬と一緒に置いてある。

そして記憶帳のどこかに、グレゴリー・カッターがローレンス・カインドの葬式で言ったことが書かれている。

〈そして最後には、一人一人がその悪魔と正面から向きあうことになると、わたしたちは知っています。暗闇の中に一人ぼっちでいるとき、わたしたちが弱り、恐れにとらわれているときに〉

彼は正しかった。

「そうしたかったら叫んでもいいぞ」悪魔は言った。「おれはかまわない。だれにも聞こえないから」

そうだろう。ここはICUだから、昼夜を問わず人が出入りし、病室や廊下で叫んだりわめいたり、かん高いモニターの抗議をものともせずに死んだりしている。わたしはそのうちのどれも聞いていない。ガラスのスライド式ドアが閉まれば、この部屋は静寂の繭となる。

「以前は、医者に機械のビープ音が聞こえるように、ここの患者はカーテンで仕切られているだけだったんだ」ジェニングズは言った。「二、三年前にリフォームして、いまは防音室に近いよ。だから、おたがいが死ぬのを耳にしないですむようになった。なにか異常があれば、モニターがメッセージを医者の携帯に送ってくれる。たいしたものだよ」

「叫ぶ必要はない」わたしは言った。そうしたくでもできなかっただろう。口の中は綿を詰めたようにからからだ。

枕もとにあるナースコール・ボタンをちらりと見た。だがジェニングズも気づいて、わたしに向かって指を振ってみせた。

「バック、これをやるのには楽な方法と苦しい方法があるんだ。おれがここを出るとき死体が一つ増えていたら、おれはその殺しをお孫さんの勘定につけることもできる」

ほかの意見を述べる者がいないのだから、ジェニングズはそれもつけくわえられるだろう。

「看護婦の助けを呼ぶ気はない」わたしの声は、かろうじて聞きとれる耳ざわりな音にすぎなかった。

「けっこう」ジェニングズはうなずいた。「バック・シャッツの伝説に傷をつけたくはないだろう？」

わたしは相手をにらんだ。彼は上着のポケットに手を入れて注射器をとりだした。

「これをあんたの点滴の管に入れる、それが楽な方法だ。この中身は毒性テストにはあらわれないから、検死にも引っかからない。あんたは眠りに落ち、それでおしまいだ。老人が自然に死ぬだけのことさ。そこには尊厳があるし、安らぎがある。考えうる最高の死にかただね。だが、あんたが抵抗しようとすれば、おれはナイフを出して修羅場を演出する。あんたが腐ったくだものみたいにあざだらけになっていてみんなに殺人だとばれてしまうんじゃ、むりに注射針を刺しても意味がない」

「死なないですむ方法はないのか？」

彼は首を振った。「あんたが生きてここを出れば、おれを追ってくるのはわかっている。取引の余地はないよ。あんたを黙らせる手はない、この注射針以外にはな。あんたが生きているかぎり、おれは寝首をかかれる心配をしなくちゃならない。違うか、バック？」

違わない。脳のどこかで、刑事の原始の本能が戦いの鬨《とき》の声を上げていた。しかしまた、何ヵ月もかかるつらい回復を望まず、ヴァルハラ・エステートを望まず、進んでいく認識障害を望まない、疲れた部分もわたしの中にはあった。

ジェニングズは自分の手をわたしの手に重ねて、点滴の管が血管に刺しこまれている箇所に触れた。「さて、どうしてほしい?」

「決める時間はどのくらいある?」手を引いて尋ねた。

「ゆっくりでいいぞ。おれはどこへも行かない」

われわれはしばらく黙ってすわり、たがいを見つめていた。わたしはやかましく咳をした。

「いつ知った?」わたしは聞いた。交渉はなし。取引もなし。トリックもなし。ただ二人のプロが話をするだけだ。

「なにを? 金《きん》のことか?」

「ああ」

こちらが金を引き渡したときに、ジェニングズがそのことを初めて知ったはずはない。それまでに、金のためにすでに三人を殺していたのだ。わたしと同じくらい前から知っていたにちがいない。刑事は事情を知らないとわたしは思っていた。疑ってさえいなかった。

「あんたが刑事司法センターへ来た日、ノリス・フィーリーはあんたをつけていた。おれと初めて会った日だ。あんたが帰ったあとも、ノリスはぐずぐずしてあんたがなんの用事で来たのか探ろうとしていた。その場で、彼はほぼあらいざらい打ち明けたよ」

ノリスの野郎。アヴラム・シルヴァーと話をするまで、わたしは警戒すらしていなかった。そうする理由があるのを知らなかった。

「そのあと、あんたはウォレスの葬式で哀れなノリスに面と向かって嘘をついた」ジェニングズは歯をすすって、責めるようなチッチッという音をたてた。「冷たいな、バック。じつに冷たい」

ノリスは、カインドとわたしに締めだされていると思っていた。だから、またジェニングズのもとへ行き、金を見つけるのを手伝ってほしいともちかけた。彼らはわたしの先を越そうとしていたのだ。

「その一方で、あんたと牧師は真夜中の戦略会議をしていたわけだ。あの夕食会で哀れなノリスを不意打ちしたのはちょっと不公平じゃないか」

わたしの記憶では、夕食会で不意打ちされたのはわたしだ。だが、その点は議論の余地があるだろう。

「おれとカインドが金塊探しで手を組んだと思ったから、きみはカインドを殺したのか?」

「あんた一人ではできないだろうと踏んだんだ、だから牧師を排除すればあんたはいなくなると思った」

「テキーラは」わたしは言った。

「彼がいかに始末される寸前だったか、あんたにはわかるまい」ジェニングズは指でのどを裂くまねをし、それから腹の上に対角線を描いてみせた。「だが、金がじっさいにどこにあるのか知って、もう少しあんたたちを生かしておこうと決めたんだ」

「きみはアヴラム・シルヴァーを見つけたんだな」

「あんたが話してくれるまで、アヴラム・シルヴァーなんか聞いたこともなかったよ」

それはおかしい。どうやってナチがセントルイスにいることを突きとめたのか、とわたしは聞いた。

「警察のデータベースに〈ハインリヒ・ジーグラー〉と打ちこんだのさ」ジェニングズは答えた。「FBIが何年も前に戦争犯罪で彼を調べていた。結局起訴にはいたらなかったが、コンピューターにFBIのファイルが残っていて、すべての情報がわかった」

わたしが助けを求めたときに、ジェニングズが探すのを拒否した情報だ。

「きみはクソ野郎でおれは好きじゃないと、言ったことはあったかな？」

「それを聞かなくちゃならないのもこれで最後だと思うと、どんなにうれしいかわからないだろう」彼は微笑した。「とにかく、おれはノリスを発作が起きる前にジーグラーが住んでいたセントルイスの家へ行かせた。ジーグラーがいなくなったあとその近所は荒れて、通りの半分が抵当流れになっていて人もいなかったんだ。だからノリスはやすやすと家に入り、ハンマーで壁や床をはがした。掘削機まで借りて芝生を掘りかえした。かけらも見つからなかったよ」

「だから、ノリスはカインドの葬式のときいなかったのか」

「たぶんな。だれも気にしやしないだろう？」

わたしはうなった。

「だから、金が家の中で見つからなかったとき、ジーグラーは自分の地所以外の場所に埋めたか、貸金庫に預けたか、どっちかだと思ったんだ。どっちにしても、施設にいるジーグラーと会わなければ金は手に入らないが、彼と部屋で二人だけになる手立てがなかった。そこで、おれたちは後ろに控えてあんたたちが彼から情報を引きだせるかどうか見守ることにしたんだ。どうやらかんたんにいったようだな」ジェニングズはわたしに指を振ってみせた。

「だれも年寄りを疑わない」

「それで、銀行を出たおれたちをきみの黒いシボレーで尾行し、きみがやった殺しの犯人として逮捕すると脅しをかければ、おれたちがほんとうのことを話して金を渡すと考えたんだな」

彼はうなずいた。「ホテルの駐車場であんたはすぐに吐くと思っていたんだ。おれがヤエルという娘のことを話したら、たちまちテキーラは泣きだしたからね。時間がかかるとは思わなかった。ところが、あんたは一歩も引かなかった。そして途中でおれをまき、別の車で現れた。あれにはやられたよ。あんたが金をどうしたのかわからなかったから、出発地点に舞い戻ったも同然だった」

「そこできみはパートナーのノリスを拘束した。なぜだ？」

「金を山分けする気はなかったし、カインド殺しの罪を彼に着せる必要があった。おれは彼を殺して、あんたを犯人にするつもりだったんだ」

だから、ジェニングズはわたしとノリスを取調室で一緒にしたのだ。ノリスは、ジェニングズが室内を監視して会話を盗聴していると思っていた。だが、取調室は密封された箱だ。中でなにが起きているかはだれにもわからない。そこがポイントだ。わたしが一人あるいはテキーラとともに警察署に現れたら、わたしは取調室に入り、ノリスは死体袋におさまって出ていただろう。否定する証拠がなければ、ジェニングズは銃を持ち歩く老いぼれの問題児に容疑者殺しの罪をかぶせられる。わたしが偶然にも牧師の未亡人を連れていったので、その計画はだめになった。彼女はわたしが取調室を出たときノリスが生きているのを見ている。うまくいかなかったから、ジェニングズはテキーラを一連の殺しの犯人にするためにイズカク・スタインブラットを殺したのだ。

「よくも罪のない人たちを殺せたな?」

ジェニングズは笑った。「今年メンフィスは百六十件の殺人事件で発生数のトップに立つだろう。おそらくデトロイトとニューアークを抜いて、アメリカでもっとも危険な街になる。あと二、三件増えたところでたいした変わりはないよ。いや、ローレンス・カインドみたいな牧師を切り刻めばみんな動転して、街は警察の予算を増やすかもしれないな。だけどどのみち、この街をきれいにするために身を粉にして働くのはもううんざりなんだ。おれはけりをつける」

「マックス・ヘラーとおれは多くの点で意見が合わなかったがな、ランドール、彼もおれと同じくきみには反吐《へど》が出るだろうよ。きみは自分の理想を売った、それはなにものにも代えられない。いずれ後悔するぞ、それまで生きていればだが」

「生きていれば、おれは分厚い札束で涙をぬぐい、そのあとはあんたの墓に小便をひっかけて元気を出すことにするよ。さてと、どうしてほしいんだ?」

わたしはため息をついた。「家族のために、必要以上の問題は避けたいな」

点滴が刺してある右手を、ベッドの横のエンドテーブルにのばした。そして記憶帳を持った。しっかりと握って、胸に押しつけた。

「一つだけ頼みを聞いてくれるか、ランドール?」

彼は眉をひそめた。「それがなにかによる」

「ここにあるノートには、忘れたくないことが書いてある。いわばおれの人生だ。これを孫に遺したい。おれが死んだあとに捨てられたり、証拠品ロッカーの中で袋に入ったままにしてほしくないんだ」

ジェニングズはちょっと考えた。「じゃあ、彼に渡してほしいんだな?」

わたしはうなずいた。「おれにとっては大事なことなんだ」

「そこに秘密のメッセージは書かれていないのか?」

「おれの流儀じゃない」

彼は顔をしかめた。「あんたを信用しなくても、バック、勘弁してもらわないとな」

「なんなら読めばいい」わたしは言った。「だが、ちゃんと保管して孫の手に渡るようにしてくれ」

「その小さな手帳にあんたの人生があるって？」

「そうだ。少なくとも重要な部分は」

「ふん、なんだよ。みじめったらしいな」

わたしは彼をにらんだ。「それが現実だ」

「わかったよ。もらっておこう。だが約束はできない」

彼は椅子から立ちあがってわたしのほうにかがみこみ、手をさしだした。

「あんたみたいな老いぼれにはなりたくないものだと、つくづく思うよ」彼は記憶帳をつかんだ。

だが、わたしは離さなかった。自分の記憶を、できるかぎりこの身に引きつけた。たいした力ではなかったが、彼はバランスを崩し、わたしは不意を突くことができた。ジェニングズはこちらに倒れかかり、右腕で体を支えた。

彼の顔はわたしの顔から六インチも離れておらず、鼻に酸素の管が入っていても彼のコーヒー臭い息が嗅げた。

わたしはまっすぐに死神を見つめた。

そしてにやりとした。わたしの左手には、けしからん私物のスミス&ウェッソン三五七マグナムが握られており、それは彼の脇腹に押しつけられていた。

「おれならその点はあまり心配しない」わたしは言った。

この距離なら、腕がしっかりしていなくてもいい。この距離なら、反動を制御できなくてもいい。この距離なら、はずすわけがない。だから、わたしがやったのは轟音《ごうおん》を発したことだけだ。抗議の大音響、迫ってくる影への怒りをこめた咆哮《ほうこう》を。そして、銃声で耳ががんがんしていたにもかかわらず、ランドール・ジェニングズのはらわたが後ろの壁に飛び散った音を確かに聞いた。

煙草や記憶帳などのほかのものと一緒に、テキーラは家から拳銃を持ってきていた。これがないと、わたしが落ち着かないのを知っていたのだ。

そして、わたしは二つの理由からこれを枕の下に入れて寝ていた。

一つには、いまいましいが、わたしは迷信深いのだ。誕生日が大嫌いだし、病院は虫唾《むしず》が走るほど大嫌いだ。怯えたとき、人は心強く思えるものにすがる。わたしも同じだ。

二つ目の理由は、ドワイト・D・アイゼンハワー将軍だ。

歴史は、枢軸軍を打ち破って三十四代合衆国大統領となったことでアイゼンハワーを記憶している。しかし、わたしが彼について記憶しているのは、怖気《おじけ》づいた若い兵士に、すべてが失われたときなににしがみつくべきかを教えたことだ。

六十五年間にわたって、わたしは将軍の言葉に従ってきた。そして暗闇で敵に向かいあったときも、自分が弱り、恐怖にとらわれたときも、一人ではなかった。完全に一人ではなかった。ローレンス・カインドが死んだとき、彼にはキリストへの信仰があった。わたしにはスミス&ウェッソンがあった。

ジェニングズはまだ右腕で体を支えていた。左手はまだわたしの記憶帳の隅をつかんでいた。なにか言おうとしたが、口から出てきたのはピンクの泡だけだった。右の肺はほとんどつぶれていたからだ。

「悪いな、ランドール」わたしは言った。「だが、きみがおれの立場なら、同じことをしているだろう」

ジェニングズは記憶帳を放し、上着の下に手をやってホルスターの銃をとろうとした。だが、わたしは三五七の銃口を彼のあごの右側に押しつけて引き金を引いた。左目と頭頂部が消えうせ、彼はわたしの上に倒れかかってきた。

二百ポンドの重さの死体がこのひざの上に落ちてくるのは、大きなハンマーで湿ったパンのかたまりをたたくようなものだ。鎮痛剤を投与されていてもとんでもなく痛かったし、死体をどかせるだけの力もなかった。目の前が真っ暗になるほどの痛みの中、ジェニングズがシーツに流す血でわたしの脚と尻のまわりが温かくぬれるのが、かろうじて感じられた。

背後に手をのばしてナースコールのボタンを押した。両脚が死体の下になっているので、体をねじらなければならず、縫合した箇所がすべて開いてしまった。一瞬、暗い部屋が真っ白になり、雄々しいヒロイズムはむだだったのだと思った。たぶん、これが命の終わりだ。だが、大丈夫だ。テキーラは賢いからきっとなにがあったかわかってくれる。自分にかけられた容疑を晴らせる。そして、こちらは二の次だが、殺人の罪をかぶせられるほどのことはしていないノリスの容疑も。

酸素の管を鼻から抜いて、できるだけ遠くへ投げた。そしてベッドの横のエンドテーブルからラッキーストライクの箱をとった。最後の一本を振りだしてくわえ、火をつけた。深く一吸いして、煙を肺の中に溜めた。これで間に合わせなければなるまい。

五分ほどして、夜勤の看護婦が来た。中年の白人女のシルエットが暗い部屋の入口に立った。

「どうしました、ミスター・シャッツ?」

「どうやらよごしてしまったようだ」わたしは言った。

「ああ、恥ずかしがらなくていいですよ」彼女はくすくす笑った。「よくあることなの。すぐにきれいにしてあげますからね」

彼女は明かりをつけた。ランドール・ジェニングズはわたしのベッドに横たわり、半分なくなった顔のまばたきしない目で看護婦を見ていた。白いシーツは血で黒くぬれていた。ジェニングズの後ろの壁はどことなく抽象画を思わせた。爆発したような赤がしたたり落ち、そこにピンクと黒の点々がまじっていた。わたしの横の壁には脳が日輪形に飛び散り、さらなる血と白い頭蓋骨片が茶色がかった灰色にアクセントを添えていた。

看護婦は悲鳴を上げた。

「ああ、わかっている」わたしは煙草を消した。「病院は禁煙だな」

49

デイヴィ・クロケットにはアラモの砦があった。ワイアット・アープにはＯＫ牧場があった。ジャック・ケネディには魚雷艇ＰＴ－１０９があった。ジョン・マケイン（共和党の大物政治家）には北ベトナムの捕虜収容所《ハノイ・ヒルトン》があった。わたしには高齢者用ＩＣＵがあった。そして、ＹｏｕＴｕｂｅが。

そこで有名になるまで、ＹｏｕＴｕｂｅなど聞いたこともなかったが、ウェブサイトの一種で、奇妙でばかげた短いビデオをコンピューターの画面で見られ、とても人気があるらしい。若者は働かずに一日これを見ているのだ。

あのあとはこんなぐあいだった。わたしはあおむけに横たわり、傷口は開いて出血していた。医者たちはふたたび輸血をした。ほとんどわたしのものではない血はホースで洗い流されていた。だれかがわたしをストレッチャーに乗せて、手術室へ担ぎこんだ。

麻酔医がわたしの顔にマスクをあて、自然に呼吸するように言った。合衆国南東部でピカ一の血管外科医が、ふたたび傷を縫いあわせるべく待機していた。わたしは彼に、悪党を撃ち殺すというそこそこ激しい運動を楽しんだと伝え、こんどは傷口が開かないようにちゃんと仕事をしろと言った。外科医は、しばらく激しいことはなにもできない、なぜなら右脚が二ヵ所折れていて最低でも五、六ヵ月は車椅子生活になるから、と言った。それから、わたしは失神した。

数時間後、回復の途上で、わたしは麻酔の朦朧《もうろう》状態を振りはらい、鎮痛剤で消せない痛みを味わいながら、自分は外科医との口論に負けたのかどうか考えていた。ローカルニュースの女性レポーターとカメラマンが来たのはそのときだった。

「なかなかたいへんな夜を過ごされたようですね、ミスター・シャッツ」レポーターは言って、マイクを突きつけた。

「もう一人のほうを見るべきだな」わたしは言った。

彼女は微笑した。「病室にいる男が自分を殺しにきたとわかったときのご気分は？」

わたしは肩をすくめた。痛かった。「おなじみの気分だ」

彼女は少しとまどったらしいが、わたしは眠かったし、説明する気力もなかった。

「いいか、おれは手術を終えたばかりなんだ」

彼女はカメラマンに合図した。「あと一つだけ、ミスター・シャッツ。凶暴な連続殺人犯をどうやってやっつけたんですか?」

検死官の報告書を見れば、どうやってやっつけたかわかるはずだ。だが、わたしはテレビでたくさんのニュースを見ているから、彼女がなにを求めているのか察した。これは、年齢によって衰えることを拒んだ勇敢な老人の物語だ。わたしに期待されているのは、精神の気高さを示すような、あるいは人々を鼓舞するような見識を視聴者に対して披露することだ。しかし、わたしは当面介助なしではクソもできないのを知っており、あまり勇敢な気分ではなかった。

そこでこう言った。「三五七マグナムでやつの顔を撃った。それでたいていうまくいく」

これはテレビで放映され、わたしはもうニュースになるのは終わりだと思った。ところが、間違っていた。そうなったいくつもの理由を、テキーラは説明しなければならなかった。わたしはいまだに、なにが起きたのか理解しているとは言いがたい。

ローカルニュースのチャンネルがそのビデオをインターネットのサイトに載せ、だれかがそれをYouTubeに投稿したらしい。四十八時間のうちに、百万を超える人々がそれを見た。

そのあとだれかが、五十年前にさかのぼってわたしが警官時代に殺したほかの連中についての古い新聞記事を見つけた。だれか知らないが、図書館へ行ってマイクロフィルムを調べたにちがいない。わたしはテキーラだと思っているが、白状させられなかった。

この奇妙な匿名プロジェクトの結果、二番目のビデオがYouTubeに登場した。新聞記事から抜粋した文章と写真が交互に画面に現れる、うるさいギター音楽をバックにしたわたしの警察時代の三分間の要約だ。これもまた、〝最多再生回数〟リストのトップに躍りでた。

ちなみに、YouTubeのほかの人気ビデオは、にっこりする赤ん坊やびっくりする齧《げっ》歯類《しるい》やくしゃみをするパンダやディスコダンスを踊ろうとするちびっ子だ。だから、ネットの世界で有名になることで、わたしはじつに輝かしい仲間の一員になった。

二番目のビデオが出たあと、〝バック・シャッツ・ジョーク〟が大流行した。伝説のチャック・ノリスはタマネギを泣かせるとか、セイウチがバケツを持って歌うとか、そういうジョークと同じだとテキーラは言った。わたしはどちらのジョークも聞いたことがなかった。テキーラは説明しようとしたが、さっぱりわからなかった。テキーラの世代はジョークのなんたるかを理解していない。

〝バック・シャッツ・ジョーク〟は二つの情報、すなわちわたしが高齢だということと、大勢の人間を殺したということを合わせたものだ。たとえば、基本的なバージョンはこうだ。

「なぜ恐竜がいなくなったと思う?」

「なぜだ?」

て春が来れば芝生はちゃんと緑になるだろう。

「バック・シャッツ」

このジョークには無数のバリエーションがあり、アトランティスの失われた都市の消滅からサダム・フセインの捕縛にいたるまで、あらゆることがわたしの手柄になった。

「おれがおまえの年ごろには、ジェイムズ・サーバーを読んだものだ」わたしはテキーラに言った。

「そうだね、ぼくたちはそのあと大きな進歩をとげたんだ」彼は答えた。

〝バック・シャッツ・ジョーク〟は、わたしが退院後に一人の旅人も戻らない未知の国ヴァルハラ、もしくは熟年のためのライフスタイル・コミュニティ施設ヴァルハラ・エステートへ向かったころには、本物のテレビに浸透していた。

ローズは三部屋あるアパートを借りており、退院したときにはすでに荷物が運びこまれていた。わたしは不平を言わなかった。あまり選択肢がなかったのだ。折れた脚では、車椅子とベッドのあいだ、あるいは車椅子とトイレのあいだを往復するのに、妻よりも力のあるだれかに手伝ってもらわねばならなかった。

六十年たって初めて自宅はからっぽになり、いるのは流行遅れの壁紙をはがしたり、下に硬材のフローリングがあるのでカーペットをはがしたりする作業員だけだった。古い家はすぐに売りに出せる状態、つまり、わたしたちなどいなかったかのような状態になるだろう。そして春が来れば芝生はちゃんと緑になるだろう。

わたしは二度と家には帰らなかった。

そういうわけで、アパートのある階の共用ロビーでひざに毛布をかけて車椅子にすわっていたときに、FOXニュースでわたしについて話しているのが聞こえた。ビル・オライリー（保守的なスタンスのニュース番組のメインキャスター）の番組だったと思う。

「われわれが銃を持つ権利をとりあげたがる議事堂のリベラルどもに、二つの単語を突きつけてやりたい」オライリーは言った。

わたしは、二つの単語は〝憲法修正第二条《セカンド・アメンドメント》〟（市民が銃砲を保持する権利を保障）だと思った。

「バック・シャッツ」

いやはや。

忘れたくないこと

「正しくないよ」テキーラは言った。「これが終わりだなんて、納得できないよ」

「どういうことだ？」

「ぼくたち、あれだけ苦労したんだよ、それなのに傷ついただけだなんて」

メンフィス市議会は、ジーグラーの財宝を行政一任基金というものにする特別決議を通した。市長の邸宅の裏に新しい迎賓館を建てる緊急の必要性が生じたのだ。テキーラは市を訴えるために弁護士を雇おうとしたが、われわれは金《きん》にはなんの権利もないと言われた。わたしは失望したが、驚きはしなかった。

「おまえは車椅子に乗っていないじゃないか」わたしは言った。

わたしを見ないですむように、彼はインターネット電話を出して指で画面をつついた。孫がイスラエル人の娘のこと、そしてブライアンのことを考えているのがわかった。

「それはそうだけど」彼は言った。「でも、やっぱりさ」

「悪いやつは報いを受けた。ヒーローはどたんばで勝利をおさめた。悪くない結果だ」

独立が失われたことを埋めあわせできるものはなにもないが、ランドール・ジェニングズを始末したことに、わたしは暗い満足感を抱いていた。彼を倒したおかげで、わたしは自分自身についての感覚をとりもどした。ブライアンが死んで以来、なくしていたものだ。

しかし、テキーラは探しにきたカタルシスをまだ見つけていなかった。それは、たぶんわたしの責任だろう。彼が必要としているものがなにか、少なくともある程度はわかっているつもりだ。でも、どうやったら与えられるのかわからない。彼の言うとおりだ、われわれは傷ついている。そして、彼はどうにかしてそのことと折りあいをつけなければならない。だが、わたしにこの先の人生はないから、わたしにとってそれはそっとしておくほうが楽なのだ。テキーラが直面するものがなんであれ、彼は一人で立ち向かわなければならないだろう。こんなふうになるはずではなかった。だが、ものごとはたいていうまくいかないものだ。
「ぼくはヒーローになった気でいたんだ」彼は言った。
「ああ、そうだな、それはよくある間違いだ」

50

ランドール・ジェニングズが埋葬されたのは、わたしが病院からヴァルハラへ移って数日後だった。わたしは立ちあうことにした。殺したあとの心の平安は大切だ。テキーラはすでにニューヨークへ戻っていたので、フェリシア・カインドが車で送ってくれた。

わたしが夫の事件を解決したことが大きな要因となって、フェリシアは労働者災害補償金を受けとれる見込みになった。だから、彼女は借りが一つあるわけだ。街を出ることになったと彼女は言った。事情を考えれば、悪くない選択に思えた。

フェリシアは、補償金の一部をさしあげたいとも言った。わたしが金《きん》を失ったので気がとがめたのだろう。だが、わたしは断わった。ここから離れた場所で生活を立てなおすために、彼女にはカネが必要だ。ローズとわたしはやっていける。家を売った資金でしばらくは暮らしていけるし、二ヵ月もして回復すればわたしはまた歩けるだろうと理学療法士は言っている。杖はいるが自分で動きまわれるし、介助なしでトイレにも行けるしシャワーも浴びられる。それに、ビュイックには車椅子用の駐車ステッカーが貼られ、これはなかなかいい特典だった。あれこれ考えあわせれば、ジェニングズが死んでわたしが死んでいないのは喜ばしい。

打ち負かした敵の葬式には、ジム・ウォレスのときよりも少ない会葬者しかいなかった。不名誉のうちに死んだからだろう。追悼礼拝をする教会はないだろうし、ジェニングズは牧師を殺しているので、彼のために詩篇を読む聖職者もいない。だから、六人の会葬者が墓のかたわらに立ち、わたしは、棺の向こう側にいる自分が撃ち殺した男の妻と十代の娘、そしてジェニングズの父親らしいわたしと同年配の男を見つめていた。彼らはもっともな憎しみをこめた目でわたしを見返していた。ジェニングズは二十五年間勤務したが、罪をおかして死んだので年金は下りない。この先、遺族は苦労するだろう。

死者を弔《とむら》いにきた警官はただ一人だった。アンドレ・プライス、わたしがジェニングズに会った日、刑事司法センターで話した若い黒人の警官だ。彼はきちんとプレスした制服を着て、わたしを見る顔つきはやつれてこわばっていた。まるで、全身が感情の爆発をこらえているかのようだった。

アンドレが追悼の言葉を述べた。わたしはそれを記憶帳に書きとめることに集中し、会葬者のほとんどから投げつけられる悪意のまなざしを目にしないようにしていた。

「ランドール・ジェニングズは最後に汚職警官になったと言われています。でも、わたしが知っていた何年ものあいだ、彼はまっとうに働いていました」アンドレの声は少し震えた。「十四歳のとき、わたしは近所のちんぴらに目をつけられて、通りでドラッグを売れと強要されました。彼らは、街や学校で子どもたちを手先にして商売していたのです。一度そういう生活に引きいれられたら、脱けだすには霊柩車に乗って出るしかありません。でも、通りに立って二十分かそこいらで、当時その地区を巡回していたランドールがわたしの首根っこをつかまえて、パトカーの後部座席に放りこみました。彼が逮捕できたのはわかっています、そうしたら少年院へ行かされていたでしょう。そうなっていたら、いまわたしがどうしているかは神のみぞ知るです」

アンドレ・プライスは間を置いて、ハンカチで目もとをぬぐった。

「そうはせずに、彼はわたしを祖母の家へ連れていき、孫がなにをしたかを話しました。すると、祖母はわたしをしたたかに打ちました。でも、わたしは二度とあの通りには戻らなかった。ランドール・ジェニングズは情けをかけてくれたのです。ランドール・ジェニングズはわたしの人生を救ってくれました。ほかになにをしたとしても、助けてくれた日に彼がキリストの業《わざ》をおこなっていたのをわたしは知っています。弔いのためにここへ来なかったすべての人々、遺族とともに祈るために来なかったすべての人々は、彼がこの街のために、わたしたちの多くのためにしてくれたことを覚えていないのです。だが、このわたしは決して忘れません」

彼の言葉を信じない理由はない。世が知るかぎりジェニングズはまっとうだった、ナチの金塊の存在を知るまでは。だからある意味で、すべての不幸はわたしのせいだ。ジェニングズに詳細を話したのはノリス・フィーリーだが、ノリスはわたしの跡を追っていたのだ。少なくとも、わたしがノリスの先導者だった。

ブライアンが死んだとき、シナゴーグのラビと話しにいったのを思い出す。神はわたしたちをお試しになるのであり、喪失は試練の一つだとラビは言った。エデンの園の物語を、蛇がイブを誘惑して知識の木の実を食べさせたのを思い出せと言った。キリスト教徒は蛇が悪魔だと信じている、世界よりも古くて邪悪な存在で神の計画を滅ぼそうとしていると信じている。だが、ユダヤ人にとって悪魔はいない。蛇はただの蛇だ。そして蛇がエデンの園にいたのは、神がお造りになったからであり、神がそこに置いたからだ。ラビはそう言った。

「ランドールはいつも言っていた、この街の警察の仕事は汚泥の川をどっぷり腰までつかって渡るようなものだと」アンドレは続けた。ジェニングズが違う表現をしていたのをわたしは思い出した。「二十五年のあいだ、あさましいやつらがほしいものを奪い、実業家や不動産業者がほしいものを奪い、政治家がほしいものを奪うのを見て、ランドールはとうとう屈したのです。たやすいことではありません、自分がほしいものに背を向けるのは」

ジェニングズが悪魔なのかもしれない。あるいは、わたしが蛇なのかもしれない。わたしが彼を誘惑して正義の道を踏みはずさせたのかもしれない。しかしおそらく彼は、わたしに会うまでは自分よりたちの悪い人間に会ったことのない、ただのたちの悪いくそったれだったのだ。だが、イズカク・スタインブラットは病んでいく人間について、殺すのが好きになりすぎる人間について、真実と思えることを言っていた。ナチの金塊があろうとなかろうと、ジェニングズはそういう人間の一人だったのだろう。

いずれにしても、終わったことは終わったことだ。わたしはそう思う。テキーラが言っていたように、死んだ者は死んだ者だ。だから、バック・シャッツはヴァルハラへ行き、ランドール・ジェニングズは地獄へ行く。ジェニングズの父親らしい老人は大声で泣きじゃくっていた。刑事の未亡人がわたしを見て下唇を噛んだ。フェリシア・カインドがわたしの肩に手をかけて、この人たちに対してすまなく思うことはないと伝えた。

「きみはクソ野郎だ」わたしは棺に向かって言った。「そしておれはきみが好きじゃない」

わたしがそう言うのを彼が聞くのは、これで最後だ。

わたしたちはジェニングズが土の中にケツまでどっぷりと下ろされるのを見守り、そのあと散っていった。そして若いきれいなブロンドがわたしを車椅子から立たせ、車に乗せてくれた。

訳者あとがき

こんなかっこいいジジイになりたい！　一読、そう思った。
バック・シャッツ、皮肉屋でヘビースモーカーの八十七歳。かつてはメンフィス警察殺人課の名刑事。現在は、手入れができなくなって人まかせにした芝生が春にはあいかわらず緑になることにむかついている、超後期高齢者。ノルマンディー上陸作戦に参加し、ナチの捕虜収容所での過酷な生活にも耐えぬいたタフな肉体は衰え果て、記憶のほうもすっかり怪しくなっている。

ところがある日、ユダヤ人であるバックを捕虜収容所でさんざんに虐待したナチの卑劣漢ジーグラーが、盗んだ金塊とともにドイツを脱出し、いまも生きているらしいことがわかった。最初は乗り気ではなかったが、すっかり時代遅れになった捜査技術をおぎなってくれるＩＴに強い孫に助けられ、バックはジーグラーの追跡を始める。だが、金塊を狙う有《う》象《ぞう》無《む》象《ぞう》が次々と出現し、行く先々で血なまぐさい殺人事件が……。

新鋭ダニエル・フリードマンが、最高にユニークなヒーローを誕生させた。弱った体でまともなパンチもくりだせず、アルツハイマーを発症したのではないかと怯えている八十七歳が、老いに負けず……というか、それを逆手にとって、シニカルなジョークを連発しながら胸のすく活躍を見せるのだ。

二〇一二年のアメリカのミステリ界の話題をさらった『もう年はとれない』は、発売前から大いに注目を浴びていた。まず、原書のカバーに寄せられたネルソン・デミルの心のこもった賛辞を紹介する。

……保証しよう、このすばらしく独創的で人の心をわしづかみにする物語を読みはじめたら、あなたはわたしと同じことをする。読みつづけるのだ――次にバックの口からなにが飛びだすかを最大の楽しみにしつつ。自分が八十七歳になったときには、バック・シャッツのようでありたい。

ありがとう、ダニエル・フリードマン。言いたいことを言い、したいことをする八十代の〝いやみな野郎〟を生みだしてくれて。

また、パブリッシャーズ・ウィークリー、カーカス・レビュー、ライブラリー・ジャーナル、ブックリストという主要出版業界誌が、そろって星付きの賛辞を呈したのも目を引いた。二〇一二年五月に発売されるや、たちまち大評判となり、エドガー賞、アンソニー賞、マカヴィティ賞、スリラー賞の新人賞にノミネートされ、マカヴィティ賞を受賞した。そして、映画の「ハリー・ポッター」シリーズ、ロバート・ダウニーJr.主演の「シャーロック・ホームズ」シリーズのプロデューサーであるライオネル・ウィグラムが映画化権を取得し、脚本の執筆を進めている。

本書の第一の魅力は、なんといっても主人公バック・シャッツのキャラクターだろう。初期の認知症かもしれないよれよれの老人が、禁煙の規則をものともせずラッキーストライクを吸いまくり、三五七マグナムを振りまわし、痛烈な皮肉を吐きまくる。映画「グラン・トリノ」のクリント・イーストウッドをもっとシニカルにして笑いを乗せた感じだろうか。一九八一年に、『オールド・ディック』（ハヤカワ・ミステリ文庫、石田善彦訳）という七十八歳の私立探偵を主人公にしたL・A・モースの作品が発表されているが、本作のバックはそれより十歳も年上である上、高齢化社会の問題は当時よりいまのほうがはるかに深刻になっている。ところが、バックのユーモアの爆発力と負けじ魂はどうだ。その根底には、苦難の歴史を生きのびてきたユダヤ人の不屈のメンタリティがあると思うが、老人問題が重苦しくのしかかっているこのご時世に、読む者を呵々《かか》と笑わせてくれ、それがどうしたという気分にさせてくれる。

そしてもちろんミステリとしても、エルモア・レナード・タッチのスタイリッシュなフーダニットに仕上がっている。いくつか書評を挙げておこう。

バック自身のようなストレートでタフな文体の中で、プロットの謎は完璧なタイミングで明かされていく。

——ブックリスト

通底する復讐のテーマと風変わりなプロットがうまくバランスをとりあっている点は、エルモア・レナードを髣髴《ほうふつ》とさせる。

——ライブラリー・ジャーナル

このユーモラスでテンポのいい復讐譚は、キンキンに冷やして供されるべき極上の一皿だ……おめでとう、ダニエル・フリードマン、シニア・ノワールの創造者！

——AARPザ・マガジン

作者ダニエル・フリードマンはメンフィスで育ち、ニューヨーク大学ロースクールを卒業した。現在はニューヨークで弁護士として働いている。

バックのモデルは、第二次世界大戦に従軍し、二〇一三年に九十七歳で亡くなった彼の祖父だそうだ。作者のツイッターで写真を見ると、World War II Veteran のキャップをかぶった、渋い矍鑠《かくしゃく》としたおじいさんである。そして、やはり弁護士だったフリードマンの父親は、二〇〇二年にメンフィスの駐車場で離婚訴訟の結果に怒り狂った男によって撃ち殺されている。本書にはこの体験が投影されており、弁護士志望のバックの孫は、作者自身と重なる部分が多いのだろう。

『もう年はとれない』の成功を受けて、二〇一四年の四月にはバック・シャッツを主人公とした二作目*Don't Ever Look Back*が刊行され、こちらも好評を博している。バックのもとを、メンフィス警察時代に遭遇した大泥棒が訪ねてきてある依頼をする……というところから、物語は始まる。彼の新たな活躍が楽しみだ。

本書を読んで以来、病院の待合室にすわっている老人たちを見ると、じつはこの中にもバック・シャッツがいるかもしれないという気がして、訳者はなんだか楽しくなってしまう。弱々しい年寄り——と見せて、ところがどっこい、そのへんの若い者などとうてい歯がたたない〝食えない〟じいさん、ばあさんがきっといて、主治医よりも長生きしているにちがいない。

刊行にあたっては、東京創元社編集部の桑野崇氏、そして校正の皆さまにたいへんお世話になった。心より感謝申し上げる。

最後に、こまかいことだが、バックの年齢を考え、ほとんどの箇所で看護師を看護婦と表記したことをお断りさせていただく。

二〇一四年七月

検印
廃止

訳者紹介　1954年神奈川県生まれ。東京外国語大学英米語学科卒業。出版社勤務を経て翻訳家に。フェイ「ゴッサムの神々」，ボックス「復讐のトレイル」「フリーファイア」，クルーガー「血の咆哮」「希望の記憶」など訳書多数。

もう年はとれない

2014年8月22日　初版
2014年11月14日　3版

著者　ダニエル・フリードマン

訳者　野《の》口《ぐち》百《ゆ》合《り》子《こ》

発行所　(株)東京創元社
代表者　長谷川晋一

162-0814/東京都新宿区新小川町1-5
電話　03・3268・8231-営業部
　　　03・3268・8204-編集部
URL　http://www.tsogen.co.jp
振替　00160—9—1565
精興社・本間製本

乱丁 落丁本は，ご面倒ですが小社までご送付ください。送料小社負担にてお取替えいたします。

ISBN978-4-488-12205-8　C0197